長く高い壁

The Great Wall

角川文庫
22535

目次

主な登場人物

小柳逸馬……当代きっての流行探偵作家、従軍作家として北京へ派遣される。佐官待遇。

川津中尉……北支那方面軍司令部の検閲班長。東京帝大仏文科卒。

小田島八郎……十四年間、憲兵一筋の曹長。二等兵からの叩き上げ。

山村　勉……大尉。密雲憲兵分隊長を務める。元銀行員。

神崎大佐……小田島が関東憲兵隊にいたころの上官。小田島とは昵懇の仲。

戸田正治……見習士官。張飛嶺守備隊の指揮官。第一分隊長兼務。陸軍士官学校出身。

青木信雄……軍曹。事務室要員として配属。張飛嶺守備隊の第二分隊長。

海野米吉……伍長。第三分隊長。

加藤金次郎……一等兵。陸軍刑務所帰り。

峯山善一……二等兵。戸田見習士官の当番兵。

山下奉文……中将。北支那方面軍参謀長。

老陳……密雲の町唯一の西洋医。密雲城内の裏路地で開業している。

張一徳……密雲の大地主で実力者。地元で五軒の料理店を経営する。

1938年当時における軍隊の階級

	兵卒	二等兵	一等兵	上等兵
	下士官	伍長	軍曹	曹長
	准士官	准尉		
将校	尉官	少尉	中尉	大尉
将校	佐官	少佐	中佐	大佐
将校	将官	少将	中将	大将

1

北京雑感（第一回）

小柳《こやなぎ》逸馬《いつま》

北京飯店の窓外には噂に聞く秋天が豁《ひら》けてゐる。一刷《ひとは》けの雲もない青空である。從軍ペン部隊を志願すること多年、そのつど探偵作家等《など》は任務にふさはしからずと斥《しりぞ》けられて來たが、漸《ようや》く念願叶つて出征の運びとなつた。然《しか》るに山西もしくは河南方面の最前線を希望したにも拘《かかは》らず、丙種《へいしゅ》合格のウラナリでは足手まといと思はれたのか、皇軍占領下の北京にてペンの初陣《うひぢん》を飾る次第となつた。

はてさて如何《どう》したものやら。ここはたしかに外地には違ひないが、銃聲の一發とて聽けぬ平安ぶりである。オマケに從軍作家は佐官待遇の軍属といふことで、宿泊先も兵營ではなく、目下日本軍が接収中の北京飯店なのだから従軍記も糞《くそ》もあるまい。そこで本稿は「北京雑感」の表題を附して、陣中閑なる北京の風物を銃後《じゆうご》の讀者諸兄に紹介したいと思ふ。予《かね》て友邦満洲を訪ねた人は多からうが、案外のことに長城の南を知る人は少いのではなからうか。實は私もその一人で、着任早々満洲と河北とではかくも氣候習俗文化が異なるものかと吃驚《びつくり》した次第である。よつて本稿は従軍記とは讀めぬが、十分に讀者を満足させる記事とならう。

かにかくに、ペンを走らせてゐる机上《きじやう》は秋天の光に満ちてゐる。夏の陽光の猛々しさはなくて、むしろ嚴しい冬を兆《きざ》す憂ひすら含んでゐるのである。街には煉炭の匂ひが漂ひ、槐《ゑんじゆ》の竝木ははや葉を落としてしまつた。

長安街に面してヴイクトリア様式の威容を誇る北京飯店は、明治三十三年の北清事變の焼跡に建設された。先朝光緒皇帝の御代《みよ》である。その立派さ豪奢さは、まず東洋一のホテルと斷じても過言ではあるまい。もとより外國資本であるから支那人は立入れず、接収後の今は〇〇方面軍司令部が置かれてゐる。卽ち贅澤極《ぜいたくきは》まることに私は、任地の帷幕《ゐばく》であり東洋一のホテルでもある一室でこの原稿を書いてゐるのである。

私の住まふ南正面の窓からは東交民巷《とうかうみんかう》が一望される。然しだからと言つて殊更《ことさら》眺望が優れてゐるわけではない。西側の客室からは壮麗な故宮の甍《いらか》が、北側からは景山や胡同《こどう》の佇《たたず》まひが、東からは王府井《ワンフーチン》の街路や東安市場《とうあんいちば》の雑踏が望まれるらしい。

　さて明日からは、その一大パノラマの其処《そこ》彼処《かしこ》に息づく古都北京の風物を、讀者諸兄に遂一御届けしやう。乞《こふ》御期待。

——原稿を一読したあと、川津《かわづ》中尉は丸メガネの底から小柳を見つめて、冷ややかに言った。

「書き直して下さい」

腹が立つより先に、何とも懐かしい場面だと小柳逸馬は思った。面と向かって原稿を突き返されたのは十数年ぶりであろう。近ごろでは作品に文句をつける編集者もいないが、自分がさほど上達したとも思えぬので、むしろ不安が募《つの》る。

　だいたいからして、こちらから原稿を届けることがない。締切日になれば、向こうからいそいそとやってくる。

「どの部分がまずいのか、具体的に指示していただけますか。何度も書き直す余裕はありませんので」

　大学出の幹候に違いない川津中尉には居《い》丈高《たけだか》なところがなかった。軍服を脱いで背広を着せれば、編集者にも見えるだろう。

検閲班は北京飯店の三階にある。もとは客室だから狭苦しく、班長の執務机の向こう前に座れば、手の届きそうな左右に軍服の背中があった。

「いや、何も自分のような若僧が、当代きっての流行作家の原稿に文句をつけているわけではありませんよ。出版警察報の指導に沿って検閲するのが、自分の任務です」

軍人は年齢がわかりづらいが、せいぜい二十六か七。一回りも齢上《としうえ》の職業作家に物申すのは、いささか勇気が要っただろう。

壁に向いて執務している曹長と軍曹は、齢が行っていても従軍作家の原稿をボツにする貫禄ではなし、せめて権高《けんだか》な士官学校出が検閲班長ならば話は早かろうが、今やそうした戦争の専門家を後方に下げておく余裕はあるまい。

むしろ感情を色に表さぬ川津中尉は、適材適所と言えるのかもしれぬ。

「よく承知しております。班長殿も妙な遠慮はなさらんで下さい。原稿の書き直しは慣れています。私なりに気を付けて書いたつもりなのですが、問題になる部分を指摘して下されば今後の勉強になります」

実に懐かしい応答である。若く謙虚であったころの自分は、原稿のどこが悪いのかを知りたくて、編集者に食い下がった。そもそも小説というものは海や空のように捉《とら》えどころがないから、出来のよしあしよりも具体的な指摘が必要なのだった。自分の気付かぬ島影や雲を示してくれれば、海も空も描けると思っていた。

小柳の意思が通じたとみえて、川津中尉はふたたび原稿を読み始めた。赤鉛筆が容赦なく走る。しかしどの箇所も、さほど不都合な記述とは思えなかった。

従軍作家の金科玉条とするところは、内務省警保局による出版警察報第一〇七号である。すなわち、戦争報道に関する「新聞掲載禁止事項ノ標準」を示した指導要綱だった。

四つの項目は執筆上の禁忌《きんき》であるから、丸覚えしている。

まず第一項。「作戦計画の内容や命令の内容」。

なるほど、川津中尉の赤鉛筆は「山西もしくは河南方面の最前線を希望した」という部分に引かれた。山西省や河南省といった広大な地域でも、作戦計画の暴露に通ずるのか。なかなか手厳しい。

第二項は「発信者、受信者」。

これは新聞社の特派員に対する制約である。従軍作家が匿名では意味がない。問題なし。

第三項「戦闘序列または軍隊区分に基く隷属系統、部隊数、部隊号」。

シマッタ。○○と伏字にすれば問題はあるまいと思ったのだが、その部分に二重の赤鉛筆が入った。北支那方面軍の司令部が北京飯店にあるというのは公然たる事実であっても、新聞に掲載するべきではない。北支と中支に展開する三個軍十数万人の大兵力を、ここから指揮していると書いたも同然である。

この点は同第四項の、「現在または将来にわたる任務または企図」にも触れるところであろう。

赤鉛筆を擱《お》くと、川津中尉は原稿用紙の向きを変えて小柳の目の下に押し出した。

「おわかりですね」

はい、と答えたものの、赤鉛筆の理由がわからぬ指摘も多くあった。

「あの、班長殿――」

「ドノは余計です。従軍作家は佐官待遇ですから、呼び捨てて下さい」

そうは言われても、軍服を支給されているわけではなく、くたびれた背広のどこに陸軍少佐の階級章がついているはずもない。小柳は肚《はら》を括《くく》って、目の前の若者が生意気な帝大出の編集者だと思うことにした。

「では川津中尉。この部分を説明して下さい」

「従軍記も糞もない、という表現は穏当を欠きます。後方にいるので従軍記は書けない、という意味はわかりますが、従軍作家であるあなたが任務と糞を一緒くたにしている、と取られかねません」

「慣用表現ですよ。たとえば、味噌《みそ》も糞も一緒くた、などという言い方に、今さら神経を尖らせる人もいないでしょう」

洒落を言ったつもりだったが、川津中尉は笑ってくれなかった。背を向けたまま、曹長が空咳《からぜき》をし、中尉はしばらく腕組みをして考えるふうをした。

「慣用表現だからかまわぬ、という理屈は通りません。日本軍は皇軍であり、戦争は聖戦です」

怜悧《れいり》な物言いが気に障った。君は大学出の文学士ではないのかね、と叱りつけたいところである。

「糞の字を片仮名にヒラいたらどうですかね。従軍記もクソもない、とすれば実に慣用的なユーモアです」

この切り返しは、川津中尉の癇《かん》に障ったようだった。

「小柳さん。自分はまじめに話しています」

「はい、失礼しました。ではもう一点。この北京飯店が東洋一のホテルであることに、まちがいはないと思いますが」

「異論はありません」

「では、どうしてアカが入るのですかね」

「それはあなた、少し考えればわかりそうなものです」

「世界一、ですか？」

川津中尉は溜息《ためいき》をついて、椅子の背もたれに沈みこんだ。その表情には怒りの色がなく、むしろ原稿の検閲という任務をはかなんでいるような、やるせなさがあった。

「占領下とはいえ、ここは敵地です。われわれは暴戻《ぼうれい》なる支那を懲らしめるために軍を進めました」

暴支膺懲《ぼうしようちよう》。まったくもって、何という醜悪な言葉だろう。だがそれは、このわけのわからぬ戦争のスローガンだった。

たぶん川津中尉は、その醜悪さかげんを承知の上で、あえて言っている。

「よって、北京の風物を読者に紹介するという企画はけっこうだが、日本をさし置いて支那を讃美するような表現は、控えていただきたいのです」

「そうなると、この企画そのものが難しくなりますね」

「いいえ。東洋一だの世界一だのという、過剰な表現をしなければ可とします。日本は支那の文化に敬意を表し、日本軍はそれを保護するためにかくある、という立場でお書き下さい」

小柳は川津中尉の明晰《めいせき》さに感心した。薄っぺらな体といい、厚いレンズのメガネといい、いかにも膂力《りよりよく》に欠ける将校だが、陸軍の検閲担当者としては百点満点である。もしや打ち続く不景気のさなかに卒業し、就職できぬままやむなく幹候を志願した帝大生ではなかろうか。

そうと訊《たず》ねるわけにもいかないので、小柳はすっかり冷えてしまった茶を啜《すす》りながら、ほんの少しつついてみた。

「大学では何を専攻していらっしゃった」

いくらか恥じ入るように中尉は答えた。

「フランス文学です」

「ああ、どうりでおっしゃることが垢抜けている。私は学がないものですから、文学のことなど何もわかりませんが」

「文学などなまじやらぬほうが、面白い小説は書けるのでしょう」

目が合った。おくびにも出さぬが、熱心な読者と見た。もっとも、軍務に就いてからは探偵小説を読む暇などないだろうが。

もう少しつついてみた。

「のちほど最近の著作をお届けします。検閲をお願いできますか」

そこで初めて、川津中尉がほほえんだ。

「書き直した原稿も、お持ち下さい」

「承知しました。まさしく味噌も糞も一緒くたですね」

検閲班を出ると、扉ごしによほどこらえかねていたような、下士官たちの笑い声が聞こえた。

軍人勅諭の体現者である彼らには、およそ画一的な印象があるが、実は地方人とどこも変わらぬ人間味をそれぞれが持っているのだと知った。

もっとも、平時に倍する大動員の今節、戦地の部隊も少からず予備後備の召集兵で編成されているのである。薹《とう》の立った下士官たちもその手合いにちがいない。

北京飯店の廊下は、賓客を迎えていた時代とどこも変わらぬ清潔さで、支那人のボーイが敷きつめられた緞通《だんつう》の手入れをしていた。

ごくろうさん、と労《ねぎら》ってやりたいところだが、小柳は簡単な支那語も知らない。

2

「もし、小柳先生ですな。まことに急な話ですが、明日からしばらく出張していただけませんか。新聞社の支局には連絡済みですのでご心配なく。いや、上から急にそう言われたもので、任務の詳細は知りません。はい、さようです。小柳逸馬先生をお名指しでは、ほかの先生に話を持って行きようがありません。じゃ、明朝〇六三〇《まるろくさんまる》に出発ということで、ひとつよろしく願います」

原稿の書き直しにかかったとたん、新聞班長から電話が入った。

言い方は「要請」だが、事実上の「命令」である。どこで、何を、いつまで取材するのかはわからない。従軍作家という軍属である限り、否《いや》も応もなかった。

電話を切るとじきに、担当の特派員が飛びこんできた。東交民巷の支局から駆けてきたらしく、息が上がっていた。

「一週間前になって連載開始を延期しろって、話が無茶ですよ」

「僕に言われたって始まらん。今の今、電話をもらったところだ」

「だからあれほどせっついていたんです。荻窪《おぎくぼ》のご自宅まで原稿取りに伺うならわけもありませんけど、航空便でもあさってが限界《ギリ》ですよ。それにしたところで、四回分や五回分はまとめて送らなきゃなりません。今晩中に書きためておいて下さい。出張が長引いたなら、前線取材のため休載、ということにします。予告まで出しておいて、連載開始の延期はできません」

一気にまくしたてる特派員の肩を宥《なだ》めながら、小柳は赤鉛筆だらけの原稿を手渡した。

筆はすこぶる遅い。だが、締切を落としたためしがないのは小柳の芸当だった。つまり、取材と構想に時間をかけ、いざ書きはじめれば実は速いのである。

五日前に着任してからは、市内の名所をあちこち歩き回って連載随筆の内容を固めた。特派員にせっつかれるまでもなく、四回分や五回分の原稿など、一気呵成に書き上げる自信はあった。ただ、検閲を甘く見ていたのである。

「やあ、マイッタなあ。どなたの検閲ですか」

川津中尉の名を出すと、特派員はふしぎそうに首をかしげた。

「それほどやかましい人じゃないはずですがねえ。前任の検閲班長に比べたら、ずっと仕事がしやすいんですが。何ですか、これ。『東洋一』までアカですか」

意外な感想である。第一回の原稿だから必要以上に厳しい指導をしたのか、と思いもしたが、まったくべつの推理が閃《ひらめ》いた。

熟慮を重ねた結論よりも、こうした一瞬の思いつきのほうが正鵠《せいこく》を射《い》ている場合が多い。動物的直感は人間的思考にまさる。その原理に則って、探偵小説を書いているのである。

小柳は窓辺に倚《よ》って莨《たばこ》をつけた。

「川津中尉は東京帝大の仏文科を卒業したが、高文《こうぶん》試験に落第し、不景気で狭き門となった出版社の入社試験も通らなかった。在学中の文学三昧《ざんまい》が祟《たた》ったのだ。しかし、志望するところは役人でも編集者でもなく、小説家だったのだから、文学三昧も趣味道楽ではない」

「へえ、そうだったんですか。知らなかったなあ」

小柳の勝手な推理であるから、むろん誰も知るはずはない。

「君と同年配だろうね。だとすると、新聞社ならば採用されたはずだが、このご時世でてんてこまいの新聞記者になどなったら、後戻りはできないと考えた。しかるに、もともと彼は裕福な家の出ではない。同郷の篤志家《とくしか》から援助を受けて、大学に進んだ身だ。卒業したからには、ともかく職を得て、郷里に仕送りのひとつもしなければならない。少くとも弟たちの学費ぐらいはどうにかしなければ、世間の目が許すまい。いかほど大望を抱いていようが、売れない小説家ほど非生産的でみじめな職業はないのだ。いや、それ以前の段階であった彼は、とりあえず給金を貰い、なおかつ帝大出の権威を損なわぬ職業を模索した」

　窓越しに東交民巷の風景を眺めながら、少し間を置いて続きを考えた。だからと言って、幹候を志願するという筋書きには、いささか飛躍があろう。

「川津中尉は無口な人ですが、小柳先生にはよほど気を許したのでしょうね。だったら、ここまで意地悪な検閲をしなくても、よさそうなものですが」

　そう、それだ。言わでもの愚痴をこぼす仲なのに、なぜこれほど容赦のないアカを入れたのか。

「嫉妬だよ」

「エッ？　ああ、今をときめく流行作家に対して、嫉妬をしたと」

「陸軍を就職先に選んだ理由は、脆弱《ぜいじゃく》な肉体と精神を鍛《きた》え直すためでもあった。古来、小説家は肺病で若死にするか、さもなくば神経衰弱に罹《かか》って毒を呷《あお》るか女性編集者と心中するかと相場はきまっている。それは彼にとって、可測的未来であったから、軍隊生活は効用があると考えた。ああ、そうだ——つい先ごろ、支那の戦線にある下士官が、みごと芥川賞を受賞したという事実も、彼の決心を後押ししただろうね」

「——先生。よもやとは思いますが、話を作ってやしませんか」

「おい、君。小説家が話を作ってどこが悪い。人殺しは犯罪だが、戦争ならば殊勲じゃないか。それと同じ理屈で、常在戦場の小説家は想像し続けなければならん。推理の結果は事実に等しい」

「よくわかりませんけれど、つまり川津中尉は先生に嫉妬するあまり、原稿を真赤にして突き返した、と」

「その通り。彼の人生に深く根を張る感情のなせるわざであるから、君がどう懇願しようが、新聞班長が横槍《よこやり》を入れようが、翻意するわけはない。むしろ火に油を注ぐようなもので、僕が徹夜で書いた五回分の原稿など、文字の見えぬくらい真赤に塗りたくられるだろう。すなわち、本稿の連載開始は未定。どうしても手に負えないなら、新聞班長から本社に直接連絡してもらいたまえ。きょうびの新聞は軍の意向に逆らわない」

　結局、そういうことになるのだろう。どうして早目に原稿を取っておかなかったのだと、特派員は大目玉を食らうにちがいないが、実は口で言うほど深刻な問題ではない。一行か二行の告知を出せばいいだけの話である。

――小柳逸馬氏の「北京雑感」は前線出張のため掲載を延期します。

文句を言う読者はあるまい。活字を大きくするか囲みを入れるかすれば、戦地の緊迫感も伝わり、むしろ読者の気を引く効果も生ずる。

「君、まちがっても著者急病のため、などとは書かんでくれよ。あくまで、前線出張のためだ」

どうやら特派員は肚を括ったらしい。考えようによっては、非常時も便利なものだと小柳は思った。従軍作家の中には、日ごろから「著者急病」の常習犯もいる。戦地での発病はそれこそ検閲に引っかかるから、原稿が入らなければ「前線出張」という勇ましい話になるだろう。

「ところで、先生。まさかとは思いますが、本当に前線出張じゃないでしょうね」

特派員は不安げに訊ねた。

「知ったことか。市内から一歩出れば、どこだって前線だろう」

北京市内は平穏だが、外城壁の向こう側には匪賊《ひぞく》が跋扈《ばっこ》している。いや正しくは市内と近郊の郷村が占領下にあって、広大な華北《かほく》平原を日本軍が支配しているわけではなかった。

そうした状況下で、任務の内容も期間もわからぬまま出張するのはいささか不安ではあるが、むしろ好奇心がまさった。

「従軍作家が戦死したという話も聞かんしねえ。危ない目には遭わさんだろう」

さて、それはどうかわからない。軍もまさか「北京雑感」のような呑気な随筆を期待しているわけではあるまいから、一度や二度は弾《たま》の下を潜ってもらおうという魂胆があるのかもしれぬ。

「新聞記者は少からず殉職していますよ。そりゃあ、給料のほかにしこたま手当も貰っているんですから、仕方ありませんけれど」

気の毒な話である。しかしそれが殉職の理由になるというなら、従軍作家が死なぬのは理屈に合わない、と小柳は思った。

作家は新聞社や出版社の記者という立場で従軍するから、原稿料のほかに給料も受け取っている。それはさておくとしても、たった四十日間の従軍に際して、政府の機密費から一人あたま七百円の大金が支払われていることを、特派員は知るまい。

死んでも仕方ない、というのはなかば冗談だとしても、彼の戦地給与は八十円か九十円がせいぜいである。従軍作家はそれ以上の報酬に加えて、口外できぬ「支度金」を受け取っている。

作家たちがこぞって従軍ペン部隊を志願するのは、むろん使命感や功名心もあるだろうが、実はそれが目当てだと小柳は睨んでいた。

ただし、「北京雑感」の原稿に書いた記述には嘘があった。

（従軍ペン部隊を志願すること多年、そのつど探偵作家等は任務にふさはしからずと斥けられて來たが、漸く念願叶つて出征の運びとなつた）

小柳の本は売れている。版元の悩みは売れ行きではなく、筆の遅さと紙の確保である。よって小柳には、少くとも経済的な事情から従軍作家を志願する理由がなかった。何とか小柳逸馬を出せ、と軍が出版社に圧力をかけ、それでもたいがい知らんぷりをきめていたのだが、とうとう恩義ある新聞社の社長に頭を下げられたのでは、断りようもなくなった。小柳の「出征の運び」はそうしたものであった。

しかし、後悔はない。書斎に籠《こも》りきりで原稿を書いているよりずっと面白いし、従軍という大義を楯にとれば、執筆中の小説も堂々と中断できる。物は考えようで、見聞を広めながら四十日もの休暇を過ごしているのだと思えばよい。

「まあ、ほかに手立てはありませんね。でも先生、くれぐれも用心して下さいよ。連載延期なら私がどやされるだけですみますけれど——」

「縁起の悪いことは言いなさんな」

と、小柳は特派員の口を封じた。荻窪の自宅には七つの娘を頭《かしら》に育ち盛りの子供が三人、父母には膝詰めで説教されたし、女房にも泣かれた。万が一のことなどあってはならず、想像もしたくはない。

やれやれ、と声に出して腐りながら、特派員は部屋を出て行った。

新聞班長が本社に口を利いてくれるとは思えない。彼らにとって従軍作家はお客様だが、新聞記者は部下の兵隊とどこも変わらないのである。

たそがれの長安街を見おろしながら、急な出張について考えた。しかし推理を働かせようにも緒《いとぐち》がない。

北京飯店には、同行した二人の従軍作家も滞在している。小柳と同年配のいわゆる純文学作家と、剣豪小説がこのごろ評判を得ている若手作家である。

どちらも見知った仲ではあるが、同じ小説家でも稼業ちがいだから親しいわけではない。顔合わせの会食の席で初めて言葉をかわし、壮行会の壇上に並んで挨拶《あいさつ》をし、同じ船に乗って旅立ったというだけで、傍《はた》が考えるほどたがいに親しいわけではなかった。

（小柳逸馬先生をお名指しでは、ほかの先生に話を持って行きようがありません）

新聞班長はそう言った。謎の任務を推理する鍵はここにある。

前線にある兵隊の暮らしぶりや人間性を書くのなら、純文学作家が適任であろう。また戦闘状況を伝えるのであれば、剣豪作家の筆はたくましい。あえて探偵作家が指名されるいわれはないと思える。

　ましてや文芸出版社社員という立場で従軍している御両名は、締切に追われるような仕事を免れているはずである。

鍵となりそうな発言がもうひとつ。

（上から急にそう言われたもので、任務の詳細は知りません）

新聞班長の上官といえば、北支那方面軍の幕僚しかいない。まずは軍司令部の情報参謀。その上が高級参謀。参謀長。方面軍司令官。まさかそこまで大げさな話ではあるまいが、軍人が「上から急に」という嘘はつくまい。

　わずかな緒を見出して、小柳は推理を働かせた。

純文学作家よりも剣豪作家よりも、探偵作家のほうが役に立つような事件が出来《しゅったい》した。出張と言うからには、少くとも現場は北京市内ではない。

新聞班長も詳細を知らぬとなれば、軍司令部の幕僚に限られた極秘事項、すなわち「軍機」に属する。

　小柳の胸はときめいた。以上の推理がもし正しかったとしたら、家族の反対を押し切って従軍ペン部隊を志願した甲斐もあったというものだ。

　そのときふいに、コツコツと扉が叩かれた。

　軍人ならば大声で名乗る。錠前がかかっていなければ勝手に入ってくる。支那人のボーイやメイドなら、コツコツではなくドンドンと叩く。よって来訪者が、軍人以外の日本人であるという予測はついた。

　果たして廊下に立っていたのは、意外な人物だった。さほど親しくはない純文学作家と剣豪作家が、いかにも文弱の輩《やから》という情けない顔を並べていた。

　部屋に引き入れて錠前を下ろした。

「新聞記者に泣かれましてね。今さらどうしようもないが、くれぐれも御身大切になさるよう、私からも言ってくれと」

「僕と交替できませんか。小柳先生に万一のことがあったら、同行の従軍作家として面目が立ちません」

　心にもないことを。おたがい身を案ずるほどの仲ではなし、小説家に面目などあるわけがなかろう。

　おおかた、新聞班長に本社への連絡を断られた特派員が、ヒステリーを起こして駆けこんだのであろう。そこで二人の小説家は、万が一の事態があった場合の言いわけと、美談の布石のために、いそいそとやってきたのである。

　売り物の長髪を耳の上まで刈り上げた純文学作家は、せいぜい中学校の教員にしか見えず、日ごろ和服の着流しで通している剣豪作家は、背広を着るとあんがい華奢《きゃしゃ》な体をしていた。

　黒檀の応接椅子はむやみに立派で、ちょこんと腰かける二人の作家を、いっそう小さく見せた。

　もう言うべき台詞《セリフ》は言ったのだから、さっさと舞台から下りてほしいと思うのだが、そう簡単には引っこみがつかぬらしく、二人はかわるがわる小柳を労った。文学者らしく語彙は豊富でも、中身はない。

時間も時間であるし、夕食にでも誘われたら面倒なので、小柳は一計を案じた。

「ご心配はありがたいがね。この一件は軽々に語り合うべきではないと思いますよ」

純文学作家が不本意そうに、「おや、なぜですか」と訊《き》き返した。

小柳は声をひそめて、厳《おごそ》かに言った。

「詳しくは知りませんが、軍機に属することはたしかです。それを特派員はあなた方に洩《も》らし、あなた方はそうと知らずに私の部屋を訪ねた。ホテルの体裁をとっているが、ここは軍司令部です。もし特務機関の知るところとなれば、永定門《えいていもん》外の高粱《コーリヤン》畑に誰の死体が転がってもふしぎはありません」

「小柳先生、ご冗談を――」

と言ったなり、剣豪作家は笑い声をすぼませた。

「われわれは遥かな砲声しか聞いていませんが、ここは戦地です。民衆の中には少からず便衣《ゲリラ》が紛《まぎ》れこんでおり、いつ誰が誘拐されて殺されようと、匪賊のしわざということになりましょう。そもそも、味方を殺しておいて敵のせいにするのは、陸軍のお家芸じゃないですか」

「小柳さん、それこそ悪い冗談だ」

純文学作家はそそくさと立ち上がった。小柳の脅しをどれほど真に受けたかは知らぬが、おたがい不毛な食事をする手間が省けたのはたしかであろう。

部屋を出ると、二人は涯《は》てもなく続く北京飯店の廊下を、振り向きもせずに去って行った。

暴支膺懲という醜悪な言葉を掲げねばならぬほど、理由の見出せぬ戦争。しかも宣戦布告がないから、これを戦争とする法的根拠はない。

三十万余の大兵力を動員しても、戦争ではなく「事変」であると国民に説明するために、小説家は従軍しているのである。

そう思いつくと、緋の緞通と純白の大理石に鎧《よろ》われた廊下が、とうてい解きがたい謎に続いているような気がして、小柳逸馬は怖気《おぞけ》をふるった。

3

新聞班長からの電話を受けて以来、命令らしきものは何ひとつなかった。

暗いうちに起き出して旅装を斉《ととの》え、一階のロビーで待機した。出発時刻が六時三十分というのは、目的地が遠いからであろう。北京《ペキン》駅から増援部隊とともに列車に乗って、武《ぶ》漢《かん》あたりの最前線に派遣されるのだろうか。

北京飯店のロビーは、東洋一のホテルと謳《うた》われた平時のままである。漆喰《しっくい》壁には染みひとつなく、アーチ形の高窓から朝の光が射し入っても、シャンデリアは贅沢に輝き続けていた。

平和な軍縮の時代に徴兵検査を受けた小柳は、軍隊をまったく知らない。軍事教練とも無縁の幸福な世代である。だからいきなり出張と言われても勝手がわからずに、ただじっと指示を待つほかなかった。

玄関脇のフロント・デスクは週番司令室で、紅白の懸章を襷《たすき》がけにした週番将校や、腕章を巻いた下士官が出入りしているのだが、物を訊ねるには気が引けた。

定刻が近付いて居ても立ってもいられなくなったころ、大理石の大階段を下りてきたのは、検閲班長の川津中尉である。徹夜作業をしてこれから将校宿舎に帰るのだろうか、白皙《はくせき》の顔に無精髭《ひげ》が立っていた。

彼の領分ではあるまいが、仏に会ったような気がして小柳は歩み寄った。

「原稿を書き直す必要がなくなりました」

軽く敬礼をしてから、川津中尉が答えた。

「承知しております。自分がお伴をすることになりましたので、よろしく願います」

余分な口をきかぬ人物である。だが、そう言われてみれば軍装が物々しい。革の将校背嚢《はいのう》を背負い、双眼鏡やら図嚢やら拳銃やらと、いかにも前線に向かう出《い》で立ちだった。

「こんななりで大丈夫ですかね」

と、小柳は姿勢を正した。従軍作家に被服の支給はないから、三ツ揃いの背広にネクタイ、ソフト帽に革靴という、きのうまで北京の街なかを流していた身なりだった。それらしいものといえば、背中に回した鉄帽と水筒ぐらいである。

「かまわんでしょう」

ぞんざいに答えてから、川津中尉はあたりを見回した。

どうやら人を探しているようなのだが、早朝の軍司令部は静まり返っていた。

そこで小柳は、この若い将校も寝耳に水の命令を受けたのだと知った。〇六三〇の出発に間に合うよう、夜を徹して検閲作業を片付けたのだろう。

「行先も日数も知らぬ存ぜぬと言われたのでは、仕度のしようもありませんな」

小柳の雑嚢の中には、多少の衣類と筆記具が入っているだけである。外套《がいとう》は持って出るかどうか迷ったが、市内は槐や楡《にれ》の葉がようやく黄ばむ季節であるし、荷物になると思ってやめた。

「別命がないのは、その程度の任務だということです。ご心配には及びません」

そうは言うものの、もしや川津中尉も任務の詳細は知らぬのではないか、と思った。

つまり、わけがわからず自分自身でそう納得している。

「ところで、小柳先生は誰から命令を受けたのですか」

「はあ。きのう検閲班から戻ったとたん、新聞班長から電話が入りましてね」

「班長からですか」

「はい。命令というわけではありませんが、出張してくれというのは、口頭命令のようなものでしょう」

川津中尉は訝《いぶか》しげな顔をした。新聞班長は女学校の国語の教員だったという如才ない老頭児《ロートル》中尉だが、川津より先任であることはまちがいない。

「ちょっと、よろしいですか」

腕時計をちらりと見てから、川津中尉は南向きのアーチ窓の下に小柳をいざなった。

「あなたを脅かすわけではないが、この話は不自然です」

「不自然、とは」

「昨夜遅く、参謀長閣下に呼ばれました。名指しされたわけではありません。たまたま居残っていたのが運の尽きです」

「運の尽き、とは穏当を欠きますな」

「いやいや、何も命にかかわるという意味ではありません。参謀長閣下に口頭で命じられたのでは、否も応もない」

「もし差しつかえなければ」

川津中尉はもういちどあたりに目を配ってから、窓の外を眺めるふりをして声をひそめた。

「行先は長城の張飛嶺《ちょうひれい》。憲兵隊の手に余る大事件が起こった。ついては本邦随一の探偵作家たる小柳逸馬先生を現場に派遣して、真相を究明してほしいのであるが、軍機に属する事案ゆえ君が同行してくれ。しかるに、いかなる有名作家とはいえ文弱の輩にはちがいないから、不穏な言動のある場合は相応の処置をせよ。以上」

思わず軍服の脇腹に目が泳いだ。

「以上、ってあなた、もし私が怖気《おじけ》づいて逃げ出しでもしたら、射殺するつもりですか」

「以上です。どうやらお迎えが来たようです。行きましょう」

「いやですよ。そんなことが従軍作家の任務なものか」

尻ごみをする小柳の腕を川津中尉が握り止めた。

「以上です。不穏な言動は慎んで下さい」

歩兵銃に着剣した衛兵が玄関から入ってきて、威儀も正しく二人に正対した。

「川津中尉殿、小柳逸馬殿、車輛が到着いたしました」

衛兵の声はヴィクトリア様式の折り上げ天井に谺《こだま》した。フロント・デスクの大きな掛時計が、六時三十分の点鐘をひとつ、低く鳴らした。相変わらずロビーには、週番勤務者のほかにひとけがなかった。

磨き上げられた真鍮《しんちゅう》の把手《とって》を押して回転扉を潜れば、北京の秋は思いがけぬほど冷たかった。

車寄《くるまよせ》の下の広場に、輜重《しちょう》隊のトラックが止まっている。無蓋《むがい》の荷台には軽機関銃が据えつけられ、完全軍装の兵隊が何人か整列していた。

「なるほど、不自然ですな」

小柳が独りごちても、川津中尉は答えなかった。沈黙に嘘はないと思った。昨夜はたまたま運悪く夜なべ仕事をしており、人探しをしていた参謀か副官の目に留まって、参謀長室に連れて行かれたのである。一般大学を出た若い甲幹の将校から見れば、陸軍中将の方面軍参謀長は雲上人であろう。命じられれば否も応もない。

川津中尉の言う「不自然」は、実に適切な言葉だった。回転扉を抜けて車寄に立ったとき、ホテルの中に自然な日常を置き去りにしてきたような気がした。薄荷《ハッカ》のように鼻腔《びくう》を貫く乾いた空気は、どこかの物蔭で焚《た》き上げる香りであり、長安街を行き過ぎる支那人たちが、みな雇われた役者のように思えてならなかった。

参謀長の肝煎《きもい》りで大事件の現場に向かうようにしては、誰が見送るでもなかった。

北京飯店は七層の巨体を明け空に横たえたまま、知らんぷりを決めている。

「赤信号の乗り打ちというのは、気分がいいものですね」

王府井《ワンフーチン》の十字路を北に曲がったあたりで、川津中尉が言った。

「私は救急車に乗ったことがあります。惣領《そうりよう》息子が盲腸炎をやりましてね、腹痛なんぞ我慢しろと叱っていたら、腹膜炎になっちまったんです」

「ああ、付き添いで救急車に」

「青梅《おうめ》街道の信号を乗り打ちですが、気分がいいとは思えなかった」

「それはそうでしょう」

おたがい話したいことは山ほどあるが、運転手の耳は気になった。大の男が三人並べば、肩が重なるほど窮屈な座席である。

先導するのは憲兵隊のオートバイで、側車に乗った下士官が手動式のサイレンを回し続けていた。

早朝から賑わう東安市場を右に見ながら、トラックは王府井大街をつっ走った。路面電車も人力車も驢馬《ろば》が曳《ひ》く荷車も、並ぶ間もなく過ぎてゆく。今さら一刻を争うわけでもあるまいに、何をこうまで急ぐのだろう。支那人は車を怖がらぬうえに好奇心が強いから、サイレンを聞いて車道に歩み出てくる野次馬もあり、危ないことこのうえない。

「張飛嶺というのは、三国志の張飛と書きますか」

「はい。地図で検《あらた》めましたが、ほかに該当する地名はありません」

　ということは、口頭命令を受けただけで地図上でも指示はされなかったのである。しかし運転手は行先を知っているらしく、所要時間はおおむね三時間だと言っていた。

　運転をしながら、輜重の上等兵が言った。

「車輛は密雲《みつうん》までであります。その先は道路がありません」

　川津中尉が溜息をついた。

「で、その先はどうするのだ」

「密雲の憲兵隊までお送りせよと命じられています」

「だから、その先はどうやって、張飛嶺に行けばいいんだ」

「申しわけありません。自分はそうとしか命じられておりません」

　人を轢《ひ》いても困るので、小柳は二人のやりとりに割りこんだ。

「いよいよわけのわからん話ですが、つまりその密雲とやらの憲兵隊からは、馬に乗るなり歩くなりして、張飛嶺というところに行くほかないのでしょう。そういうことだね、君」

　はい、と答えたなり運転手は、言いづらそうに「遠いですよ」と呟《つぶや》いた。

　北京の朝が翻る。先導するオートバイはサイレンを、トラックは警笛を鳴らし続けて走った。

三代の王朝が六百年余も営んだ古都である。国民政府が南京を首都に定めてからは、「北平《ペイピン》」と改称されたのだが、やはり北京の名がなじみ深い。

城壁に囲まれた市街地は、碁盤の目のような規矩《きく》たる道路で区画されているから、東西南北の方角はわかりやすい。そのかわり、異邦人の目にはどの街衢《がいく》も同じ貌《かお》に見えるうえ、大街から一歩踏みこめば複雑怪奇な路地が交錯していた。北京名物の胡同《フートン》である。

この数日、小柳が取材のために歩き回ったのは、市内の名所旧跡ではなかった。さまようちに、時も場所も見失ってしまうような胡同の虜《とりこ》になった。煤《すす》けた黒煉瓦《れんが》の塀と甎《せん》で組み上がった迷路である。

トラックは大街を北に走り続けたあと、安定門《あんていもん》から城壁を抜けた。その先も市街地はしばらく残るが、次第に視野が豁けていった。

オートバイの先導はそのあたりまでだった。市街地の槐の並木がポプラに変わると、いかにも任務はここまでと言わんばかりに、憲兵はトラックをやり過ごしてしまった。刈り入れをおえた唐黍《とうきび》だか高粱《コーリャン》だかの畑が涯てもなく続き、地平線は空がとろけ落ちたような靄《もや》に呑まれている。その大地の広さよりも、芥子粒《けしつぶ》のように小さな農夫がぽつねんと鍬《くわ》をふるう姿がふしぎでならなかった。

秋が過ぎるまでに種を播《ま》きおえるとは思えず、できるところまでやればよい、ということなのだろうか。

それでも北京市内の市場には、肉や野菜が溢《あふ》れている。相次ぐ動員で働き手を軍隊に取られ、食糧事情が悪化している日本とはえらいちがいである。広さも広いが、大地そのものに力があるとしか思えなかった。

まどろむこともできぬ悪路をしばらく走ったあと、荷台の下士官が窓を叩いて、トラックは止まった。

路端で用を足し、腰を伸ばしていると、長四角の将校用飯盒《はんごう》が恭《うやうや》しく運ばれてきた。一合の塩握りが二つに福神漬が添えられ、牛肉の缶詰まで付いた豪勢な朝食である。

兵隊たちは出発前にすませてきたらしく、トラックの周囲に散開して警戒を怠らなかった。この広い視界のどこに匪賊がひそんでいるとも思えないが、輸送任務にあたる輜重兵の心得なのだろうか。

ポプラの根方に腰をおろして握り飯を食いながら、川津中尉が思いついたように言った。

「ねえ、先生。堅苦しい物言いはやめませんか」

意外な提案ではあるが、川津の境遇についての推理は図星だったのだろう、と小柳は思った。

「その、先生という呼び方がまずいけませんな」

「いえ。支那語でいう『先生』の正しい日本語訳は、『先輩』です」

小柳はほくそ笑んだ。

「では、さっそく先輩風を吹かせるが、川津君は小説家志望なのかね」

川津中尉は回答を避けた。しかし否定したわけではない。小柳にもかつて経験はあるのだが、あらゆる志のうちで、この職業ほど口に出して恥ずかしいものはないのである。

「科挙試験に合格した役人は、先輩にあたる進士を『先生』と呼びました」

「ほう、そうだったのか。だとすると、代議士を先生と呼ぶのは誤りだね」

「誤りというより、勘ちがいでしょう。支那の歴史では役人がすなわち政治家でしたから。まあ、わが国では代議士にふさわしい敬称が、ほかになかったのでしょうが」

「なるほど。天下の文学士を弟子に取るつもりはないが、君の志には敬意を表することとしよう」

いつしか地平を被《おお》う朝靄が霽《は》れて、遥かな山なみが姿を顕《あらわ》した。

万里の長城はあの稜線を渡っているのであろうか。

満洲から列車で華北に入るのならば、山海関《さんかいかん》で仰ぎ見ることができると聞いているが、天津《てんしん》の大沽《タークー》港に上陸した小柳はいまだ長城を目にしてはいない。

「ところで、川津君。憲兵隊の手に余る大事件というのは、いったい何だろうな」

「それは先生。事件というからには、人が死んだんじゃないですかね」

言いおえるそばから、二人は声を立てて笑った。

「おい、ここは戦地だぞ。人が死んで何が殺人事件なのだ」

「そこがよくわからんのです。しかし参謀長閣下は、大事件だと申されました」

小柳は着任時に会食をした、山下奉文《やましたともゆき》中将の相貌を思い起こした。ふくよかな顔は欧州通のエリート軍人というより、大西郷《だいさいごう》のような人徳を感じさせた。彼こそ膠着《こうちゃく》せる北支戦線の切り札であるとの、もっぱらの噂である。かの二・二六事件に際しては、叛乱《はんらん》軍の肩を持つような発言をして天皇陛下のご不興を買ったという逸話も、その風貌によく似合った。

ふと真顔に返って、川津中尉は続けた。

「自分の推測に過ぎませんが、おそらく軍司令官閣下には上がっていない案件だと思われます。だから噂になる前に、真相を究明せよと申されたのでしょう」

杉山元《すぎやまはじめ》方面軍司令官は、会食の席でほとんど口をきかなかった。日露戦争の最前線で重傷を負った、隻眼《せきがん》の将軍である。その印象は軍人というよりも、近よりがたい軍神を思わせた。

「軍隊の階級主義かね」

小柳は話の先を促した。そもそも軍隊に関する知識は持たないから、川津中尉の推理は興味深い。

「いえ。たしかに軍司令官を悩ませないというのは、参謀長としての心がけでありましょうが、もっと合理的な理由が考えられます。いわば法制度上の理由です」

　川津は少しためらい、小柳は顎《あご》の動きを止めて耳を寄せた。

「陸軍大将は親任官であり、方面軍司令官は親補《しんぽ》職であります。よって、本件がその杉山閣下の知るところとなれば、畏《かしこ》くも天聴に達せられる可能性があるのです。けっして宸襟《しんきん》を悩まし奉ってはならぬとの一心から、参謀長閣下は真相の究明を急いでいるのだと思われます」

　この男は小説家になれるかもしれない、と小柳は感心した。推理というよりも、大げさな想像である。そうした大嘘をおのれが信じこむことができるのは、明らかな才能にちがいない。しかも、解説はまこと端的でわかりやすかった。

「自分で言い出しておきながら、言葉遣いが堅苦しいじゃないか」

「はあ。軍人の習い性《しょう》というのは仕方ありません。先生はその調子で願います」

「僕が逃げ出しても、背中を撃ちなさんなよ」

「撃っても中《あた》りません。射撃はからきしです」

　密雲という町から道なき道をたどった張飛嶺の長城に、何が待ち受けているのかはわからない。だが、ともかく二人の関係を定めてくれた川津中尉の聡明さに、小柳は感謝しなければならなかった。

「遠いですねえ、先生」

指先の飯粒をねぶりながら遥かな山影を見つめ、川津中尉は忘れかけていた娑婆《しゃば》の言葉で言った。

4

栗林屯《りつりんとん》の分遣隊から電話が入ったのは、午前十一時を回ったころだった。

小田島《おだじま》曹長は受話器を叩き置くと、誰に当たるでもなく「遅い！」と怒鳴った。事務室に居合わせた憲兵たちは一斉に背筋を伸ばした。

北京の憲兵隊からの連絡によれば、到着予定時刻は〇九三〇《まるきゅうさんまる》、一時間半も遅れるとなると、途中で匪賊に出くわしたかと不安にもなった。いよいよ救援に向かおうと腰を上げたところに、三十キロ南方の栗林屯を通過したとの報告がもたらされたのである。

曹長は使い途《みち》がないくらい出来の悪い補助憲兵に命じた。

「流行作家の先生と甲幹上がりの中尉殿がご到着だ。冷めてもかまわんから飯上げをしておけ」

栗林屯からはまだ小一時間もかかるだろうが、遅刻の懲罰は冷飯でよかろう。

騒ぎを聞きつけて、何から何まで小田島に任せきりの分隊長殿が、隣室からのそりと現れた。

「おいおい、好きで遅れたわけじゃあるまい。丁重に扱え」

小田島は無視して、「行け」と部下をせかした。軍隊は星の数より飯《メンコ》の数というが、これほどあからさまな関係もほかにあるまい。

密雲憲兵分隊長の山村《やまむら》大尉は予備役からの召集で、つい一年前まで丸の内の銀行員だったらしい。四十にもなって今さら前線の中隊長でもあるまいから、旅順《りょじゅん》の憲兵教習所で速成の教育を受け、夏の終わりに着任した。幹候出身の肩書きばかりの中尉が、大尉に昇級して外地に出されたのである。

運のないやつだ、と小田島は思う。

密雲は先ごろ突貫工事で敷設された鉄道の沿線上にある。北京と長城の古北口《こほくこう》を結ぶ京古《けいこ》線である。同時に満洲国の承徳から錦古《きんこ》線も延伸されて、北支と満洲を結ぶ大動脈が完成した。ところが山村大尉が北京から着任したとたん、あちこちで線路が爆破された。京古線を日本軍の兵站路《へいたんろ》と読んだ共匪《きょうひ》のしわざである。

北京から古北口まで、百三十キロあまりの路線であるから、とうてい十分な守備隊を配置できず、工兵隊が修繕するそばからまたどこかが爆破される鼬《いたち》ごっこで、鉄道はまったく用をなさなくなった。

そもそも北支那方面軍は戦闘正面を西に指向しているから、満洲に接する長城付近は兵員不足なのである。

鉄道さえ健在ならば、北京からえんえんとトラックに揺られてくる必要はない。密雲は燕山《えんざん》山脈の山ふところに孤立してしまったのだった。

かつて駐屯していた独立歩兵大隊も、主力は武漢作戦に転用されて、召集兵ばかりの一個小隊三十人が残された。

そんな密雲の町に二十人の憲兵が踏ん張っているのは、共匪を探索するためである。密雲は明《みん》代に県城が置かれたほどの古い町で、人口も五万を算《かぞ》える。しかも人種は漢《かん》満蒙《まんもう》の諸族が混在している。かねて共匪の拠点といわれているのだが、実態は不明であった。

べつに山村大尉が悪いわけではない。むしろ憲兵一筋の小田島曹長にしてみれば、なまじ経験のある上官に居座られるよりも都合がよかった。

なにしろこの元銀行員は、今さら首っ引きで「軍刑法」やら「刑事訴訟法」やらを読んでいるのである。そして勉強にくたびれれば、部下の誰彼かまわず摑まえて、女学校出の世話女房や、府立一中に通っている倅《せがれ》の自慢話を始めた。

そんな員数《いんずう》合わせの上官であるから、仕事は何から何まで小田島曹長に任せきりだった。いや、何か不始末があったときは分隊長が責任を問われるので、小田島に頼りきっていた。

たしかに山村大尉のせいではない。だが着任したとたんに大隊が移動し、共匪の破壊工作が始まって密雲は孤立した。災厄を背負ってやってきたわけではないのなら、運が悪いとしか言いようはあるまい。

そこに、事件が起こった。

とっさの判断で部下の憲兵たちに箝口令《かんこうれい》を敷いたのは小田島である。北京の憲兵隊本部への報告は山村大尉の務めだが、しどろもどろでまったく要領を得ぬから、業を煮やした小田島が電話をかわった。

軍機に属する案件と思料しますので憲兵隊長殿に繋いでください、と小田島は冷静に言った。神崎《かんざき》大佐はかつて関東憲兵隊にいたころの上官で、小田島とは上下を超えた昵懇の仲であった。それで、話が通じた。

一時間も経たぬうちに、神崎大佐からの電話が入った。

別命あるまで現状を保全し、機密保持に徹せよ、と大佐は言った。

おとついの話である。

正午を回ってもトラックは到着しなかった。秋空は砂を巻き上げて白み、正中に眩《まぶ》しくもない太陽が、真昼の月のように懸かっていた。

憲兵分隊はかつての役場を接収した、小ぢんまりとした石造りの二階建てである。銀行の支店にも見えるから、分隊長殿は居ごこちがいいのかもしれなかった。

その玄関の石段を上り下りして、小田島は苛立《いらだ》った。近くの食堂から上げてきた飯は、とっくに冷え切っているはずだった。

駒繋ぎに並ぶ二頭の蒙古《もうこ》馬は、体こそ仔馬のように小さいが屈強でおとなしい。これならば甲幹上がりのうらなりでも、乗馬とは無縁の小説家でも、張飛嶺の頂上近くまで運んでくれるだろう。

小田島八郎《はちろう》憲兵曹長は、信州の雪深い村に生まれた。その名の通り八人の兄弟姉妹の末っ子である。最も古い記憶は、日露戦争の提灯《ちょうちん》行列であった。万歳万歳、勝った勝ったと声を上げながら、行列は昼夜わかたず村じゅうを練り歩いた。日の丸を振った記憶はないが、提灯の波はありありと憶《おぼ》えていた。そういう年齢だった。

二十歳《はたち》の徴兵検査は甲種合格で、軍縮の時代に運よく当たり籤《くじ》を引いて入営となった。日に六合の白米が食えるのだから、小作の倅で軍隊を忌避する者などはいなかった。

憲兵を志願したのも、経済上の理由からだった。上等兵ともなれば歩兵の兵営は極楽なのだが、専門職の憲兵には加俸がついて、月額五十円近い給金が手に入った。大学出の勤め人と変わらぬ高給取りである。おまけに恩給年限も短かった。

曹長まで出世して郷里に帰れば有名人で、貯金を元手に莨屋《たばこ》でも開くのが夢だった。貧しい生家に毎月二十円の仕送りを続けても、衣食住に金のかからぬ軍隊では十分にそうした計算が成り立った。

問題は尋常小学校しか出ていない学力だったが、軍隊はありがたいことに読み書きを教えてくれていた。選抜試験は問題集と教本の丸覚えで、ふしぎにも結果は学歴とまるで関係がなかった。

試験に合格したことが嬉しかったわけではない。自分は貧しかっただけで、馬鹿ではなかったのだと知った。

その自覚はさらなる努力に変わった。憲兵は主として軍事警察を司《つかさど》るが、場合によっては行政警察権と司法警察権を執行する。つまり警察官にまさる職務権限を持つので、広汎《こうはん》な法律知識が必要だった。

十七年の軍隊生活のうち、十四年を憲兵として過ごしてきた。このごろでは大学出の若い法務将校が、こっそり物を訊ねてくることもある。小田島の回答は判例を引くより速くて正確だからだった。

だが、部下の憲兵たちが彼を畏敬するのはそうした知識のせいばかりではなかった。二等兵から叩き上げで曹長まで昇りつめた小田島は、帰る家もなく軍隊にとどまった下士官兵にとっての、等しい憧れだった。

「小田島さん――」

名を呼ばれて振り返ると、山村大尉が白い太陽を見上げて佇んでいた。二人きりのときは、まず小田島を呼び捨てることがない。

そこまで気を遣われても困るのだが、立場を自覚しているのだろうと思えば、小田島にはこの情けない上官が憎めないのである。

「申しわけないが、張飛嶺にはあなたが引率して下さい」

こいつが物を言えば風が腐る。やはり災厄を背負ってやってきたような気がする。

「命令していただきたくあります」

うん、と肯《うなず》いて山村大尉は冗談めかすように言い直した。

「小田島曹長は張飛嶺まで引率せよ」

旅順の偕行社《かいこうしゃ》で仕立てたという軍服はまだ真新しく、階級章の金糸も輝いていた。

「小田島曹長、張飛嶺に引率します」

新兵のように正対し、復唱した。山村大尉に何の都合があるわけではない。二度と張飛嶺に行きたくないだけである。ならば他の用事をでっち上げればよさそうなものだが、嘘のつけぬ人であるらしい。

「なあ、小田島さん。やはり共匪のしわざじゃないかね」

「そうと決めつければ話は簡単です。断言できぬから大ごとになりました」

張飛嶺から帰ったおとついの夜、二人は言い争った。山村大尉は共匪のしわざだと言い張り、小田島は抗弁したのだった。大尉の主張には根拠がなかった。つまり、この事件が戦争の一部分なのか、そうではないのか、という議論だった。

小事ヲ大事ト思フベシ。大事ヲ小事ト思フナカレ。

憲兵の心得である。結局その憲兵の論理がまさって、ありのままを北京の憲兵隊本部に通報したのだった。

もっとも、小田島にも自信があったわけではない。現場を見たとたんの勘働きである。多年の経験が長城を渡る風になって、はっきりと囁《ささや》きかけたのだった。

これは戦争ではないよ、と。

「隊長殿。そのご意見は二度と口になさらないで下さい」

さすがに気に障ったのか、山村大尉は口元を歪《ゆが》めて苦笑した。

「探偵作家の推理の邪魔になるかね」

そう言われれば返す言葉もない。名うての捜査官や特務機関員が駆けつけるかと思いきや、こともあろうに従軍ペン部隊とやらで北京に滞在中の、探偵作家が派遣された。山下閣下も神崎大佐も、いったいどこまで本気なのかと疑いたくもなる。

「あなたはその先生の小説を読んだことがありますか」

「いえ、読書の習慣はありません。隊長殿は」

「私もそう暇じゃありませんな。名前ぐらいは知っているが」

山下参謀長の酔狂ではないとするなら、理由はひとつしか考えられなかった。軍の内部に噂を広めたくないのである。軍機にかかわる者は、最少の人数でなければならぬ。

「やあ、やっとこさご到着だ」

街道の彼方《かなた》に土煙が上がり、警笛が鳴った。姿が見えてもなかなか近付かないのは、エンジンの調子が悪いのだろうか。だにしても、匪賊の餌食《えじき》にならなかったのは幸いだった。軍人は名前ぐらいしか知らないが、国民に人気を博す流行作家が戦死したのでは、洒落《しゃれ》になるまい。

ふいに雲が払われて、略帽のうなじを灼《や》いた。

手庇《てびさし》をかざして仰ぎ見れば、蓋を被《き》せたような青空が頭上に拡がっていた。その天蓋を間近に遮って、稜線に長城の鎖をつらねた張飛嶺が聳《そび》えている。

海抜一千三百メートル。峻険な岩山である。

5

「やっとたどり着いたと思ったら、いきなり冷飯ですか」

黙って箸を動かす小柳先生が気の毒になって、川津中尉は独りごつように言った。

「つまらん文句はつけなさんな。遅れたのはこっちなんだから」

「道草を食っていたわけじゃありませんよ」

トラックが燕山山脈の登りにさしかかったころ、ふいに空が翳《かげ》ったと思う間に盥《たらい》をひっくり返したような大雨になった。視界がなくなるほどであったからしばらく待機したのだが、その先はぬかるみとの格闘になった。タイヤを空転させながら山道を進むうちに、今度はエンジンが焼けてしまったのだった。

半日がかりでようやく密雲の憲兵隊に到着し、分隊長の老大尉に申告をすませたあと別室に通された。用意されていたのは冷え切った高粱《コーリヤン》飯と、蠅《はえ》がたかるにまかせた炒め物だった。

「お口に合わんでしょう。先が思いやられます」

「いや、そんなことはないよ。口が驕《おご》っているのは君のほうじゃないかね」

たしかに小柳先生の表情は、まんざらでもなさそうである。その通りかもしれない、と川津は思った。

軍隊に入って最も驚いたことは、その食生活の豊かさだった。

麦飯に一汁一菜とはいうものの、その「一菜」はビフテキ、カツレツ、魚のフライなどに馬鈴薯《ばれいしょ》や野菜サラダが付く。「一汁」も具のたっぷりと入った薩摩《さつま》汁やカレー南蛮である。飯には脚気《かっけ》予防のために三割の麦が混じるが、定量は一食二合、一日に六合という大盤ぶるまいだった。しかも将校には必ず当番兵が付き、三度の飯上げをする。いわゆる「上げ膳据え膳」である。

外地に出てからはいっそう豊かになった。北京《ペキン》飯店をそっくり接収している方面軍司令部では、平時と同様にホテルの厨房《ちゅうぼう》で三度の食事が賄われる。

小柳先生はときどき顎《あご》を止めて、天井を見上げたり、首をかしげたりした。いったい何をお考えやらと見守っていたが、とうとう辛抱たまらなくなって川津は訊ねた。

「先生、何か？」

「いや、この昼飯はなかなかうまいと思っていた」

「うまい、というほどではないでしょう。私の口が驕っているかどうかはともかく」

「そうではないよ、川津君。この飯はなかなか雄弁なのだ」

「ああ、そういう意味ですか。で、いったい何を語ったのでしょう」

川津は箸を置いて軍服の背を正した。

「いいかね、川津君。われわれが遅刻したから飯が冷めたのではない。軍隊はそんな間の悪いことはするまいし、ましてや温いものを温いうちに食わせるのは、支那のうるわしき伝統だ。遅れた罰に冷飯でも食わせろ、という悪意を感ずる」

「はい。腹立たしい限りです。こっちはわけのわからぬ任務についているというのに」

「しかし、あの如才ない大尉殿が、そうした嫌がらせはするまい。あの人はどう見ても予備役召集の将校だ。軍縮時代に退役させられて、民間の会社に雇われていたところを今次の大動員で引っ張り出された。いまだ娑婆ッ気の抜けぬ彼が、こういう下卑た仕打ちをするとは思えんね」

「現役将校も下卑た真似はしません」

川津が声をひそめると、先生はわが意を得たりとばかりに肯いた。

「そう。冷飯が語ったのは、この憲兵隊の人間関係だよ」

そのあたりは川津も勘づいていた。山村大尉は飾り物の分隊長で、実際に憲兵隊を仕切っているのは、迎えに出ていた小田島曹長だろう。無能な指揮官と歴戦の下士官という、軍隊にはままある構図だった。

「憲兵一筋なのだろうね。目付きが猜疑《さいぎ》心に満ちていた。われわれが遅れたことに苛立っていたのではあるまい。どうして探偵作家とメガネの甲幹がくるのだと、まずそれが気に食わんのだ。だが、有能な憲兵だよ、おそらく」

川津も検閲班では、長い軍歴を持つ曹長や軍曹を指揮しているから、彼らとの軋轢《あつれき》は身にしみて知っていた。しかし、俗に「甲幹」と呼ばれる一般大学出身者を軽侮するほどの下士官は、たしかに仕事もできるのである。

「すなわち、このたびの一件でわれわれと行動を共にするのは、あの曹長だろう。大尉殿はすでに腰が引けている。だからこそ、まずは冷飯を食わせて、俺を舐《な》めるなよ、という意思表示をした」

「陰湿な男ですな」

「それが軍隊の本質じゃないかね。人間の肉体はほとんどが水分だというじゃないか。つまり頭を使うより体を張る職業というのは、陰湿にきまっている」

「はあ。それは新説ですが、たしかに言われてみれば陰湿な職場です」

小柳先生は箸の先をねぶってから、鵞鳥《がちょう》のような噯《おくび》をした。弁舌さわやかだが、あんがい下品である。

ねぶった箸の先が、さすがに食い残した高粱《コーリヤン》飯に向けられた。

「まずいね。とうてい平らげることはできない。だが、やはり雄弁だ」

冷えた高粱飯は、いったい何を語ったのだろう。

「満洲国では、日本人が白米を食い、満人は高粱を食わされているそうだ。おたがいそれが主食なのだから、食糧不足にはならないというのだがね、はたしてそうだろうか。支那人が食べても、やはり高粱より米の飯のほうがうまかろう」

「北支でもすでにその指導は始まっています。北京市内の食堂では、許可を得ずに米飯を提供してはなりません」

「勝手な話だ」

もともと満洲も河北も、米はほとんど生産されない。だから高粱や小麦粉が主食と言えばそうなのだが、米食を事実上禁ずるというのは、たしかに勝手な話だった。

満洲国への移民政策を推進するうえで、日本から輸入される白米は日本人が独占する、というふれこみが必要なのだろうと、川津は読んでいた。

「高粱の冷飯はまずいね」

「同感です」

川津はほとんど手を付けていなかった。

「いかに陰湿な軍隊でも、ここまでの嫌がらせはするまい。つまり、密雲の兵隊は日ごろから高粱飯を食わされている。おかずの味付けも脂っこくて塩辛いから、支那人が作ったものだろう」

思い当たるふしがあった。北京から乗ってきたトラックには、大きな二斗入りの叺《かます》がたくさん積まれていた。敵襲に備えた弾よけの掩体《えんたい》だとばかり思っていたのだが、中身はたぶん米だったのだろう。

戦地での糧秣《りょうまつ》は多くが現地徴発される。しかし北支では米が穫《と》れないから、天津の港に揚がる内地米が頼みの綱だった。ともかく兵隊は米を食わなければ力が出ない。

小柳先生は箸の先で食器を叩いた。これはアルマイト製の官品である。

「調理を支那人に任せているのでしょうか」

「いや、そうではないね。トラックに積んできた叺は、斜向《はす》かいの食堂に運びこまれた」

川津は窓に倚って密雲の街衢を見おろした。憲兵隊の斜向かいには観音開きの扉を赤いペンキで塗りたくった、ひとめでそうとわかる支那料理屋があった。

春には蒙古風が吹き荒れるのだろうか、どの店の玄関にも石段がついていて、床が上げられている。黄砂の吹く北京もそれは同様だが、密雲の店の床はさらに高かった。砂よけの造作である。

その石段に腰かけて莨を喫《す》っているのは、叺の卸下《しゃが》作業をおえた兵隊であろうか。米の到着がよほど嬉しいとみえて、どの顔も笑っている。

それにしても、小柳先生の目配りには畏《おそ》れ入った。

「あの食堂が調理を請け負っている、と」

「ほかに考えようはあるまい。金属《カネ》の茶碗に支那料理なのだ」

「ちっぽけな店ですよ。この憲兵隊の専用でしょうか」

「いや。道すがら妙に思ったんだが、街なかで兵隊の姿を見かけなかった。あの食堂で賄える程度の部隊しかいないのだろう」

考える間もなく川津は得心した。武漢三鎮の攻略戦には、三十万もの大兵力が動員されたという。帝国陸軍開闢《かいびゃく》以来の大作戦である。だとすると、長城線の守備についていた部隊の多くも、転用されたはずだった。そもそも長城の向こう側は満洲国なのだから、ここに大軍を配置しておく理由はない。

治安維持と匪賊の探索に必要な数だけを残して、主力部隊は西に向かった。しかるのち、匪賊によって鉄道の兵站線が破壊され、密雲は孤立した。米も満足に食えなくなった。

「おおむね了解しました」

「ほう。さすがは帝大出だね。士官学校出身の将校とは頭のデキがちがう」

ハテ、自分の身上はしゃべっていないはずだが、と川津中尉はふしぎに思った。小柳逸馬の探偵小説を読むたび、つねづね感じていた通り、もしや神がかりの天才なのではあるまいか。

しかし川津がそう思うそばから、この先生はカネの茶碗を竹の箸で叩きながら、ひどい音痴の声で唄《うた》うのである。

一つとせ　人のいやがる軍隊へ
志願で出てくる馬鹿もある
再役するよな馬鹿もある　トコシャン

6

張飛嶺へ向かう道は険しかった。

密雲の町は清《しん》代そのままの古い城壁に囲まれていて、北の城門を抜けるとたちまち荒寥《こうりょう》たる原野が拡がった。

乾ききった一面の土漠である。それでも貧しい草を求める羊の群れがあった。やがて石くれが岩に変わり、山肌が近付くほどに道は谷《きわ》まった。

立派な軍馬に跨《またが》った小田島曹長が先頭に立ち、小さい蒙古馬にしがみつくようにして小柳先生が続き、川津中尉は殿《しんがり》を進んだ。

射撃も剣術もからきしだが、乗馬は得意である。多摩《たま》の百姓家に生まれて、幼いころから牛馬には親しんでいた。

二頭の蒙古馬は四肢が太くて力強く、驢馬のように従順だった。

しかし、いつ匪賊の襲撃があってもおかしくはない蛮野である。護衛の兵隊もいない。岩山の俯《ふ》角《かく》から狙撃されればひとたまりもあるまいと思うと、川津の視線は山あいを泳ぎ続けた。

道は登りにかかり、次第に勾配が急になった。そのあたりからは植林されたものであろうか、整然とした唐松の森に入った。こがね色の松葉が降りしきり、蹄《ひづめ》が埋もれるほど柔らかく積もっていた。輜重隊の運転手は、「遠いですよ」と脅かすように言ったが、たしかにその通りだった。かつて張飛嶺の監視廠《しょう》まで、物資を担ぎ上げた経験があったのだろうか。

蒙古馬の背に揺られながら、川津はこの期に及んでもまだ知らされぬ「事件」について、あれこれ考え続けた。

冷飯を食っている間に、山村大尉は巡察に出てしまった。実に心外である。

張飛嶺まで同行するのは案の定、小田島曹長だったが、よほど無口な人物なのかそれとも機嫌を損ねてでもいるのか、物を訊ねてもまともな答えがなかった。

到着したとたん冷飯を食わされ、ものの十五分か二十分で追い立てられるように出発した。出がけに小田島曹長は言った。「話は見てからにして下さい」と。上官の質問に対して、そんな回答があるだろうか。つまり、わかりやすく言いかえるのなら、「見なければ話にもならぬ」ということだった。

唐松の森が尽きると、目隠しを解かれたように視界が豁けた。

空は白く濁っている。行手にはもう樹木はなく、熊笹の繁みのところどころに、熾《おき》火《び》のように赤く色付いた灌木《かんぼく》があるばかりだった。

「やあ」

と、小柳先生が感嘆の声を上げた。

見る間に雲が流れて、山脈の稜線につらなる万里の長城が一望されたのだった。

長く高い壁である。かつて北方騎馬民族の襲来に備えて建造された防衛線だというが、そもそも万里に続けば兵員を配置できまい。しかし、こうして目前にすれば、馬も羊も越えられないのだから、それなりの効果はあったとも思えた。

「小休止としましょう。よろしいですか、中尉殿」

小田島曹長がようやく口を利いた。馬を唐松の幹に繋ぎ、草むらに腰を下ろすと、雑嚢《ざつのう》から乾麺麭《かんめんぽう》の小袋を取り出して、曹長は二人に勧めた。

口に入れると胡麻の香りが拡がった。嫌がらせの冷飯よりも、乾パンのほうがよほどうまいと思った。

「お二方とも、長城をご覧になるのは初めてですか」

腹の虫が治まったのだろうか、曹長は髭面を綻《ほころ》ばせて語りかけた。

「いかがですか。聞くと見るは大ちがいでしょう。東の山海関から西はゴビ砂漠の涯てまで、総延長は七千キロとも一万キロとも言われています。それにしても、万里はいささか大げさでしょうが」

どうやらこのあたりで仲直りをしておこう、という魂胆であるらしい。いかにも古手の下士官が考えそうなことである。

「いや、大げさではない」

剣呑な口調で小柳先生が言い返した。意外なことに、腹の虫が治まらないのは先生であるらしい。やめておきましょうよ、との意を含めて、川津は目配せを送った。

「日本の一里は約四キロメートルですが、支那の一里は五百メートルですな。すると、一万里は五千キロメートルとなりますから、あながち過大な表現ではないでしょう。少くとも白髪三千丈の類《たぐ》いではありませんよ」

曹長は苦笑いをして、「一本返されました」と言った。

一本取られたのではなく、「返された」と言ったからには、冷飯の指示をしたのは自分だと認めたのである。意地の張り合いはこの一言で引き分けになった。

それから曹長は、くわえ莨で張飛嶺の長城を仰ぎながら、やっと気を許したように、まだ内容のわからぬ事件の背景だけを語り始めた。

「張飛嶺守備隊は歩兵一個小隊三十名、これを三個分隊十名に編成し、五日間交替でそれぞれ、監視廠勤務、密雲城内の分屯地において控え、および市中警備に任じております。よって、各分隊はおおむね一月に二度、張飛嶺の監視廠に上番します」

川津は要領を手簿《しゅぼ》に書き取った。何につけてもメモを取るのは将校の習い性である。

小柳先生は目をつむり、いちいち肯きながら曹長の話に耳を傾けていた。

「もとは北支《ほくし》方面軍直轄の独立歩兵大隊がありましたが、主力は前線に抜かれまして、一個小隊が残されたのです」

川津は小柳先生と顔を見合わせた。まさしく想像していた筋書き通りである。

「指揮系統はどうなっているんだ」

「さて、そのあたりははっきりせんのです。張飛嶺守備隊が何百キロも離れた大隊本部の指揮を受けているとも思えませんし、かと言って小隊が方面軍の直轄であるはずもない。まあ、主力が前線に出たあと、残された小隊が従前通りに任務の遂行をしている、というところでしょう」

「なるほど」と、川津が答えると、小柳先生もひとつ肯いた。

昨昭和十二年の七月に、北京郊外の盧溝橋《ろこうきょう》で起こった日支両軍の衝突が、ここまで拡大するとは思ってもいなかった。事変と呼ばれているが、すでに支那全土を戦場とした全面戦争である。日本軍が北京を占領しても、国民政府の首都南京が陥落しても、終結する様子はない。つまるところ、支那は広すぎ、蔣介石《しょうかいせき》の中国軍は思いのほか強いのである。そのうえ毛沢東《もうたくとう》の率いる共産軍が、点と線しか確保していない日本軍の占領地域に浸潤して、ゲリラ戦を展開していた。これも実は「共匪」という呼称にそぐわぬ大敵だった。

古来戦略上の要衝とされる武漢を陥《お》とせば決着がつくと考えて、日本軍は大兵力を向けたのだった。密雲に駐屯していた独立歩兵大隊も抽出された。だが先月、武漢が陥落しても戦《いくさ》の先行きは見えなかった。

そうした戦局の中で、密雲に残された張飛嶺守備隊は、指揮命令系統もよくわからぬまま孤立したのである。

小田島曹長の説明で、川津の想像はそこまで補強された。

「一個小隊三十名しかいない密雲に、どうして憲兵分隊が置かれているのだ」

素朴な疑問である。

「わが憲兵隊の任務は、密雲周辺の治安維持と情報収集であります。このあたりは共匪の巣窟《そうくつ》です。状況は逐次、北京の憲兵隊本部に報告しております。本件についても、まず憲兵隊長の神崎大佐殿に通報しました」

どうしてあなたに訊問されなければならぬのだ、とばかりに曹長は川津を睨《にら》み返した。

またひとつ謎が解けた。分隊から憲兵隊本部へ、憲兵隊長の神崎大佐から方面軍司令部の山下参謀長へと極秘報告が上げられた。事実秘匿のためには組織を使えないから、いわば軍隊の員数外である従軍ペン部隊の探偵作家に密命が下った、という筋書きはどうだ。

　しかし、だにしてもそこまで過敏にならなければならぬ「本件」とは、いったい何なのだろう。

「守備隊の指揮官は誰か」

「戸田《とだ》正治《しょうじ》見習士官であります。戸棚の戸に田圃《たんぼ》の田、正しく治める、と書きます。士官学校出ですが、事変下の繰り上げ卒業で、ずいぶん若かった」

　川津は鉛筆を止めた。

「若かった、とは？」

　曹長は答えをためらわなかった。すでに張飛嶺は指呼の間である。

「死亡しました」

　ひやりと肝が縮んだ。「死亡」という言い方はおよそ軍隊では禁忌である。とりわけ戦地であれば、その事実は「戦死」もしくは「戦病死」でなければならぬ。

「共匪のしわざか」

「そのあたりを検分していただきたくあります」

　自分はそう思っていない、と言っているように聞こえた。

「中尉殿。一点だけ、よろしいですか」

「何だ」

「北京からの連絡では、小柳逸馬先生に護衛の将校を付けて向かわせる、とありました。その小柳先生が物を申されず、護衛の中尉殿があれこれお訊ねになるのは、いかがなものかと思われます」

「それは、意見具申かね」

　いささか気押されて言い返すと、曹長は剛直そうな唇を引き結んで、ひとこと「はい」と答えた。

　気まずい沈黙を破って、小柳先生が大あくびをした。

「彼は護衛じゃなくて、僕の助手だよ。上がどういう命令をしたかは知らんがね、どだいこんな帝大出のうらなりに、護衛役が務まるはずもないじゃないか。幸い頭の回転はよろしいようだから、僕が助手に任命した。まあ、そうした次第なので、ひとつよしなに」

　小田島曹長はさほど考える様子もなく、あっさりと了簡《りょうけん》したように立ち上がった。腰の曹長刀や大型拳銃や、夥《おびただ》しい装具のせめぎ合う音が、筋肉の軋《きし》みのように聞こえた。

　潔癖なのか陰湿なのか、よくわからない。そこがまた、長い軍歴によって化育された、下士官の雛形であるように思えた。

　張飛嶺の長城は満土から漢土へと渡る雲の切れ間に、見え隠れしている。

尾根道は垂直に聳える胸壁に阻まれた。

その先はつづら折りの石段である。途中から雲に呑まれているさまは、天上界に続く道と見えた。

胸壁の真下にわずかな窪地があって、先朝の遺物と思える石造りの廠子《チャンツ》が建っていた。張飛嶺は明清の時代にも、兵士が常駐する要衝であったらしい。

馬はここに繋いで、岩壁を穿《うが》った石段を登らなければならなかった。

ふと、硫黄《いおう》臭が鼻をついた。火山の周辺や温泉街に漂う、硫化水素の臭いである。よく言えば旅情を誘い、悪く言うならしばしば「卵の腐ったような」と表現される。万里の長城に温泉が湧くなどとは聞いたためしもないから、火薬の臭いではないかと川津は身構えた。

小銃や拳銃の射撃のあとは、この臭いが鼻にまとわりつく。とりわけ砲兵の軍服にはしみこんでいるので、野戦から帰った将校などは司令部の廊下ですれちがいざまに、兵科が知れることもあった。

「横着をしているわけではありません。小柳先生にお見せするまでは、現状を保全しておけと命じられました。検分をおえたのち処理します」

それにしても、火薬の臭いがたちこめているのは不穏である。「危険はないな」と川津は念を押した。

尾根道よりやや低まった窪地に建つ廠子《チャンツ》に向かって、三人は殆《あやう》い石段を下った。硫黄臭が濃くなった。

「ああ。中尉殿はご存じないかもしれませんが、これは装薬の臭いではありません。もうだいぶ冷えてきましたから、二日三日は大丈夫だと思ったのですが」

肩を摑まれて振り返ると、小柳先生が辛抱たまらぬというふうに手拭で鼻を被っていた。

「これはね、腐敗臭だよ。卵も人間も同じ蛋白質だから、腐れば硫黄ガスが発生する。つまり、死臭だ」

聞いたとたんに胸が悪くなって、川津は立ったまま嘔吐《おうと》した。

「ずいぶん気の弱い助手ですな。おい、コラ。しっかりせんか。兵隊ならば気合いを入れてやるところだが、中尉殿をぶん殴ったらこっちが軍法会議だ」

曹長に背中を叩かれて気を取り直した。何を考える間もなく、胃がすくみ上がってしまったのだった。

「いや、あの冷飯がね――」

「つまらんことは言いなさんな。戦地に出たなら誰だって正気を欠きます。前線の塹《ざん》壕《ごう》の中などはあなた、そこいらじゅう反吐《へど》だらけだ。恥ずかしい話じゃありません。

じきに慣れます」

無念ではあるが、これで小田島曹長との関係は定まった、と川津は思った。軍人は星の数より飯《メンコ》の数なのである。

水筒の水で口をすすぎ、および腰で曹長の後に続いた。

長四角の切石と、黝《くろず》んだ煉瓦を積み上げた廠子が迫ってくる。屋根は瓦《かわら》で葺《ふ》かれているが、軒は崩れて、あちこちに草が萌《も》えていた。扉も窓も朽ち破れ、洞《ほら》のようになった闇から濃密な死臭が漂い出ていた。

「南側面にあたりますから、あんがい暖かいのでしょう。ここを衛兵所として、長城の望楼に兵隊を出していたようです。勤務割については不明ですが、なにぶん望楼とは標高差がありますから、一時間や二時間で交替するのも手間でしょう。せいぜい昼夜交替、もしくは一日交替と思われます。詳細は守備隊の兵にお訊ね下さい。とりあえず全員を密雲の分屯地に禁足として、憲兵隊が監視しております」

曹長の物言いには、余計な任務につく羽目になった憤りが感じられた。彼の説明から察するに、密雲憲兵隊と張飛嶺守備隊は、もともと何のかかわりもないらしい。ただ、宿営地が同じ密雲市内だというだけで、憲兵隊はその職務上、かかわらざるを得なくなった。

「しょせん、ろくでなしどもですよ」

辛辣《しんらつ》な口ぶりで曹長は言った。

「仏の悪口など言いたくはありませんが、武漢作戦に出動した部隊は、足手まといになりそうな連中を集めて密雲に残したのです。千人のうちの三十人ですぞ。それはもう、揃いも揃ったろくでなしです。おまけに小隊長はまだ二十歳《はたち》か二十一の見習士官なのですから、兵隊たちに舐め切られている。あげくの果てが、このザマだ」

小田島曹長は一息にまくしたてると、破れ扉を長靴《ちょうか》で蹴り開けた。死臭が溢れ出た。

「さあ、先生。これが匪賊のしわざに見えますか。そういうことにしちまえと言うのなら、話は簡単です。どんな結論が出ようと自分は順《したが》います。とくとご検分下さい」

ほの暗い廠子《チャンツ》に歩みこんだ。

間仕切りのない土間である。中央に古ぼけた卓と長椅子が二脚。左手の壁ぞいに温《オン》床《ドル》と思える小上がりがあって、藁蒲団《わらぶとん》が乱れていた。そこに青黒く腫《む》んだ死体が二つ。片方は軍服の前をはだけて仰向いており、もう一体は毛布の下で丸くなっていた。

右側には煉瓦を積んだ竈《かまど》が据えられ、調理台と水瓶が置かれている。崩れた薪《たきぎ》の山に、毛付きの防寒外套《がいとう》をかぶせられた遺体。襟には曹長の階級章に並べて、見習士官を示す金色の星章が付いている。

小田島曹長が外套をめくり上げた。

「戸田見習士官であります」

虚《うつ》ろな瞳が天井に向けられ、両手は何か見えぬものを摑もうとするように硬直していた。

幸いなことに、この遺体はさほど腐乱してはおらず、童顔が瞭《あきら》かだった。川津は思わず掌《て》を合わせた。

さらには、裏口の敷居にのしかかるようにして俯《うつぶ》した一体。外壁に背をもたせかけて座ったまま息絶えた一体。これらは陽光に晒《さら》されていたせいか腐敗が激しく、みっしりと蠅がたかっていた。

川津は谷から吹き上がる風に向き合って深呼吸をした。悪い夢でも見ているのではないかと思った。

「多少でも事情を知っていれば、線香ぐらいは持ってきた」

「どう説明すればよろしいのですか。それこそ口に出すだけで反吐が出る。目で見ていただくほかはありません」

曹長の肩から、いくらか力が抜けたように思えた。虚勢を張っていたわけではなく、虫の居所が悪かったわけでもなさそうだった。腰の引けた憲兵分隊長に代わって、この事件をひとりで背負うつもりなのだろう。

莨を勧めながら、曹長は唐突に話頭を転じた。

「軍隊の物相飯《もっそうめし》を食って、十七年になります。以前は奉天《ほうてん》の関東憲兵隊におりました。

遅ればせながら女房を貰《もら》ったとたんの転属でして。見合い写真を持って奉天駅の改札で待っておったのですが、どうにも見当たらない」

いったい何の話を始めるのか、相鎚《あいづち》の打ちようもなかった。

「写真うつりがよすぎて、べっぴんばかりを探しておったのです。女房は女房で、若くてハンサムな曹長殿を探しておりました。三十分も待合室をうろうろして、客もあらかた引けちまったから、よもやまさかと思いながら訊くだけ訊いてみた」

「どちらが先に？」

「いや、遠くから見つめ合いまして、おたがいよもやまさかと思いながら、あのぅ、もしやツネコさん、よもや小田島さん、と」

「笑っていいか」

「どうぞ。考えてみれば、似合いの夫婦でした。それで、かえってホッとしました」

「で、奥方はご一緒ですか」

「いえ、奉天の官舎におります。ここには呼べません。中尉殿は」

「あいにくチョンガーです。里に見合い写真でも送るか」

「なるたけ写りのよい写真を」

「その必要はなかろう」

いくらか胸が軽くなった。十七年の飯の数は大したものだ。

小柳先生は廠子《チャンツ》の内外を歩き回っていた。裏口から死体を跨《また》いで歩み出るなり、大きく息をついて先生は言った。

「毒殺だね。血痕もなし、銃創もない。ところで、分隊が十名とすると、残りの五人は助かったのかな」

「いえ」と、小田島曹長はにべもなく答えた。

「第一分隊は全滅であります。生存者がいるのなら苦労はありません」

曹長は裏庭を巡って尾根道に向かった。三頭の馬が何ごともなく草を喰《は》んでいる。その先に、天をめざすようなつづら折りの階段が昇っていた。

胸壁を巻いて流れる雲の切れ間に、万里につらなる長く高い壁が望まれた。

7

廠子から長城までの標高差は、百メートル以上もあるだろうか。

いざ歩き始めてみると、階段などではなくて岩山を開鑿《かいさく》した登《と》攀路《はんろ》である。小田島曹長が先頭を進み、小柳先生を中に挟んで、川津中尉は殿《しんがり》を登った。軍刀がころあいの杖になった。

先生の足元は覚束《おぼつか》ない。小説家は座ったきりの仕事なのだから仕方あるまいが、だにしてもよほどの運動不足と見える。もし足を踏みはずせば、もろともにあの世行きである。

二つめの折り返しで、早くも小休止をとった。

「いやはや、万里の長城がこんな山の上にあるとは思っていなかった」

息を入れながら、小柳先生は閑《のど》かなことを言った。多少なりとも軍事知識があれば、意外に思うはずはない。

助手から説明せよ、とでも言わんばかりに、小田島曹長が髭面《ひげづら》を向けた。

「そりゃあ、先生。陣地は高いところに造らねばならんからです。俯角《ふかく》と仰角の視野のちがいは、決定的ですからね」

「ああ、なるほど」

知識はなくとも、説明すればたちまち理解する明晰な人である。

曹長が遥《はる》かな山なみを指さして補足した。

「長城は山海関からずっと、稜線《りようせん》をたどっています。攻撃は常に仰角、守備は常に俯角ですな。よって強力な砲兵の支援がなければ、攻略はできません。昭和八年の熱河《ねつか》作戦では、関東軍もずいぶん苦戦を強いられました」

岩盤のすきまに茂る灌木《かんぼく》はみごとに色付いているが、楓《かえで》でも櫨《はぜ》でもないこのあたりの固有種と思えた。森林限界の緑は眼下に瞭《あきら》かだった。標高は張飛嶺の頂上でも一千三百メートル程度なのだから、冬の寒さがよほど厳しいのだろう。

「さて、出発しますか」

曹長に促されても、先生は石の上に腰を下ろしたまま景色を眺めていた。まだ歩き出す気になれぬのか、それとも何かしら考えごとをしているのか。

川津中尉は手簿《しゅぼ》を開いた。

張飛嶺守備隊は一個小隊三十名。指揮官は戸田正治見習士官。これを三個分隊十名に編成し、各分隊が五日間交替で張飛嶺の監視廠《しょう》に勤務した。おおむね月に二度の上番となる。

「小隊長は員数外《いんずうがい》かね」

ふと思いついて、川津は曹長に訊《たず》ねた。

「いえ。小隊長以下三十名と聞いておりますので、員数外ではないでしょう」

小隊長が三十人の下士官兵を指揮しているのなら、「小隊長ほか三十名」である。「以下」は指揮官も員数に含まれるので、総員が三十人ということになる。

通常こうした場合は、下士官がそれぞれの分隊を指揮し、小隊長は密雲の小隊本部にあって、全体を掌握するはずである。

一個分隊を十人として、兵員の余裕がまったくないから、小隊長がそのうちひとつの分隊長を兼務していたのだろうか。

まだ稚《おさ》な気の残る戸田見習士官の死顔を、川津は思い出した。

密雲に残された兵は、一千人の大隊からはじき出された厄介者ばかりだという。職業軍人たる下士官にそうした手合いはいないであろうから、隊員のあらましは上等兵以下の兵隊にちがいない。血気盛んな若い見習士官は、やはり巡察に来て災難に遭ったのではなく、はなから一個分隊を率いて監視廠勤務についていたのだろう。

川津の質問を封じるように、小田島曹長はきっぱりと言った。

「先ほど申しましたように、憲兵隊と守備隊は日ごろかかわりを持ちません。宿営地も離れているし、任務も異なります。むろん本件の取調べも始めてはおりません。さあ、行きましょう」

ハイハイ、と溜息《ためいき》まじりに答えて、小柳先生がようやく腰を上げた。

岩壁の坂道はいよいよ険しさを増した。なるほどここを往還するのでは、二時間で交替というわけにもゆくまい。ましてや闇夜ではとうてい歩けない。昼夜もしくは一日交替で、長城の勤務についていたはずである。曹長は「ろくでなしども」と悪しざまに言ったが、なかなかどうして苛《か》酷《こく》な任務に思える。

それを承知していればこそ、戸田見習士官はみずから率先して勤務についたのだろう。そうでもしなければ、「ろくでなしども」を掌握できるはずはない。

息を切らして登るうち、ようやく頭上に望楼が姿を現した。大昔に造られた石積みの砦《とりで》である。やがてその両側に列《つら》なる長城も少しずつ視界に押し上げられてきた。

振り返れば、惨劇の起こった廠子《チャンツ》の屋根は奈落の底にあった。

「さあ、もう少しです。前進、前進！」

いつの間にやら遥か高みに立つ曹長が、胴間声で気合いをかけた。憲兵とはいえ、十七年の軍歴はさすがである。甲種合格の即日入営としても、単純に計算すれば三十七歳になるはずだが、体力は若い川津の比ではない。これもまた、「飯の数《メンコ》」のうちなのだろうか。

「先生、大丈夫ですか。少し休みますか」

いや、とようやく答えたきり返事はなかった。しまいには泥まみれになってしまったホームスパンのズボンの尻を押して、ようやく長城直下の石段にたどり着いた。すきまなく組み上げられた切石の階段である。踏跡は滑らかに窪《くぼ》んでいる。何百年にもわたって、明や清の兵士たちが往還したのであろう。

「さあ、最後のひと踏んばり」

小田島曹長の大きな掌《て》に引き上げられて、小柳先生と川津中尉は長城に立った。同時にワアッと声を上げた。

たしかに見ると聞くは大ちがいだった。燕山山脈の尾根を天翔《あまかけ》る龍のようにのたくりながら、高く低く、視野の限りに長城が延びていた。

どこも人の攀《よ》じ登れる高さではない。幅員も三メートルはあろうか。そしてそのところどころ、ほぼ一キロメートルごとに望楼が築かれていた。

山稜を渡る長城に立てば、視界のすべてが俯角だった。この巨大な壁が七千キロも一万キロも続くのだと考えただけで、もしや日本は無謀な戦《いくさ》をしているのではないかと川津は思った。

「張飛嶺はこのあたりの総称であります。左前方の望楼が東五楼で、その先に東四楼、東三楼」

視認できるのはそこまでで、東二楼も東一楼もあるのだろうが雲に呑《の》まれていた。

曹長は反対方向に指先を返した。

「東に向かって、東六楼、東七楼。東十楼の先は司馬台《しばだい》長城の西楼が続きます。このあたりは満蒙と河北を結ぶ要路ですから、とりわけ堅固に造られておるようです」

帽子を脱いで額の汗を拭いながら、小柳先生が質問をした。

「張飛嶺というのは、三国志の張飛だね」

「自分は学がないのでよくは知りませんが、軍神の張飛でも抜けまい、という意味だそうです」

「張飛も抜けぬ長城を、関東軍は抜いたわけだ」

「少し離れていますが、熱河作戦では古北口を占領しました。古来の関門ですから、ここよりもさらに堅固です」

「観光案内ではなかったね」

「はい、行きましょう」

曹長は東五楼と称する望楼に向かって歩き出した。麓《ふもと》の廠子《チャンツ》から最も近いその望楼が、張飛嶺守備隊の監視廠なのだろう。ほかの望楼よりも高い位置にあるから視界もさらに広いはずである。

昼夜交替か一日勤務か知らぬが、その望楼を根城として東西の長城を動哨《どうしょう》するのだろうか。いよいよつらい任務に思えてきた。

東五楼の屋上には日章旗が翻っていた。

「匪賊《ひぞく》のしわざではない証拠です」

小田島曹長が旗を見上げて言った。もし一時でも占領されたならば、敵はまず日章旗を引き下ろすはずである。

この憲兵はただものではない。抗日ゲリラのしわざにすれば面倒はなかろうに、翻る日章旗に着目した。戦争の一部分ではなく、事件を察知したのである。

急勾配の石段を登ると、アーチ形に組み上げられた入口があった。冷たい風が吹き抜けた。

「ここは臭いませんな。下の小屋とはちがって吹き曝《さら》しです。夜はもう氷点下の寒さでしょう。真冬には零下二十度まで下がります」

望楼に足を踏み入れると、長靴《ちょうか》の底から地虫のように、冷気が這い上がってきた。煉瓦《れんが》を積み上げたアーチ窓と、屋上に抜ける天窓があちこちに開いているせいで、内部は明るかった。

中央の主室をめぐって狭苦しい石廊が設《しつら》えられている。平面図にすれば漢字の「回」である。吹き抜ける風は、壁や柱に身を寄せれば凌《しの》げるだろう。

ドラム缶を輪切りにした火床には石炭の燃え殻が嵩んでおり、そのぐるりに、まるで藁筵《わらむしろ》の上に仰向いて仮眠でもとっているような三つの遺体があった。どれも毛付きの防寒外套《がいとう》を着ている。廠子《チャンツ》のそれのように腐敗はしていないが、どの死顔も仮面を被《かぶ》ったような灰色だった。夜の間に凍りつき、溶けぬうちにまた凍ってしまったのだろう。

先ほどのような悪感情は湧かなかった。戦地では死体などじきに見慣れてしまうと聞いているが、こんなにも呆気《あっけ》ないものかと、川津は自分自身の良識を疑った。北側の石廊に一体。これは煉瓦の柱を枕にして、恨めしげにアーチ窓を見上げていた。

その先に、担架に乗せられて毛布を被せられた遺体があった。

「これは？」

「交替の分隊が到着したとき、ひとりだけまだ息がありました。とうてい動かせる容態ではなかったので、伝令が密雲の町まで医者を呼びにきましてね。いや——そうじゃなかった。伝令が憲兵隊に駆けこんできたので、ただちに医者を手配しました」

「軍医か」

「いえ。支那人の町医者です。密雲に軍医などという上等なものはおりません」

小柳先生は被せられていた毛布を剝ぎ取って、死体を眺めている。満洲から華北へと吹き抜ける風が、望楼を石笛に変えた。低く、おどろおどろしい音色である。

「だが、間に合わなかった、と」

「いや、まだ生きておりました。なにぶん年寄りの町医者ですから、自分の足ではここまで登れません。そこで同行した憲兵が、背中にくくりつけて連れてきたのですがね。脈を取っているうちに、こう、猫がグィと伸びでもするみたいに反り返って、死んじまいました。しみじみ思ったですよ。兵隊は弾に当たって死ぬものだ。即死じゃなくたって、出血多量で死ぬなら、あんなに苦しみはしません」

屈《かが》みこんで死体を検分していた小柳先生が、ふいに訊ねた。

「それだけかね」

「それだけです」

「探偵小説なら、何か言い遺《のこ》してくれるところだ」

曹長は腕組みをして考えるふうをしながら、軍靴を鳴らして遺体に歩み寄った。

「コンチクショウ、コンチクショウ、ヤラレタ、ヤラレタ」

経文でも誦《ず》すように曹長は呟いた。

「参考にならんね」

「コンチクショウは兵隊の口癖のようなものです。至近距離の銃撃戦では、教本通りにゆっくりと引鉄《ひきてつ》を絞ることなどできません。ぶん殴るような気分ですから、コンチクショウだのコノヤロウだのと言います。ヤッタ、ヤラレタも同様です」

そういうものなのかもしれない。曹長の言葉には実感がこもっていた。

「だが、どの遺体にも銃創はないようだ。やはり毒殺だろう。ところで、銃器が見当たらんが、どうしたのだね」

「まさか残置しておくわけにはいかんでしょう。歩兵銃《サンパチ》十丁、拳銃一丁、手榴弾《てりゅうだん》、擲《てき》弾筒《だんとう》、重機関銃一丁、むろん弾薬もすべて回収し、憲兵隊に保管してあります」

川津は訊ねた。

「兵器の欠落はなかったか」

ここは日章旗にまさる着眼点である。匪賊ならば必ず銃器を奪う。

「弾薬の数まではわかりません。匪賊討伐の前線ですから各個に持っておりますし、ここでは鹿や猪も撃つと聞きました」

川津は厚い煉瓦に鎧《よろ》われた窓から身を乗り出した。北の満洲側はいっそう険しく切り落ちた崖で、山麓には針葉樹の森が迫っていた。たしかに鹿や猪は出没するだろう。それらを狩って食うのは、兵隊の楽しみだったかもしれない。

人跡未踏の森林が地平線まで続いている。熱河の高原である。どうやら燕山山脈を挟んで、風土はがらりと変わるらしい。乾燥した華北平原よりも、満洲のほうが肥沃《ひよく》な土地に思えた。

「どうです、中尉殿。ここに立つと改めて支那の広さがわかるでしょう。熱河作戦で満洲国の版図は定まりましたが、こうして眺めてみれば、そういう話はピンときません。東京の大本営は地図の上で戦争をしています」

長城を隔てた諸都市は日本軍の占領下にあるが、この大自然の中では芥子《けし》粒のような点にすぎない。そして、ひとからげに「匪賊」と呼ぶ抗日ゲリラは、やはりこの大地のあちこちに盤踞《ばんきょ》している。実に始末におえぬ戦争である。

北京《ペキン》の方面軍司令部で、夜を日に継いで新聞記事の検閲作業にあたる自分の任務が、何の意味もない時間と労力の空費に思えてきた。

「さて、掌ぐらい合わせようじゃないか」

遺体に毛布を掛け直して、小柳先生が言った。
合掌しながら、祈ることを忘れていた自分を川津は怪しんだ。十人もの人間の命が喪《うしな》われたのである。ならば何をさておき魂を弔うべきであろうに、すっかり失念していた。

「で、ご遺体はどうするんだね」

小柳先生の質問に、曹長は即答した。

「荼毘《だび》に付して、遺骨と遺品の一部を北京に送ります」

「一部かね」

「戦死者はそのように扱います。誰の骨ともわかりませんが、死ねば同じ仏ということです。戦死とするか戦病死とするかは、軍司令部の判断です」

「一服盛られて殺されても、か」

「戦死公報にそのような記載はありえません」

小柳先生は体がすぼむほどの溜息をついてから、思い切るような語調で言った。

「だったら、君。はなからそういう話でいいじゃないか。何月何日、誰それは北支方面張飛嶺において交戦中に戦死。僕がどう結論を出そうが、ご遺族に届けられる戦死公報が同じ文面ならば意味はなかろう」

小田島曹長が背筋を伸ばして答えた。

「それはちがいます。戦死公報は軍人の名誉と遺族の得心のための事実でありますが、軍事警察権を執行する憲兵は、真実を究明しなければなりません」

「おいおい、事実と真実は別だと言うのか。それは詭弁《きべん》だろう」

「いえ。戦場においては、時として事実と真実は別個のものとされます。それが戦争です」

曹長は小柳先生に歩み寄り、語気を柔らげて続けた。

「ねえ、先生。こいつらはろくでなしの兵隊だが、みんな赤紙一枚で引っ張られてきとるんですよ。親もあれば、女房子持ちもおるんです。そんな兵隊が、万里の長城で毒を盛られて殺されたなど、どの口が言えますか。だが、真実は究明しなければならん。面倒をかけて申しわけない」

曹長は戦闘帽を脱いで頭を下げた。軍人としてではなく、軍法に携わる憲兵として、あるいはひとりの人間として礼を尽くしたように見えた。

「君は、いい男だなあ」

少し考えるふうをしてから、小柳先生は言った。川津も同感である。同じ軍服を着て一律の挙措《きょそ》をとる軍人は、軍歴が長ければ長いほどその人格がわかりづらい。小柳先生の人物評価は、ほかに言いようがないほど適切だった。

「まあ、そうしたわけで、この兵はコンチクショウ、ヤラレタ、と言い遺して死にましたが、遺言というほどのものではありません。もし共匪のしわざであるなら、張飛嶺守備隊第一分隊は敢闘むなしく、戸田正治見習士官以下十名、全員戦死ということです」

　戦闘帽を冠《かぶ》り直すと、もとの毅然とした憲兵の表情に戻って、小田島曹長は言った。

「事実」の結論はどのみちそれである。しかし、たとえ表沙汰にはならぬとしても、「真実」を暴き出さねばならないと川津中尉は思った。たぶん小柳先生も同じ肚《はら》を括《くく》ったはずだった。

　三人は中央の主室に立ち戻った。どう動くにもアーチ形の仕切りを、いちいち首をすくめて潜り抜けねばならない。いわば石造りの迷路だが、いったん戦闘状態に入ればすべての壁や柱が遮蔽物となる。

「さしあたっての疑問は、下の小屋にいた五名とこの望楼の五名が、それぞれほとんど同時に倒れた、という点だ」

　藁筵の上に仰向いた三つの死体を見おろしながら、小柳先生が言った。

　廠子《チャンツ》の控えならば、五人がいっぺんに食事を摂るだろう。だがここでは、五人のうちの少くとも二人は長城の歩哨《ほしょう》に立っているはずである。

「下との連絡は、どうなっているか」

　川津が訊ねると、曹長は主室の隅を指さした。

「その位置に有線電話機がありました。廠子との専用で、電話線の延長は約二百メートル。ただし麓から五十メートル付近で断裂。切り口からすると、包丁か銃剣で故意に切断したと思われます。電話機も電話線も憲兵隊が保管しております」

銃や弾と同様に匪賊が使うかもしれぬ兵器として、回収したのである。

小柳先生が不満げに言った。

「現場はなるたけ保存しておいてほしかったな」

「このあたりの共匪は補給がありません。日本軍から奪った武器を使用しています。ゲリラとはそうしたものです」

「かと言って、そうそう奪われることもないだろう」

曹長は少し答えをためらった。

「憲兵隊の関与するところではありませんが、前線に出た本隊は相当量の武器弾薬を、密雲に残していったらしいのです。足手まといとされて残留したろくでなしどもが、正しく掌握しているとは思えません」

「だから盗まれるというのも、ずいぶんひどい話じゃないか」

「共匪が盗みにくるのではありません。やつらと繋《つな》がっている住民が盗みます。あるいは、兵隊が盗んで横流しをする」

ひどい話である。武漢三鎮の攻略戦には三十万もの大軍が集中されると聞いているから、兵站《へいたん》も万全を期しているのだろう。つまり、独立歩兵大隊は移動に際し、拙速を尊んで大量の武器弾薬を密雲に残置した。たった三十人の小隊では過分であるし、いきおい管理も杜撰《ずさん》になる。だからと言って、敵の手に渡るのを承知で武器を横流しするのは、明らかな利敵行為である。

「それは憲兵の領分だろう。関与せずとはどういうことか」

川津の詰問は笑って往《い》なされた。

「ろくでなしどもに会えばわかります。憲兵隊は共匪の探索と討伐だけで手一杯です」

多くを語らぬ曹長の言葉から、川津は憲兵隊の実情を忖度《そんたく》しなければならなかった。隊長は予備役召集の老将校で、部下の多くも他の兵科章に腕章を巻いただけの補助憲兵だった。急激な動員に憲兵の補充が追いつかぬのだろう。確たる証拠のない武器弾薬の横流しまでは、手が回らぬのである。

「よし、わかった。現場を保存しておくためには、衛兵を立てなければならんが余分な人手はなし、武器弾薬だけは回収した、と。まあ、いくらゲリラでも、死体を身ぐるみ剝ぐまではするまい」

小柳先生は納得したように言ったが、その目は火床のまわりに整然と並ぶ三つの死体を、しばらく疑わしげに見つめていた。

「これは動かしたね」

はい、と答えて、曹長は事情を説明した。

「交替要員の兵隊が、筵の上に並べてしまいました。ろくでなしどもだが、戦友は戦友ですから、惨状を見るに忍びなかったのでしょう」

「ああ、そういうことなら致し方ないね」

川津は南向きの石廊に入って、窓から身を乗り出した。壁の厚みは三十センチ以上もあろうか、山砲の直撃弾もはじき返すだろう。

目の下には崖が張り出していて、麓の小屋は見えない。風があれば声も届くまい。この望楼と廠子《チャンツ》で起こった出来事には多少の時間差があっただろうが、電話線を切られていれば知らせるすべはない。

「先生、もう答えは出ていますよ。共匪が苦力《クーリー》に紛れこんで、食事に毒を盛った。ほかに考えようはありません」

日本軍の駐屯地はどこも、現地の住民を使役している。「クーリー」はもともと下層労働者の総称だが、軍夫という意味でもそう呼ばれていた。

ただし、やみくもに徴用しているわけではない。規定の賃金は払うし、飯も腹いっぱい食わせる。北京の方面軍司令部の門前には、仕事を待つ支那人がいつも集まっているほどだった。

だからおそらく、密雲と張飛嶺を往還する守備隊にも、荷運びの軍夫がいたはずである。

「どうだね、曹長。そのあたりは」

いや、と曹長は否定した。

「糧秣《りょうまつ》と弾薬は交替時に申し送るので、よほど不足しない限り苦力を雇う必要はない、とのことです。廠子に保管されていた糧秣はすべて、武器弾薬と同様に回収しました。当分は困らぬほどの量です」

拙速を尊んだ本隊は、大量の食糧も密雲に置いていったのだ。何とも優雅なろくでなしどもである。

ふと川津中尉は、憲兵隊で食わされた高粱《コーリャン》の冷飯を思い出した。北京から積んできた米の叺《かます》を、憲兵たちは喜々として食堂に運びこんでいたではないか。つまりそれくらい、張飛嶺守備隊と密雲憲兵隊はかかわりを持たなかったのである。

「ママア、川津君――」

そう言いながら小柳先生は、煉瓦のアーチを潜りそこねてしこたま頭をぶつけた。

「アッ、大丈夫ですか、先生」

帽子ごと頭を抱えて、先生は蹲《うずくま》ってしまった。

「コンチクショウだね、まったく。ああ、思いついたことを忘れてしまった」

「思い出して下さい」

ううん、とひとしきり唸《うな》ったあとで出血のないことを確かめ、先生は背中を壁に預けたまま呟いた。

「ウィシフル・シンキング」

「は？」

「希望的観測だよ、君の説は」

「ああ、Wishful thinking ですね」

「帝大出の文学士はさすがに発音がよろしい。つまり、苦力《クーリー》に化けた匪賊が食い物に毒を混入したとなれば、戦闘行動の結果とみなされて戦死扱いとなる。勤務中の出来事であるから、敢闘むなしく、などという報告も嘘にはあたるまい。僕も君も、小田島曹長も立派に任務を果たし、方面軍司令部は匪賊討伐部隊をさし向けるだろう。めでたし、めでたしだ」

先生は川津の腕をたぐって立ち上がった。

「本当に大丈夫ですか」

「心配ない。ふだんでも原稿に行きづまったときは、書斎の壁や柱に頭突きをくれる。締切まぎわは、こんなものじゃないぞ」

「大変なお仕事なのですね。自信がなくなりました」

「ところで、君は希望的観測といううまい言葉の、初出を知っているかね」

「そんなもの、知るはずないでしょう。明治時代の哲学者ですか」

小柳先生は靴音を響かせながら、南の石廊を歩んだ。

「クレメンス・メッケル少佐。かのモルトケ元帥の愛弟子《まなでし》で、明治時代に招聘《しょうへい》されたドイツ軍の参謀だね。陸軍大学校の教官を務めた彼は、日本の軍人をこう評価した。

――彼らは総じて優秀であるが、一点だけ軍人として致命的な性格を共有する。規模の大小にかかわらず、まず理想の戦果を特定し、ひたすらそれに向かって作戦を立案する癖《へき》である。すなわち、敗北、撤退、混乱といった、戦場に充満せる負の要素をいっさい想定せず、希望的観測によってのみ戦争を遂行せんとするのである」

　まったくの初耳であるが、もし小柳先生の創作ではないとするなら、まさに正鵠《せいこく》を射ていると川津中尉は思った。

　幸い過去の戦争は、希望的観測が的中して勝った。しかし、どうも昨今の戦況は、さほどうまく運んでいないように思える。「支那兵は弱い。蔣介石はすぐに降参する」という希望的観測に基き、力攻めの作戦がくり返されているのではあるまいか。

「小田島曹長は、川津君の説をどう思うね」

　柱と壁の間に見え隠れする先生の姿を目で追って、曹長は答えた。

「そうであってくれればよいと思います」

「なるほど。そうであってくれればよい、か。希望的観測を一言で言うと、そうなるね」

「しかし、憲兵はまず、そうした考え方をみずから戒めます。何ごとも疑《うたぐ》るところから始めねばなりません。因果な稼業であります」

川津中尉は浅慮を恥じた。たぶんメッケル少佐の批評は、軍人に向けられたものではなく、日本人すべてに対する感想なのだろう。

太古から民族と国家の戦争が絶えなかったヨーロッパ諸国に比べれば、およそ単一民族であり、陸上の国境を持たなかった日本は、実に平和な国であったと言ってよかろう。何にも増して「和」を貴《たっと》んできたのである。そうした歴史が、「そうであってくれればよい」という希望的観測を、いわば共通の国民性として形成したのであろう。

全滅した第一分隊は、苦力《クーリー》を使わなかった。そして、何者かが用意した毒を、少くとも廠子《チャンツ》の五名と望楼勤務の五名が、同時に臙《の》み下していっぺんに死んだ。実に謎である。

「寒くなってきたね。そろそろ撤退しよう」

小柳先生はそう言って、もういちど主室に横たわった遺体に掌を合わせた。

「現場の記録は取ってありますね。死体は処分してよろしいですね」

先生の背中ごしに曹長が言った。

「せめて軍医に検視してもらえればいいんだが」

「ここは戦地です。軍医が死体を検《あらた》めることはありません」

それから三人は、主室の天窓に架けられた梯子《はしご》を登った。

東五楼の屋上からは、いつしか雲ひとつなく晴れ渡った長城が見渡せた。円く見えるほどの青空に、一旒《いちりゅう》の日章旗が何ごともなく、翩翻《へんぽん》とひるがえっていた。長四角の石組は狼煙《のろし》台であろう。昔は望楼上に火を焚《た》いて、敵の来襲を逓伝《ていでん》したのだろうか。

「ここに重機関銃が据えられておりました。この射界ならば、一個中隊が攻め上ってきても寄せつけんでしょう」

重機は北の満洲に向けられていたらしい。友邦満洲国から軍隊が攻めてくることはありえないが、当面の敵は神出鬼没の匪賊である。

「いや、考えてもいなかったが、今ここに匪賊が攻めてきたら、ひとたまりもありませんな」

小柳先生が北風に身をすくめて言った。

「自分と中尉殿は戦死するほかないでしょうが、先生は降参して捕虜になればいい。身代金は軍司令部が払ってくれますよ」

曹長はからからと笑った。軍服の背中に回した騎銃は伊達ではないのだろうと思うと、川津の体も震えた。

疲れ果てているせいもあろうが、どうにもこれが現実であるとは思えない。目覚めれば北京の将校宿舎の寝台、というわけにはいかぬものだろうか。

「お二方ともお疲れの様子なので、ろくでなしどもの訊問は明朝からとしましょう」

川津の肚の中を覗いたように、小田島曹長は言ってくれた。

8

青木信雄　明治四十年生満三十一歳
昭和三年一月歩兵第三聯隊《れんたい》ニ入営歩兵二等卒　同年七月一等卒　同月工兵第一聯隊ニ於テ工兵教育ニ参加　同十月原隊復帰　同十二月上等兵　昭和四年十二月予備役
昭和七年二月充員召集入営　同月呉淞《ごしょう》上陸　上海《シャンハイ》及ビ満洲ニ於テ戦闘ニ参加　同年十月伍長同月召集解除復員　同十二月依リ東京府下西多摩《たま》郡田無《たなし》町役場ニ勤務
昭和十二年八月充員召集　独歩《どくほ》百九大隊ニ編入　同九月塘沽《とうこ》上陸河北省密雲ニ駐屯　十三年十月軍曹　大隊転進ニ伴ヒ張飛嶺守備隊先任下士官トシテ同地ニ残留

青木《あおき》軍曹、入ります。
いえ。腰かける前に、小隊先任下士官として言うべきことを言わねばなりません。
よろしいでしょうか。

ありがたくあります。

まず、このたびの一件は明らかに共匪のしわざであるにもかかわらず、まるでわれわれの中に犯人がいるかのごとく武器を取り上げ、禁足としたうえ憲兵に監視させるというのは、どうしたことでありましょうか。

小学校の校舎は監獄さながらです。周囲を高い塀がめぐっており、窓ガラスもあちこち割れていて、ストーブを焚いていても夜は氷点下の寒さなのです。

三度の食事は校庭で飯盒炊爨《はんごうすいさん》をしておりますが、副食物は味噌《みそ》と梅干しかありません。よもやこうした状態が四日に及ぶとは思ってもみませんでしたから、最小限の糧秣しか持ちこまなかったのです。

兵は荒れております。それでも脱走者が出ないのは、それをやったら最後、犯人にされてしまうと思っているからであります。

訊問をなさるのなら、こうして憲兵隊に連行したりせずに、そちらから出張していただきたい。負け戦でもあるまいに、小学校の教室で毛布を被って震えている兵隊を見れば、少しは物を考えていただけるでしょう。

いったい何の証拠があって、われわれを拘束しているのかは知りませんが、せめて寝食にこと欠かぬ宿営地に、兵を帰していただきたくあります。このままでは暴動も起きかねません。

以上、先任下士官として切に意見具申いたします。

ああ、それからもうひとつ。

自分は召集前、郷里の小学校で教員を務めておりました。いえ、中学校は出ていますが教員資格は持ちません。代用教員であります。このごろの大動員で教師まで手不足になり、町役場の小役人が代用教員に転じたのです。

そうした自分の意見を述べさせていただきますと、いかな事情であれ小学校の校舎を徴発するというのは、住民宣撫《せんぶ》の上から好もしくないと思います。

たしかに小学校はこの憲兵隊からも近いし、監獄のような塀がめぐらされておりますから、二十人の兵隊を押しこめておくには好都合でしょうが、支那人の子供らはどうしているのですか。

とりあえずほかの小学校に通っているのか、それとも休校ということで自宅待機しているのか、いずれにせよ親たちにしてみればずいぶん乱暴な話でありましょう。

あれこれ勝手なことを申し上げました。では、訊問を開始して下さい。

戸田見習士官殿、ですか。

それはまあ、まことお気の毒というほかには言葉も見つかりません。

密雲に着任なさったのは、今年の四月でした。まだ張飛嶺の長城が雪をかむっていたころです。その当時は京古線が健在でしたから、単身で列車に乗って来着されました。

士官学校出の小隊長が来るというのは、何日も前から噂になっておりました。北京の軍司令部では珍しくもありますまいが、大動員で水増しされた部隊の末端に、そうした若い将校が配属されることはめったにありません。わが独立歩兵大隊でも、士官学校出は大隊長の少佐殿と大隊本部の幕僚にひとり、中隊長のうちのひとり、それぐらいしかいなかったはずです。そのほかの将校はみな、甲幹上がりの予備役召集か、下士官からの叩き上げでした。

自分は大隊本部の事務室勤務でしたので、着任当日の様子もよく知っております。夕方に到着し、大隊長殿に申告をすませてから、事務室にも挨拶《あいさつ》にきました。

ずいぶん若いな、というのが第一印象であります。何でも事変下の卒業繰り上げで、まだ二十歳《はたち》かそこいらという話でしたが、むしろ純粋培養された将校は、二十歳の地方人よりも幼く見えました。事務室勤務の下士官たちの感想はみな同様でした。

そうした印象が、戸田見習士官殿の運命を決めてしまったようにも思えます。つまり、若いというのは見てくれだけではないのです。社会経験に乏しく、そのくせ自尊心が強いものですから、周囲と折合いがつかなかった。

まあ、そんなことはどこの部隊にもある話でしょうから、逐一詳細を述べる必要はありますまい。

ひとつだけ、よろしいでしょうか。着任翌日の朝礼時の出来事であります。

宮城遥拝《きゅうじょうようはい》のあとで、大隊長殿から着任将校の紹介がありました。見習士官殿は登壇して頭《かしら》ァ中《なか》、相互に敬礼。ところが壇から下りたとたん、ちっとも迷うそぶりもなく、さっさと事務室要員の最右翼に整列してしまったのです。

自分はそのすぐうしろに並んでおりましたので、下士官上がりの准尉殿のムッとした様子がよくわかりました。

少尉任官後ならまだしも、見習士官はあくまで曹長の階級ですから、これはまずい。ところがそこは士官学校出のご威光とやらで、周囲はたしなめず、見習士官殿も悪びれるふうがなかったのです。

大隊長殿が父親ならば、事務室を仕切る林《はやし》准尉殿はおふくろですな。大隊の下士官兵一千人の身上は掌握しているし、軍歴も二十年以上の最古参です。看過したのでは沽券《こけん》にかかわるし、本人のためにもならんと思ったのでしょうか、一言さりげなく、

「この場に残れ」と言った。

たまたまその一言が耳に入った自分は、気が気ではありません。で、解散後も営庭の少し離れた場所から、こっそり二人を窺《うかが》っておりました。

命令下達《かたつ》をおえたあと、林准尉殿は顎《あご》をしゃくるようにして戸田見習士官殿を呼び

寄せ、黙って宿営地の隅のほうに向かって歩き出しました。

かつて張作霖《ちょうさくりん》の東北軍が駐屯していたという宿営地は、城外の草ッ原の広い敷地に、煉瓦造りの廠舎がたくさん並んでおります。一軒はせいぜい十坪ほどの民家の体《てい》でありますから、どことなく娑婆《しゃば》ッ気があって住みごこちもよいのです。各戸に温床《オンドル》が付いているので、冬は暖かい。

しかし、二個分隊で一軒を使用しておりますから、つごう五十軒もあって、声が届きにくく、見通しも悪いのです。そうした宿営地の隅に、准尉殿は戸田見習士官殿を連れて行きました。

とたんに、一時限の学科です。

ああ、そういう言い方はご存じないか。コレですよ、コレ。拳固《げんこ》の一発を「一時限の学科」と言います。

どっちがどっちを、って、そりゃあ准尉殿が見習士官殿をぶん殴ったに決まっています。いや、准尉殿はすこぶる温厚な人物でありますし、もとより私的制裁を厳禁する立場ですから、廠舎の陰に隠れて耳を欹《そばだ》てていた自分も、とっさには見習士官殿が准尉殿をぶちのめしたのではないかと思いました。壁から目だけ覗かせると、見習士官殿が尻餅をついていたのでホッとした次第です。

「貴様、士官学校では階級序列も教わらなかったのか。俺の右に立つのは何ヵ月も早いぞ。何じゃい、その目は。任官したらこの借りを返す肚積もりなら、その前に俺が将校不適格の考課を書いてやる。文句があるなら大隊長殿に直訴せい」

　胸のすくような啖呵《たんか》でした。ということは、自分も見習士官殿の横柄な態度を、内心は快く思ってはいなかったのです。

　どうでもいいような話ですが、あながちそうとばかりも思えません。

　准尉殿の啖呵はただの脅しで、下士官兵の考課は付けても、まさか将校の成績までどうこうすることはできない。

　しかし、どうでしょう。いざというとき、やはり大隊長殿は准尉殿の意見を重く見るのではないでしょうか。軍隊は大勢の子供がいる家庭ですから、仕事に忙しい父親は目が届かず、細かなことは女房まかせになります。

　何でも遠慮なく話せと申されるので、思いつくままを勝手に喋《しゃべ》っておりますが、かまわんですか。

　では、続けます。つまり自分は、その後の部隊移動に際して、戸田見習士官殿が残留となったことを、妙に思うのであります。

　若くて血気盛んな将校は、前線に出すのが当然でしょう。それは本人の希望でもありましょうし、ましてや大隊長殿にとっては、士官学校の数少い後輩です。初陣を飾らせぬという理屈はありません。

あんまり妙だから、事務室要員の中にはこんなことを言う輩《やから》もありました。

「今度の作戦は日露戦争の二百三高地みたいな力攻めになるから、優秀な士官学校出の将校は出さないのだ」

さて、どうだったのでしょうか。この密雲の町には、戦局などまるで伝わってきません。

それはそれとして、やはり戸田見習士官殿が残留部隊の隊長を命じられたのは、准尉殿の画策ではなかったかと思うのです。

むろん、軍隊を知りつくした准尉殿には、恨みつらみなどではない判断があったのでしょうが、結果としては、あんなことになってしまいました。

軍司令部からの出動命令が下達されたのは、六月のなかばごろだったと記憶します。電文でも伝令でもありません。北京の軍司令部で部隊長会同があり、その折に大隊長殿ご自身が命令を受領して帰ってきました。

それはもう、勇み立っておられましたよ。なにしろ昨年の秋に駐屯して以来、任務といえば匪賊の討伐と張飛嶺の守備で、兵隊にしてみれば呑気《のんき》なものですが、大隊長殿はいたたまれなかったのでしょう。

方面軍司令部直轄の独立歩兵大隊は、戦時定数三千名の歩兵聯隊よりも小回りがき

いて使い勝手もいいので、事変に際してたくさん作られたのだと聞いております。しかし、わが独歩に限っては、小回りも何もこの田舎町に居ずっぱりだったのですから、士官学校出の指揮官にしてみれば不本意だったのでしょう。

それに、呑気な任務だと言っても危険がないわけではない。一年足らずの駐屯の間にも、匪賊との戦闘で三名の戦死者を出しており、ほかにも戦病死が一名、手榴弾の暴発事故で一名の犠牲者がありました。やはりここも、戦場にはちがいないのです。

だから案外のことに、下士官兵も勇み立ちましてね。まあ、こんな場所で寒さに震えながら野垂れ死ぬよりは、華々しく打って出て名誉の戦死をするか、あわよくば勲章を頂戴《ちょうだい》したほうがよい、というところでしょうか。いや、そうした理屈よりも、そもそも戦うことが軍人の本能なのかもしれません。

ところで、その命令には少々厄介な通達が付いていました。

「大隊ハ既定ノ任務ヲ全《まっと》ウスルニ足ル最小限ノ兵力ヲ当地ニ残置シ」

という一文であります。

匪賊の討伐に必要な兵力など、定めようがありません。そこで、将校たちがあれこれ議論を重ねた結果、一個小隊でよかろうということになった。つまり、十名の分隊を三個、つごう三十名の小隊を編成しまして、張飛嶺の守備、宿営地での控え、および市内の警備にあたれば、「既定ノ任務」は全うできるという結論です。

軍命というものは甚だ一方的で、訊《き》き返してはなりません。「最小限ノ兵力」とはそれであろうという、大隊の判断でした。問題は人選です。千人が駐屯していた町にたった三十人が残されるのは心細い。よもやとは思うが、匪賊に襲撃されたらひとたまりもありますまい。張飛嶺の守備にしても、それまでは一個小隊が二昼夜勤務で交替していたものが、一個分隊で五日間の上番になります。

そこで、残された一個小隊は以後積極的に匪賊の討伐を行わず、あくまで長城守備を主任務とすることになりました。名称も独立歩兵大隊の分遣隊ではなく、「張飛嶺守備隊」です。

もともと密雲周辺は共匪の巣窟《そうくつ》と考えられており、憲兵隊と独歩が協力して討匪の任務についていました。つまり、憲兵が探索し、独歩が討伐にあたっていたのです。そこに突然こんな話が降って湧いたのでは、憲兵隊もさぞ往生したことでありましょう。

憲兵隊長は大隊本部に日参して、せめて一個中隊を残してくれ、というような要望をなさっていたようですが、大隊長殿もほかの将校も出陣の仕度に忙しくてそれどころではない。いや、忙しいというよりも、みんなが興奮状態で聞く耳を持たなかったのです。

いやはや、誰も彼もが夜は寝つけず、朝は朝で起床ラッパの鳴る前に目が覚めてしまうほど興奮しておりました。

そのころの憲兵隊長は、今の山村大尉殿ではありません。大きな声では言えませんが、こう、も少しピリッとした現役の憲兵将校でした。

結局、独歩は憲兵隊の要望には耳も貸さず、たった三十人の守備隊を残してさっさと移動してしまいました。しかし、このように経緯を説明すれば、特段勝手な話ではありますまい。匪賊の討伐戦よりも、十分な戦力をもって決戦場に向かうことを優先したのです。

思うに、憲兵隊の内部にはそのときの恨みつらみがあって、このたびの一件をわれわれのせいにしようとしているのではないでしょうか。

たしかに、残留した小隊は不出来な者が多くて、討伐に出るどころか憲兵隊の厄介になった兵隊もおりますが、だからといってこんな大それたことをするはずはありません。

戦場で死人が出て、何が殺人事件ですか。

はい。悪くありました。個人的な感情はさておき、話を進めます。

東京で二度目の応召を受け、大隊に編入されて以来、自分は事務室要員として服務しております。現役のころは中隊事務、二度の召集時にも大隊事務室勤務を命じられました。

中学も出ておりますし、地方では町役場に勤務しておりましたから、自然そうした役目になったのであります。

現役入営の時分から幹候を受験するよう勧められておりましたが、親の代からの小役人でありますし、ご覧の通り甲種合格も少々オマケの気味がある体なので、今もそのつもりはありません。

たった四年足らずの軍歴で軍曹というのは、よほど早い昇進です。同じ数の物相飯《もっそうめし》を食っていても、一等兵のままという兵隊もあります。事務室勤務者は目をかけられやすいうえ、二度の外地出征が幸いしました。

もっとも、軍曹への昇進は密雲に残留したからであります。歴戦の下士官はみな戦力として連れて行きたいので、軍曹に上げてやるから残れと、准尉殿からはっきり言われました。

正直のところ、心外でありました。それではまるで、自分が戦力外の足手まといのようではありませんか。だいたいからして、「何々してやるから何々をせよ」というような論法は、軍隊では許されません。そこで、伍長のままでいいから連れて行ってくれ、と頼みました。

「いや、青木。誤解してもらっては困る」

と、准尉殿は自分を説諭しました。

「残留小隊長は戸田見習士官と決定した。前線に出すには経験不なれば、いい下士官を付けねばならんのだが、大隊内の曹長軍曹におまえは二度の召集で軍隊の酸《す》い甘いはよく知っておるし、地方では役ばれて小学校の代用教員まで務めておったそうじゃないか。ここはおまえをおかにはいないと、大隊長殿も申された。ここはひとつ、了簡《りょうけん》してくれ」

そうまで言われれば、否《いや》も応もありますまい。だったら余計なことは言わずにっぱりと命令すればよかりそうなものですが、軍隊らしくない遠回しな話が腑《ふ》になかった。

それもそのはずであります。じきに回ってきた残留小隊三十名の名簿を見て、ああこういうことだったのかと納得しました。

痴愚もしくは魯鈍《ろどん》。そうではなくとも成績きわめて不良。体力の著しく劣る者。そればかりか、さまざまな事件事故を起こして、軍法会議に送られただの、重営倉にぶちこまれただのという前科持ちの兵隊は、すべて残留組なのです。

一言でいうなら、出戦不堪者《しゅつせんふかんしゃ》――戦闘に堪えざる者、であります。自分は大隊事務室で人事係をしておりましたので、兵籍簿や功績簿のほかに、この「出戦不堪者」の名簿も管理しておりました。よって、一目瞭然《いちもくりょうぜん》であったのです。

だにしても、千人中の三十人というのは、まさしく選《え》りすぐりの不良兵であります。体力知力に多少なりとも劣るという程度の者は含まれません。たとえば小銃を分解したら最後、組み立てられないとか、残弾が数えられないとか、あるいは日ごろから上官に反抗的で、実包を持たせたら何をするかわからないとか、脱走歴があるとか、要するに足手まといというよりも、実害がありそうな連中を残すことにしたのです。

冷酷非情の准尉殿も、さすがにこの残留部隊の小隊長は誰それと決められない。そこで、戸田見習士官に教員の経験もある青木伍長を付け、軍曹に上げて先任下士

いうことでよかろう、と。

大隊の戦力を最優先とすれば、まずは妙案であるとも言えましょうが、いや

変な役目を押しつけられたと思ったものでした。

事変に際して急ぎ動員された部隊は、もともと質が悪いのではないでしょう

えば十年前に現役入営した歩兵三聯隊は、弱兵などひとりもいない精鋭

したし、上海事変の動員も召集兵こそ多かったが、軍紀は厳正であ

だが、この独立歩兵大隊はまったくの寄せ集めでありまして、兵

んでんばらばら、師管区は同じ東京なのに、なぜ……んなふうにな

ることしきりでした。そうした独歩をや

ば、

だから

適任者がいな。

人の中

のも当然でしょう。

自分が生まれ育った東京近郊でも、古くからの農家と新興住宅地の住民とでは、なかなか反りが合わんのです。小学校の児童などは、明らかに一線を画してうちとけません。また、事変下の増産体制でずいぶん工場も建ちまして、その職工の子供らなどは、家庭環境もそれぞれの気性もよくはわからんのです。

もしかしたら、自分はそのような愚痴を准尉殿にこぼしたかもしれません。娑婆の身の上話など、軍隊でうっかり口にしてはならぬという好例であります。

はい。張飛嶺守備隊はこの編制表の通りであります。自分が書いたものでありますから、まちがいはありません。

総員三十名。三個分隊、各十名。指揮班等はありません。すなわち、小隊の編制には満たない員数合わせであります。

「既定ノ任務ヲ全ウスルニ足ル最小限ノ兵力」という軍命令に順《したが》えば、こういうことになるのでしょう。

第一分隊は戸田見習士官殿が分隊長を兼務、兵の先任は真鍋《まなべ》上等兵であります。

いや——そうでありました、というべきでしょうか。腐っちまいますな。

実は、現役入営の同期でありまして。配属された中隊は別でしたが、一緒に麻布《あざぶ》聯隊の衛門を潜って、二年の満期を務めて、また一緒に衛門を出た仲でした。

はい。交替の第二分隊が発見した唯一の生存者は、その真鍋上等兵であります。あんなふうにして自分が最期を看取《みと》ることになろうとは、夢にも思いませんでした。

地方におったころは、家がそう遠くはなかったので、ときどき酒を飲みました。ざっくばらんな、好《い》い男でした。ただし、熱血漢が災いして、幾度も問題を起こしました。まあ、それも破廉恥な話ではありません。ビンタを取った古兵を、逆に殴り返したような話です。

しかし、戦地に出れば手本になるような兵隊でした。ですから、三十人の不良兵の中に入るわけはないのです。残留した理由は、自分が准尉殿にそうしてくれと願ったのです。真鍋上等兵は、不良兵たちの重石《おもし》になると思ったからであります。どうかこれ以上、やつのことは訊かんで下さい。自分が殺してしまったようなものでありますから。

第二分隊は自分が分隊長を務めております。あの日は〇九三〇《まるきゅうさんまる》に張飛嶺に到着しました。三十分で申し送りをおえ、定時に交替する予定でした。

ふだんですと山麓の廠舎のあたりには、一刻も早く帰営したい兵隊がうろうろしているのですが、何やら静まり返っておりまして、ちょっと変だなと思ったのはたしかであります。

山頂の望楼にも人影はなし、何よりも廠子《チャンツ》の煙突から煙が上がっていなかった。竈《かまど》も温床《オンドル》も火は絶やさないのです。

そこで、勘のいい兵隊が銃を構えて扉を蹴り開けたのですが、とたんにワッと声を上げまして。軍曹殿、軍曹殿、と呼んだが声が続かない。泡を食って飛びこんだら、あのザマです。

ただちに散開を命じました。敵に包囲されていると思ったのです。まだ遺体を確認していなかったので、寝込みを襲われたか、手榴弾を投げこまれたのだととっさに考え、だとすると交替の分隊を待ち伏せているのではないか、と。

討伐戦では自分らがよく使う手であります。戦闘のあとで敵は必ず仲間の遺体を回収にやってきます。それを待ち伏せて包囲殲滅《せんめつ》するのです。

長城の望楼に向かって、オーイと呼んでも返事はない。銃を撃っても反応がない。上を取られていたら、もう袋の鼠です。射程二百の俯角から重機関銃を撃ち下ろされれば、抵抗もできません。

ところが、攻撃してくる気配はないのです。それでようやく気を取り直し、廠子《チャンツ》の内部を検めました。

はい。余分なことはしておりません。五人の息を確かめて、せいぜい遺体に毛布をかけてやったくらいのものです。

何を考えたか、と訊かれましても。

むろん出血がないことは妙に思いました。

ああ、そうだ。発砲すれば望楼の兵隊に察知されるから、首でも絞めたか床尾《しょうび》で殴り殺したのではないかと。

もっとも、ふとそう思っただけで、首や頭の傷を見たわけではありません。なぜかって、それは、兵隊は鉄砲玉に当たって死ぬもので、そんな死に様は見たためしもないからです。

いや、そうしたことはすべて、後から考えたものかもしれません。ともかく気が動《どう》顚《てん》してしまって、頭が働かなかったのです。ああ、それもちがうか。戦場というのは生き死にのほかには何もありません。生きていれば介抱するか繃帯《ほうたい》所まで引っ張っていくかはしますが、戦死者についてあれこれ考えはしません。弾に当たったから死んだのです。

むしろその場でたしかに考えましたのは、武器弾薬や糧秣がそのままだったことです。小銃は銃架に並んでおりましたし、米の詰まった叺も積み上げられたままでした。

いや、だから共匪のしわざではない、などと軽々に考えていただきたくはありません。敵には何らかの事情があって、運搬できなかっただけの話でありましょう。

ありえぬ、と申されますか。たしかに、重い米や缶詰はともかく、小銃の一丁も鹵《ろ》獲《かく》しなかったのは奇妙ですが。

それからただちに、長城の監視廠へと向かいました。麓の警戒に残した三名は、腰が抜けて動けなくなった兵隊であります。

あの長い登山路の途中で、上から撃ちかけられたらひとたまりもありませんが、怖いとも思わなかった。

何ごともなく長城に上がると、あたりはしんと静まり返っておりまして、こちらももういかんのだろうな、と思ったものです。

東五楼に入りますと、唸り声が聞こえました。いまだ耳について離れません。真鍋上等兵の声でありました。

こう、風のようなかすれ声で、「おーい、おーい」と。

北向きの廊下の窓の下に、仰向いておりましてね。生きているのだから止血しなければならんと思って、体を探ってみたのですが、傷がどこにもない。そのとき初めて、これが戦闘の結果ではないとわかりました。

だったらいったい、何だというのか。

もしや、ガスじゃないかと。

大隊は防毒面を装備しておりましたが、討伐に出るときも長城の警備でも、携帯したことはありません。あんがい重くてかさばるし、気温が下がるとゴムが硬くなって使い物にならんし、いやそんなことより、そもそも共匪はガス弾など持っとらんでしょう。

だが、ゲリラなのだから鹵獲した兵器を使うかも知れません。あのあたりは風が強いので、分隊を全滅させたあと、きれいさっぱり吹き飛んでしまったのではないか、などと考えました。

兵隊はみな、毒ガス攻撃に対処する訓練をします。何十倍に希釈したガスでも、防毒面を装着する前にまず目をやられ、皮膚も糜爛《びらん》してしまいます。あんなもので死にたくはないと、誰しも思うのです。

廠子《チャンツ》と望楼の二ヵ所で、十人の兵隊たちが何の抵抗もせず一瞬のうちに斃《たお》れたとすれば、それしか考えようはありませんし、ならばガス弾を投げこんだ敵が、物を奪わずにさっさと逃げたというふうにも考えられましょう。

そこで、真鍋上等兵に「ガスか」と訊いたのですが、悶《もだ》え苦しむばかりで答えはなかった。

自分は今でも、そうにちがいないと思っております。ほかに考えようはないからであります。

しかし、だとするといよいよ、われわれ身内のしわざではないと断言できます。何となれば、大隊は防毒面を装備しておりましたが、ガス弾そのものは持っていなかったからであります。どこの部隊もそれは同じであろうと思います。日本軍は国際条約に則《のっと》り、その種の兵器については、防御はしても使用はしないと聞いております。ですから、もし毒ガスにやられたのであれば、まことに無念というほかはありません。

　張飛嶺に町医者が到着したのは、十三時ごろであったと思います。伝令は加藤《かとう》一等兵であります。手癖が悪くて、注意を要する四年兵ですが、陸軍刑務所に入る前は習志野《ならしの》の騎兵聯隊にいたので、乗馬は達者なのです。

　密雲憲兵隊と、宿営地に控えていた第三分隊も来着いたしました。その後のことは、憲兵隊の小田島曹長殿がよくご存じです。

　真鍋が言い遺《のこ》したこと、ですか。いえ、自分は聞いておりません。ひどい苦しみようで、とうてい物を言える状態ではなかった。

　コンチクショウ、ヤラレタ。ああ、そんなことは言っていたように思いますが、特段の意味はないでしょう。

　第三分隊長は海野《うんの》伍長であります。つまり、密雲に残留した守備隊は、この編制表の通り、見習士官一、軍曹一、伍長一、あとは上等兵以下のろくでもない兵隊でありまして、とうてい任務を全うできるとは思われない。もしやこうした状況を、密偵か何かが共匪に知らせでもしたのではないでしょうか。

よって自分は嫌疑が晴れたあとも、もう張飛嶺の守備につくべきではないと思うのであります。むざむざと殺されに行くようなものです。

そのあたりを、前線にある本隊にお伝え下されば幸いであります。もしくは、緊急措置として少くとも一個小隊の援軍を出して下さるよう、軍司令部に上申を願います。さもなくば自分たちは、哨兵守地《しょうへいしゅち》離脱の大罪に問われかねません。

併せて、営倉同然の現在の生活を、どうにかしていただきたい。暴動でも起きようものなら、免脱《めんだつ》どころか叛乱《はんらん》の罪で、全員銃殺であります。よろしく願います。

以上、自分の知るところは申し上げました。一刻も早く戻らなければ、気が気ではありません。

青木軍曹、用事終わり、帰ります。

9

「なかなかしっかりした男じゃないか」

青木軍曹が退室すると、小柳先生は感心したように言った。

川津中尉も同感である。ろくでなしばかりを寄せ集めた守備隊でも最古参の下士官だというから、山賊の親分のような毛むくじゃらの大男を想像していたのである。

ところが、軟禁場所の小学校からやってきたのは、町役場の職員といえばいかにもそんなふうに見える、身なりも小ざっぱりとした軍曹だった。

事務室勤務者にはそうした手合いが多い。もともと読み書き算盤《そろばん》に長《た》けた兵隊である。大陸の戦線にあっても、上は軍司令部から下は中隊本部まで、事務方は必ずいる。その能力は一種の特技であるから、戦闘に直接かかわらなくても軽侮されることはなく、むしろ指揮官に近い分だけ出世も早かった。

また、現役期間中に工兵教育を受けているのも、有能であることのあかしであろう。破壊と構築を任務とする工兵は、爆薬の知識がなくてはならず、むろん計算ができなければならない。

「こんなところで苦労をさせておくのは、もったいないですね。北京に連れて帰って、検閲班にほしいくらいです」

平時ならば兵隊の頭数は農家の口べらしでこと足りるが、大動員がかかると役人や会社員もどんどん召集される。昨今は事務能力のある者も多いだろうから、青木軍曹は幸運なのかもしれない、とも思った。

聞き耳を立てていた小田島曹長が、のそりと入ってきた。憲兵が訊問に立ち会えば角が立つと思えたので、仕切り戸にアンペラを吊るしただけの隣室で話を聞かせていたのである。

曹長は二階の窓ごしに街路を見おろしながら、「きれいごとばかり並べやがって」と、独りごつように言った。

「おや、どういうことかね」

小柳先生が訊き返した。

「あの男ですよ。憲兵隊では、やつが武器や糧秣を横流ししている主犯格と睨《にら》んでいます。だが、頭もいいし弁も立つから、尻尾を摑《つか》ませない」

それは聞き捨てならない話だが、熟練の憲兵下士官が言うのだから、まちがいはないのだろう。

川津中尉も窓辺に倚《よ》って、補助憲兵に付き添われながら去ってゆく青木軍曹の後ろ姿を見送った。なるほど猜疑《さいぎ》心をたくましくすれば、盗《ぬす》ッ人《と》の頭《かしら》というのはあんなふうに意外な貌《かお》をしているのかもしれない。

「どう思いますか、先生」

やはり思い当たるふしでもあったのか、小柳先生は青木軍曹が座っていた腰掛けに、じっと目を据えていた。

「そうだねえ。のっけから正義感を振りかざすというのは、少々唐突かもしれんな。やはり曹長を同席させなかったのは賢明だったね。嘘だろうが実《まこと》だろうが、彼の言い分は聞けた。それに、人間関係やら事件直後の様子などは、大いに参考になった」

むろん、だからと言って青木軍曹が事件に関与しているとは思えない。むしろ、この騒動のおかげで、横流しの悪事が露見することを怖れているのではないだろうか。きれいごとを並べて自己弁護をしたうえ、匪賊のしわざにちがいないと断言したのは、さっさと結論を出してほしいからなのだろう。

「だが、しかし――」

小柳先生は卓を両手で叩いて、いきなり立ち上がった。

「匪賊が毒ガスを使用したという、青木軍曹の供述には無理がある。諸君は気付いたかな」

わからない。たぶん先生は、自分と同様に青木軍曹はシロだと確信しているのだろうが、供述の矛盾点については、まったく思い当たらなかった。

小田島曹長が答えた。

「二点の無理があります。ひとつは死体の皮膚に糜爛が認められなかったこと。もうひとつは、ガス弾の薬莢《やっきょう》が発見されなかったことです」

なるほど。さすがは憲兵曹長である。ガスの可能性についても考えていたらしい。

小柳先生は室内を歩き回りながら、しきりに肯いた。曹長は続ける。

「日本軍が保有しているガスは、糜爛性のマスタード・ガスで、使用方法はガス弾でります。よって、さきの二点によって青木軍曹の説は否定されます。兵器については軍機に属しますので、ご放念下さい」

　憲兵は何でも知っているのである。しかし、小柳先生は冷ややかにほほえみ返した。

「軍事機密というのなら、憲兵にも知らされぬ機密もたくさんあるだろう。たとえば、ひそかに青酸ガスを保有しているかもしれないし、気化器や噴霧器などの秘密兵器を開発しているかもしれんだろう」

「いや、そこまで考えればきりがありません」

「そもそも、防御はしても使用はしないはずの日本軍から、ガス兵器を鹵獲できるわけはない。では翻《ひるがえ》って考えようじゃないか。共匪がソ連軍から武器供与を受けているとしたら、ガスの種類も使用方法も異なるだろう。すなわち、小田島曹長の推理は、青木軍曹の説を完全に否定しえない。ほかに何かないかね。僕もガスではないと思うのだが」

　川津は供述を書き留めた手簿をめくった。先生は証言の中から、ガスではないとする決定的な矛盾点を発見しているのだ。

「いやあ、わからん、わからん」

　ぶつぶつと独りごちながら、小田島曹長も手帳を検《あらた》めていた。

「やれやれ。帝大出のおつむも、憲兵曹長の場数も、その程度のものか」

そのとき、目の下の街道を荷馬車が通り過ぎた。支那人の農夫が「架《チャ》ーッ、架ーッ」と大声を上げて、痩せ馬の尻に鞭を当てた。

川津中尉と小田島曹長は顔を見合わせた。証言の決定的な矛盾点がわかったのだった。

「正解だよ、諸君」

みなまで聞かずに小柳先生は肯いた。

「伝令は加藤一等兵。陸軍刑務所帰りのろくでなしだ。しかし騎兵出身の乗馬の腕前を買われて、伝令を命じられた。つまり、張飛嶺の監視廠には馬がいた。戸田見習士官の乗ってきた馬が、廠子《チャンツ》のすぐそばの駒繋ぎに、おとなしく、ちんまりと繋がれていた。どうだね、これで毒ガス説は完全に否定される。むしろ私は、なぜ青木軍曹がガスにこだわるのだろうと思っていたのだが、小田島曹長の意見で納得がいった。やっこさん、悪事がバレないうちに、さっさと捜査を終わらせてほしいのだよ。まあ、盗ッ人の浅知恵だがね」

小田島曹長が唸り声を上げたかと思うと、拳で壁を殴りつけた。

「クソォ、しょっぴいてやる。憲兵隊を虚仮《こけ》にしやがって」

先生が閑《のど》かに宥めた。

「ママア、それはそれ、これはこれだよ。話をややこしくしてはいけません。盗難だの横領だのは、殺人事件のあとになさい。複雑な話ほど単純に考えなけりゃならん。むろん、単純に見えることは複雑に考えなければならんがね。さて、ではその伝に倣って、加藤一等兵を呼び出してみようか。昼飯にはまだ早い」

小柳先生は少し遠目を使って、腕時計を眺めた。

10

加藤金次《きんじ》郎《ろう》　大正三年生満二十四歳

昭和十年四月歩兵第五十七聯隊ニ入営歩兵二等兵　同年九月騎兵転科　習志野騎兵第十五聯隊ニ編入　昭和十一年一月騎兵一等兵　同年二月窃盗事件容疑ニ付習志野憲兵分隊ニ逮捕勾留　第一師団軍法会議ニ送致　同四月二等兵ニ降等ノ上東京陸軍刑務所ニ収監服役

昭和十二年四月刑期満了　同日独歩百九大隊ニ編入　同九月塘沽上陸河北省密雲ニ駐屯　昭和十三年一月歩兵一等兵　同年十月大隊転進ニ伴ヒ張飛嶺守備隊ニ残留

中尉殿、中尉殿、自分は何もしちゃいません。本当です。信じて下さい。

わかってるって――それじゃどうして憲兵隊にしょっぴかれるのですか。

いくら前科者だって、人殺しなんぞはいたしません。誓っていたしません。

張飛嶺に到着するまで、あんなことになっているなんて、これっぽっちも考えていなかったのです。寒くなってきたなァ、日が落ちれば氷点下だろうなァ、下番《かばん》するやつらはいいよなァ、って。

馬ですか。はい、戸田見習士官殿の乗ってきた馬です。小屋の近くの陽だまりに繋がれておりました。ほかの分隊長は馬になど乗りません。兵隊と一緒に歩いて張飛嶺に行きます。見習士官殿は第一分隊長を兼務する小隊長なので、馬に乗ります。

ああ、ちがうかな。見習士官は将校みたいなものだから、馬に乗っていたのかもしれません。

大隊が密雲に駐屯していたころには、十何頭もの馬がいました。内地から出征した立派なやつが三頭、あとはこっちで徴発した馬です。ほとんどは大隊が連れて行きまして、輓馬《ばんば》用に残していった小さな満洲馬に、戸田見習士官殿が乗っていらしたのです。

自分はしばしば廐《うまや》当番についておりましたから、その馬もよく知っております。八十貫たらずの栗毛の牝馬《めすうま》です。百貫目はないと軍馬は保《も》たんので、おいてけぼりになったのです。ハハッ、出来そこないの兵隊と同じであります。

戸田見習士官殿は乗馬が得意でした。さすがは士官学校出だなァ、と思ったものであります。騎兵聯隊の将校は士官学校出が多いのですが、教科でみっちりと教わってくるものだから、ひとめでそうと知れるくらい上手でした。

マァ、その馬がのんびりと草を喰《は》んでおったのですが、どうもあたりがしんとしていたように思います。

なにしろ五日ぶりの交替ですから、何時間も前から帰り仕度を始めます。監視廠に上がっているやつらは、長城の上からこっちに眼鏡《がんきょう》を向けて、今か今かと待っているくらいのものでした。そんな兵隊の姿が、ひとっつも見当たらなかった。

そしたら、あんな有様でした。自分はもう、腰が抜けちまって。

ああ、思い出したくもねえや。どうせご存じなんでしょう、勘弁して下さい。

小屋の前でヘドを吐いてたら、青木軍曹殿にぶん殴られました。一ッ走りして援軍を連れてこいって。そのときは、共匪に包囲されてると思っていたんです。俺たちもやられるって。だから軍曹殿も、ともかく援軍だと言ったんです。

正直なところ、自分は伝令じゃなくて、逃げ出したようなものでした。でも、まさか敵前逃亡じゃない。ちゃんと上官の命令があったんだし、懸命に走って、憲兵隊にも、宿営地の第三分隊にも知らせました。お医者だって、自分が馬に乗せて張飛嶺に連れていったのです。

信じて下さい。自分は何も知らないし、逃げもせずにここにこうしております。

水を一杯、いただけますか。

陸軍刑務所を出るとき、看守長殿からこう言われました。

刑期をおえても、前科は兵籍簿に残る。どこに転属しようが、兵籍簿はついて回る。任期を満了して帰郷しても、おまえがやったことは村中の噂になっているだろう。軍隊に残って、汚名を挽回《ばんかい》するほかはない。幸い非常時だ。戦地に出て手柄を立てることもできよう。ただし、部隊の中で何か不祥事が起こったときは、まずまっさきにおまえが疑われるということを忘れるな。たとえ事件が起きなくとも、周囲はそういう目でおまえを見ている。疑わしき言動はせず、常日ごろから身を慎め――。

千人の大隊がこんな片田舎に長くいれば、いろいろなことがあります。やれ財布がなくなっただの、編上靴《へんじょうか》を員数つけられただの、って。そんなときは、きっと自分が疑われるのです。

だからあのときは、まずいことになったと思いました。伝令に出てしばらく馬を追っても、銃声は聞こえません。もしや第一分隊は共匪に襲撃されたのではないんじゃないか、と。何かとんでもない事件が起きたのだとしたら、やっぱり刑務所帰りの自分が疑われるんじゃないかと。

考えてみれば、そんなはずはありませんや。そりゃあ、第一分隊の中には殺したいほど憎たらしいやつもいましたが、自分のようなコソ泥に人殺しなんぞできるわけはない。でも、やっぱり怖いんです。前科者だから、身に覚えがなくたって、やったことになっちまうんじゃないかって。話をでっち上げられちまうんじゃないかって。

え。自分の罪状でありますか。

言いたくなければ言わなくてもいいって、そりゃあ中尉殿、言わなかったら情《じょう》が悪くなるだけでしょう。

お察しの通りであります。営内の枕探しぐらいで、一年も打たれるはずはありませんや。

簡単に言わさしていただきます。正月休みに千葉の女郎屋に上がって、夜中のお内証から三十円の金を盗みました。翌朝、知らん顔でその金の中から勘定を払って帰ったのですが、女郎に身上をあかしていたのがいけなかった。警察の捜査で、どうもその私服の兵隊が怪しいと目星をつけられまして、憲兵隊にお鉢が回されたという次第です。

知らぬ存ぜぬと言い張ったのですが、取調べの間に内務班の手箱《てばこ》を洗われて、兵隊が持っているはずのない大金が出てきちまったんじゃ、言いわけのしようもありません。

こんなところでよろしいでしょうか。そのような破廉恥罪を犯す者が、人殺しなどという大それたことを、するわけもできるわけもありません。

殺したいほど憎たらしいやつ。いや、中尉殿。それは物のたとえであります。

四年兵の一等兵などというのは、つまるところ兵隊の屑《くず》でありますが、それでも新兵からは「古兵殿」と呼ばれて敬われます。星の数より飯《メンコ》の数というやつであります。

しかし、自分の場合は事情がちがいます。独歩一〇九《ひとまるきゅう》大隊は新編制でありますから、同年兵の上等兵に知った顔はなし、懲役のほかに降等もくらっておりますので、配属当初から妙に軍隊慣れした二等兵でした。

ご存じでしょうか。きょうびの陸軍刑務所は、懲役と言っても作業労働などはせず、訓練ばかりやらされるのです。隣の代々木練兵場まで歩調を取って行軍し、戦闘訓練もやります。空砲をパンパン撃って、散開だの突撃だの。

一年もみっちりと叩き直されたのですから、ずいぶんと生意気な二等兵に見えたことでしょう。

自分の身上は口にできないのですが、それでも刑務所帰りだの、女郎屋荒らしだのという噂は流れてしまいます。事務室勤務の兵隊は、兵籍簿や身上書を読んでいるのですから仕様がありません。

そのようなわけで、自分は内務班でいじめ抜かれました。戦地に出ますと、ふしぎなことに私的制裁はなくなりましたが、そのかわりずいぶん馬鹿にされたものです。

加藤という苗字の兵隊は、大隊に何人もおります。残留した小隊三十人の中にも、もうひとりおりました。やつは加藤健一《けんいち》という名なので「カトケン」と呼ばれ、ならば自分は「カトキン」かというと、これがどうしたわけか「カタキン」になりました。

金玉はちゃんと二つあるのに、女郎屋のお内証を荒らした情けない兵隊だから、「カタキン」であります。

自分より齢下で、軍歴も浅い「カトケン」が、面と向かって「おい、カタキン」などと呼ぶのです。殺したいほど憎たらしいというのは、そういう連中のことです。「カトケン」は長城の監視廠で死んでいました。望楼の石段で頭を下にして倒れていた遺体を、引っ張り上げて藁筵の上に寝かせたのは、自分であります。


ほかに何を話せばよろしいのですか。

ああ、支那人の医者。老陳《ラオチエン》のことですね。密雲の町の西洋医は、ほかに知りません。看板を掲げていてもたいていは小僧から叩き上げた漢方医ですし、中には祈禱師《きとうし》まがいもおります。老陳は六十すぎの年寄りですが、「老」というのは「先生」という意味らしい。「老陳」は「陳先生」です。

密雲城内の裏路地で開業しておりまして、大隊にはもともと看護兵しかいなかったから、老陳は軍医がわりでした。何でも天津の病院に長く勤めたあと、郷里の密雲に戻ったという話で、腕はたしかだと思います。

ええと、どういう順序だったか。あのときはすっかり気が動顚していて。

そうだ、大変だァ、大変だァ、と叫びながら宿営地に駆けこんだ。ところが衛兵の二人を残して蛻《もぬけ》の殻。ほかには事務室に電話番の一等兵がぽつんと座っているきりでした。

市内警備。マァ、そういうことにしておきましょう。ともかく第三分隊の残り七名は、市内の巡察に出払っておりました。

自分はもうしどろもどろで、衛兵も電話番もどうでもいいから、ともかく分隊長の海野伍長を捜し出して、張飛嶺に急行してくれと言いました。匪賊に包囲されて、第一分隊は全滅かもしれん、と。

そういうことではないだろう、とうすうす思ってはおりましたが、ほかに何を考えつくでもなし、言いようもないので、青木軍曹に申しつけられたままそう言ったのです。

それから、ここです。憲兵隊にきました。ええ、何というお名前でしたか。そうそう、小田島曹長殿がおられましたので、敬礼をしたまましどろもどろで報告をしようとしても、うまく言葉にならない。

そうしたら、頬を一発張られまして、しっかりせえと怒鳴りつけられました。

「憲兵隊はただちに救援に向かう。貴様は医者を連れてこい」

言うが早いか、電話機の転把《てんぱ》をぐるぐる回して老陳《ラオチエン》の診療所を呼び出し、上手な支那語で了解を取りました。

自分が駆けこんでから、憲兵たちが歩兵銃《サンパチ》を背負って整列するまで、ほんの二分か三分だったと思います。実戦部隊でもないのに、大したものであります。

いや、本来はそうでなくてはならず、自分たち守備隊が、あまりにもたるんでいたのでしょう。

老陳の診療所には幾度も行ったことがありました。密雲は水が悪くて、よく腹を下すのです。慣れぬうちは、重たい油に中《あた》る兵隊も多いし、乾燥した空気で咽《のど》もやられます。将校が具合を悪くしたときなどは、往診にも来てくれるので、自分が馬を曳《ひ》いて迎えに行ったこともありました。

マァ、厩当番だの使役《しえき》だのではなくて、自分は大隊の雑役夫でした。そんなものですよ、刑務所帰りなんて。

日本語、ですか。さあ、どうでしょう。おたがい身ぶり手ぶりですかね。こっちに学があれば筆談もできましょうが、片仮名じゃ話にもならん。それでも医者と病人は、あんがい不自由のないものです。

いえ、看護婦も助手もおりません。家族もいないんじゃないかしらん。診察室はいつも散らかり放題です。

兵隊は余分な金など持ちませんから、医者代のかわりに加給品の菓子だの、乾麺麭《かんめんぽう》だの莨《たばこ》だのを持ってゆく。薬代にもならんと思うのですが、老陳は嫌な顔ひとつせずに「好好《ハオハオ》」と受け取ってくれました。そういう人物ですから、べつだん言葉は要らんのです。

しかしそのときは、支那語をいくらか話せる補助憲兵がひとり、ついてきてくれました。今さっき自分をここまでしょっぴいてきた、上等兵殿であります。

何もしょっぴいたわけではないって――ではどうして上等兵殿は、自分の帯革《たいかく》を摑んだままここに連れてきたのですか。あの小学校の校舎だって、まるで監獄ではありませんか。

ともかく、あのときは自分があまりにも取り乱しておったので、曹長殿が支那語のできる部下をつけて下さったのだと思います。

落ち着いて老陳に状況を説明せよ、と上等兵殿が言うので、通訳をしていただきました。もちろん、状況などよく見ていないし、説明のしようもないのですけれど。

麓の廠子《チャンツ》は死体の山、たぶん長城の監視廠も同様だと思うが、生存者がいるかもしれないので、急ぎ向かってほしい。

戦闘なのか、それとも食中毒か何かか、と訊かれたので、よくはわからんが出血はなかったと思う、と答えました。それくらいしか思い出せなかったのです。

すると老陳《ラオチエン》は、戸棚をかき回してあれやこれやと薬を選《え》り出し、往診箱に詰めこみました。そうして、老陳を馬に乗せ、自分が轡《くつわ》を取って出発したのです。

それにしても、あの小さな満洲馬はよく頑張ってくれました。道草も食わず、水飼いも途中に小川があるきりです。いっぱしの軍馬でも、あの険しい山道の往復はなかなかできるものではありません。

満洲馬や蒙古馬は、体が小さいわりには驚くほど頑健ですが、あれは戸田見習士官殿のお手馬でしたから、事情がわかっていたのではないでしょうか。

いえいえ、浪花節じゃありません。馬は賢い生き物です。

自分の親は房州の馬喰《ばくろう》でして、馬小屋で育ったようなものでした。現役で佐倉《さくら》の歩兵聯隊に入営してから騎兵に転じましたのは、馬の扱いを特業と認められたからであります。こんなごんたくれではありますが、馬とはうまくやれるのです。

戦地に出て、一等悲しく思いましたのは、馬も人間と一緒になって戦争をしていることであります。軍馬とはそういうものなのでしょうが、どうにも自分は、あいつらが好きこのんで戦争をしているとは思えんのです。

戦が終われば兵隊は復員します。勝って帰れば旗の波に迎えられます。だが軍馬は勝とうが負けようが、戦地に捨てられるのです。だから自分は、兵隊よりも馬のほうがかわいそうでなりません。死んだ兵隊よりも、死んだ馬のほうがかわいそうです。

正直を申しますと、張飛嶺で死んだ兵隊たちも、さほど気の毒だとは思っておりません。それどころか心のどこかで、気味がいい、ざまあみろ、と思っております。殴りますか、中尉殿。はい、自分はそれも承知で言っております。思うところを何でも言えと申されたので、その通りにいたしました。

刑務所帰りの自分を、馬鹿にしなかった兵隊はただのひとりもおりません。新兵だって入営してから三日もたてば、敬礼さえしなくなりました。それは軍隊では許されぬことでありますが、欠礼を咎《とが》める古兵はいませんでした。

張飛嶺で死んだ十人の兵隊が、とりわけ自分につらく当たったわけではありません。しかし、やはり気味がいい。

時刻、でありますか。

まったく気にもしておりませんでしたが、守備隊の交替時刻が十時でありますから、張飛嶺に戻ったのは午《ひる》過ぎの、どうかすると十三時ぐらいだったのではないでしょうか。険しい山道ですが、あれでも大隊が駐屯してから、ずいぶん伐開したのですよ。

老陳は麓の廠舎に入りますと、「不要《ブウヤオ》」だの「没法子《メイファーツ》」だのと言いながら、じきに出てきました。もう医者の出る幕はない、というわけです。

オーイ、オーイ、と声がするので長城を見上げますと、小田島曹長殿が望楼に立って拳を振っていました。生存者がいるのだ、と思いました。そこで、上等兵殿の背中に老陳を結わえつけ、自分が尻を押して登ったのです。

ほかの兵隊の様子ですか。さて、自分と同じ第二分隊の連中は、みな呆然としていたように思います。ああだこうだと話し合ったり、周囲の警戒にあたっていたのは、後からきた憲兵たちでした。

そりゃあそうでしょう。同じ釜の飯を食った仲と、よく知らぬ兵隊では大ちがいですよ。

自分たちが到着するとじきに、第三分隊の兵隊が到着しました。五人か六人でしたか、ばらばらに各個前進してきたというわけです。

その中にも、べつだん怪しいと思ったやつはおりません。もっとも、誰だってそんな目で見てはおりませんが。

あのう、中尉殿。も少し当たり前に物を考えていただけませんか。

いくらごんたくれの集まりでも、同士討ちはありえんでしょう。憲兵だってそんなことは、これっぽっちも考えていなかったはずです。

共匪のしわざにちがいない、だがいったい、どんな手を使ったのだ。いや、それはともかくとして、今も包囲されているんじゃないか。ここに山砲でも撃ちこまれて突撃されたら、ひとたまりもないぞ——あのとき張飛嶺に居合わせた兵隊は、みんな同じことを考えていたと思います。

たぶん憲兵隊で悪い話をお聞きになり、兵籍簿も検めて、そんなこともあるのではないか、とお疑いになっておられるのでしょう。

でも、三十人の小隊はそれなりに仲良くやっていたのです。だって、そうでしょう。前線で命を的に戦っている兵隊に比べたら、ここは極楽なのですから。

監視廠勤務は楽じゃないが、共匪が攻めてくるとも思えませんし、五日間だけ上番すれば次の十日は市内警備も控えもあったものじゃない。この結構な暮らしをぶち壊そうなんて、誰も考えるはずはありませんや。

それでも、第一分隊の兵隊は幾らか窮屈だったでしょう。戸田見習士官殿はごんたくれではありません。筋金入りの士官学校出だから、ビンタを取ったりはしませんが、ごんたくれどもをどうにかまとめようと、努力をしておられました。しょせん無理な話ですがね。

はい、そうです。だから第一分隊が張飛嶺に出ているときは極楽も極楽。青木軍曹殿も海野伍長殿も、やかましい人ではありません。というより、ごんたくれのうちであります。

自分のお話しできることは、これくらいであります。

張飛嶺の有様は、なるたけ見ぬようにしておりましたので、憲兵にお訊きになったほうがよいと思います。

自分は人殺しなどいたしません。それだけは、誓って申し上げます。

本音を言えば、残留を命じられたときホッとしたのです。これで人殺しをしなくてすむ、と。コソ泥の本性なんて、そんなものであります。

残留したのをこれ幸いと羽を伸ばしている兵隊もおるようですが、自分はそのようなこともいっさいしておりません。

刑務所ではずいぶん反省もいたしましたし、出所するとき看守長殿が申された通り、自分にはもうおめおめと帰る家もないのだから、身を慎んで日々を過ごすほかはないのです。何はともあれ軍隊は、三度の飯を食わせてくれます。

もうこれくらいでよろしいでしょうか。そろそろ勘弁していただきたくあります。

ありがとうございます。それでは。

加藤一等兵、用事終わり、帰ります。

11

「前科者の言うことなど、信じてはなりません」

　加藤一等兵が退室すると、アンペラごしに小田島曹長の冷ややかな声が聞こえた。この訊問には意味がないとでも言いたげだった。

「信じる信じぬではあるまい。伝令の証言は大切だ。第一、君、前科者だからどうだのという言いぐさはなかろう。いやしくも法に携わる憲兵の言とは思えん」

　小柳先生がたちまち言い返した。すると、みなまで聞かぬうちに、曹長の濁声《だみごえ》がはね返ってきた。

「そういうきれいごとは通用せんのです。マア、日ごろ浮世ばなれのした小説なんぞ書いておれば、前科者は刑務所で改心して真人間になると思うのでしょうが」

「おいおい、曹長。君は長く軍隊の飯を食っているかもしれんが、僕は君より長く人間として飯を食っているんだぞ。居丈高な物言いはやめたまえ」

　いずれ劣らぬ頑固者である。川津中尉はアンペラをめくり上げて隣室に声をかけた。

「おい、曹長。顔を見て話をせよ。無礼じゃないか」

　小田島曹長は床に屈みこんで、重機関銃の銃口を覗いていた。張飛嶺の監視廠に遣されていた兵器が、拡げた天幕の上に並べられていた。

「弾は撃っとらんようだが、どれも手入れが不良。銃口は砂だらけ、床尾《しょうび》は泥だらけ。まったく、どうしようもないやつらだ」

歩兵銃《サンパチ》が十丁。拳銃は戸田見習士官の私物だろう。手榴弾と擲弾筒は監視廠に常備されていて、交替のつど数を確認して申し送っていた。むろん重機関銃は、長城の楼上が定位置である。

兵隊の質は兵器でわかるという。訓練の後はおろか衛兵から下番したときも、ただちに分解して手入れをし、組み立て直す。新兵教育はそこから始まると言ってもよい。上官が点検して砂粒ひとつでも見つかれば、すべてやり直しである。

何も菊の御紋章が刻印されているから大切にしろというわけではない。兵器を敬し、その精度を維持しなければ実力を発揮できないから、「天皇陛下から下賜された銃」という、わかりやすい理屈をつける。

手先があまり器用ではない川津も、将校教育の期間中はずいぶん苦労したものだった。

「やあ、ひどいものだ。錆《さび》が出ている」

歩兵銃の遊底《ゆうてい》を引いて銃口を窓に向け、片方の目で覗きこみながら川津中尉は言った。

兵器はすべて鋼鉄製だから、手入れを怠れば錆《さ》びる。だが、内地とちがって湿度の低い河北の戦地では、よほど放っておかぬ限り錆は出ない。

ましてや歩兵が主兵器とする小銃である。曹長の言う「どうしようもないやつら」とは、帝国陸軍の軍人として恥ずべき、というほどの意味があった。

アンペラを開けて小柳先生が入ってきた。兵器については門外漢である。

「前科者の与太話を聞きながら、こっちを調べておりました」

曹長は相変わらず重機関銃を覗きながら言った。

「今さら鉄の塊が何かしゃべるのかね」

「はい。あんがい雄弁です」

巨体をぎしりと軋《きし》ませて曹長が立ち上がった。

「どういうことかね」

「まず、やつらは兵隊とは言えません。任務についての自覚がいくらかでもあるのなら、銃の手入れぐらいはするはずです」

「ほう。精神主義か」

曹長がぎろりと振り返った。小柳先生が軍隊そのものに抵抗心を抱いていることは、川津もうすうす気付いている。熟練の憲兵はまして敏感だろう。だが、曹長は冷静だった。

「いや、そうではありません。このあたりは共匪の巣窟で、密雲の住民たちの中にも多くのゲリラが潜りこんでおります。いつ何どき、どこから弾が飛んできてもふしぎはありません。だから日本軍の軍服を着ている限り、こうして――」

曹長はいきなり銃嚢《じゅうのう》から拳銃を抜いた。川津も小柳先生も、思わず後ずさった。

黒々と磨き上げられた南部拳銃の銃口が壁に向けられた。

「銃嚢の留金も掛けません。安全子《あんぜんし》は常に開けたままです。手入れを怠らないのは、正直のところ怖くてならんからです。もっとも、そうした臆病も先生の申される精神主義のうちですな」

曹長はそこまで言うと、また居合の刀を鞘に戻すように、すばやく拳銃を収めた。たしかに安全子も銃嚢の留金も掛けなかった。

この危険な戦地で兵器をぞんざいに扱うことは、任務どころか兵隊としての自覚もないのだ、と曹長は言っているのである。川津はその拳銃が奪ったであろう多くの命について、考えぬわけにはいかなかった。

独立歩兵大隊が駐屯していたころならばいざ知らず、残された守備隊が使いものにならなければ、ゲリラの探索も匪賊の討伐も、憲兵隊が一手に引き受けなければなるまい。ましてや予備役召集の山村大尉が率先して任務にあたるとは思えず、生え抜きの憲兵たる小田島曹長が、事実上の指揮官であるにちがいなかった。

討伐戦に出動して戦果を挙げる。ゲリラを逮捕すれば訊問のうえ処刑する。人の命を奪うのはすなわち殺人なのだが、戦場ではそれが使命であり、むろん罪に問われることはない。

「なるほど。僕にはよくわからんが、つまりこれらの銃器を見た限り、彼らは軍人としての自覚を欠いていた、ということだね。それで君は、そんなやつらの証言など信用できぬ、というわけだ」

「無駄だとは申しません。参考程度にすべきだと考えます。どうやら先生も川津中尉殿も、人がよすぎる」

　小柳先生は素直に肯いた。

「で、ほかに何かわかったことがあるかね」

「はい。戸田見習士官は小隊のみならず、分隊すら掌握できていなかったと思われます。つまり、小隊長どころか分隊の指揮も満足にとれなかった」

　川津は二人の会話に割りこんだ。いまだ娑婆ッ気の抜け切らぬ幹候出身の自分のほうが、わかりやすく説明できると思ったからである。先生と曹長の話の食いちがいは、たがいに何の不満があるからではなく、ひとえに「軍人」と「地方人」の常識のちがいだと気付いたのだった。

「よろしいですか、先生。そもそも兵器の手入れというのは——」

川津中尉は兵隊と銃の正しい関係について、懇切に説明した。大正軍縮の時代に徴兵年限に達した小柳先生の世代は、ほとんどが軍隊についての知識を持たない。きょうびの小学生のほうが、よほど詳しいだろう。

なにしろ陸軍だけでも常備二十一個師団のうちの、四個師団が廃止された大軍縮だったのだから、徴兵どころか退役軍人の生活のほうが、軍にとっては重大事だったはずである。

一方、ずっと齢下の川津の世代は、中学生のころからみっちりと軍事教練を受けた。その主たる理由は国際情勢の変化ではなく、現役将校の温存だった。軍事教練を中学校以上の正課とし、軍縮によって居場所のなくなった将校を、教官として配属したのである。

それでは軍縮の意味があるまいとする反対論も多かったが、とんだ不景気の時代に大学を卒業してしまった川津がともかく職にありつけたのも、思えばその軍事教練のおかげだった。

「ほう。話には聞いていたが、ずいぶんやかましいものなんだね」

と、小柳先生はまるで他国の習慣でも聞くような感想を述べた。

「つまり、なんだ。戸田見習士官が指揮官としての能力を欠いていたから、兵隊がいっそうだらけた、ということだね」

いや、それはちがう。川津は説明を加えた。

「そうではありません。監視廠の勤務に上番するときは、必ず分隊長なり先任の下士官なりが、兵器点検を実施するはずです。つまり、その必須手順が省略されていたか、もしくは分隊長兼務小隊長の戸田見習士官が、兵隊たちに舐め切られていた、ということです。そうだね、曹長」

いくらか付言したそうだが、曹長は肯いてくれた。軍隊流の「おおむね良し」というところだろうか。

それから三人はしばらくの間、申し合わせたようにおし黙った。

小柳先生は二階の窓枠にもたれて莨を吹かし、曹長は並べられた兵器を眺め、川津中尉は二つの部屋を行きつ戻りつした。

たぶん先生も曹長も、同じ光景を思い出しているのだろう。廠子《チャンツ》の中の、崩れた薪《たきぎ》の上に仰向いていた、戸田見習士官の死顔である。

その場面の記憶は、不快を通り越して悲しかった。

軍隊に年齢は関係ない。階級に応じた任務が与えられ、また階級にふさわしいふるまいをするのが軍人である。川津自身も見習士官として部隊に配属されたときには、そうした軍隊の習慣にとまどったものだった。

士官学校出の、しかも事変下の繰り上げ卒業である戸田は、任官時の川津よりもさらに若い。二十歳か、せいぜい二十一。つまり現役入営の二等兵と同じ年齢なのである。

内地の兵営ならば選良の威光は輝かしいだろうが、戦地ではさほど通用するまい。ましてや、本隊が移動したあとの守備隊では、選良ゆえに憎まれ、疎んじられたはずだった。

青木軍曹の供述の中に登場した大隊長や准尉は、なぜそこまで想像しなかったのだろう、と川津は思った。

そうこう考えているうちに、真相はともかくとして、この事件が起こるべくして起こった必然のように思えてきた。

張飛嶺守備隊の表札は掲げていても、その実は軍紀を喪った遊兵の群れである。そこには軍人勅諭も歩兵操典もなく、ただ兵隊という宿命の中で、漫然と日々を送る男たちがいるばかりだった。

小田島曹長の言わんとするところは、つまりそういうことなのだ。軍紀を正すことが任務の憲兵として、また自身も十七年の軍隊生活を誠実に過ごしてきた軍人として、この事件と背景とは、とうてい言葉に尽くせぬのだろう。

「話を蒸し返すようですが、証言を信用してはなりません。参考までになさって下さい」

擲弾筒の錆を軍手の指先で拭いながら、曹長は独りごつように呟いた。

小柳先生は答えずに腕時計を見た。

「さて、すっかり忘れていたが、昼飯にしよう」

12

きのう冷飯を食わせた罪滅ぼしではあるまいが、曹長が案内してくれたのは憲兵隊の斜《はす》向かいにある食堂だった。

張氏飯荘《ちょうしはんそう》。店主の姓が「張」なのか、それとも張飛にあやかったのか。あるいは、支那人の何人かにひとりは張さんなので、わが家のような親しみをこめた命名とも思える。

密雲憲兵隊御用達《ごようたし》の食堂であるから、注文は曹長に任せた。

品書きのようなものはない。席につくと、曹長は薄汚れた身なりの小姐《シヤオジエ》に流暢《りゅうちょう》な支那語で話しかけた。じきに献立は決まったらしい。

「憲兵は語学教育も受けるのかね」

小柳先生がきょとんとして訊ねた。

「それはまあ、仕事のうちですからな」

曹長は多くを語らなかった。戦地における憲兵の最大の任務は、情報の収集である。支那人の訊問もするだろうし、密偵も飼っているにちがいない。支那語の会話力は必須だが、むしろ自身が堪能だということは、周囲に知られないほうがよいのだろう。

厨房から大鍋をふるう音が聞こえてきた。戸板を切り分けたような粗末な卓が、雑然と並んだ店である。

少し声をひそめて曹長は続けた。

「自分らのころは、旅順の憲兵教習所でみっちりと教えこまれたのですが、こう戦線が拡がったのでは、とうてい員数が追いつきません。わが分隊にしても、半数の十名はほかの兵科から引っ張ってきた補助憲兵です。それでも、もともと有能な連中ですから覚えは早い」

そうした実情は北京も同じだった。市内の治安にあたる憲兵のなかばは、他の兵科色を付けた軍服に「憲兵」と書かれた腕章を巻いている。

「言葉が通じぬときは筆談という手もあるがね」

川津中尉がそう言うと、曹長は苦笑した。

「北京の街なかならば筆談も有効でしょうが、そもそもこのあたりでは、満足に読み書きのできる者が少いのです」

そうした状況下で通訳まで務めねばならぬ曹長の苦労は、川津の想像を超えていた。

守備隊の兵隊たちを悪しざまに罵るのも当然だろう。悪事の数々がわかっていても、捜査にまで手が回らないのである。そこにきてこんな大事件が起こったのでは、たまったものではあるまい。

小姐《シャオジェ》が湯気の立つ大皿を次々と運んできた。馬鈴薯と豚肉の炒め物。豆腐の煮込み。鶏肉と蓮根の旨煮。さすがに本日は高粱《コーリヤン》飯ではなく、炊きたての銀舎利だった。

「北京よりも脂っこくなります。どちらかと言えば、満洲料理に近いですな。味付けも塩辛い」

三人は「いただきます」と声を揃えて箸を取った。いったい何がおかしいのやら、小姐がころころと笑った。

支那は貧しい国だと聞いていたのだが、川津にはどうにもそうとは思えない。少くとも食生活に関しては、日本よりずっと豊かであるにちがいなかった。

まず、誰もが健啖《けんたん》である。一度の食事で日本人の倍くらいは食べているように見えるし、なおかつ時も所もかまわずに、いつも飲み食いしているような印象があった。

むろん庶民の暮らしぶりまで知っているわけではないが、街を歩いているだけでもそうした豊かさを肌で感じた。

だとすると、この戦争の大義は怪しい。軍閥の支配から支那国民を解放する聖戦などではなく、日本が豊かな国を簒奪《さんだつ》しようとしているのではないかという疑念を、川津はどうしても拭い去ることができなかった。

「いや、これはうまい」

小柳先生が唸るように言った。たしかに濃厚な味だが、舌はじきに慣れた。

茸《きのこ》と卵の汁が来た。皿も鉢も大きくて、三人がかりでも食い切れぬ量である。とろみのある汁の熱さに、川津は「あっちっち」と声を上げた。小姐がまた笑った。

軍人は熱い食い物に不慣れである。新兵が炊事場から運んでくる食事は、内務班で各自の器に盛り付けられるころにはあらまし冷めている。将校の飯も当番兵が捧げ持ってくるので同様である。もっとも、帝国軍人は拙速を尊ぶのだから、いくらか冷めているくらいが丁度よい。

「何でもうまいのは当然でありますが、支那では速くて熱くなければいけません。万事に大雑把でも、食い物となれば別です」

曹長はこともなげに言うのだが、だとするときのうの冷飯はやはり嫌がらせだったことになる。あるいは小柳先生が推理した通り、遅刻の懲罰とも思える。やはり陰湿なやつだな、と川津は思った。むろん、軍人の本性はそうしたものなのだが。

「ところで、会計はどうなっているのかね」

汁を啜《すす》ってから川津は訊ねた。

「勘定ならご心配なく」

「いや、この店は憲兵隊が接収しているようだが、迷惑はかけていないだろうね」

「それは主計《しゅけい》の領分でしょう。中尉殿がとやかく申されることではありません」

「参考までに知っておきたいだけだ。とやかく言うつもりはないよ」

「軍紀の乱れはこのごろよく耳にしますが、自分たちは憲兵隊です。住民に迷惑をかけるような真似はしません」

　しばらく箸を進めてから、やはり答えねばならぬとでも思ったのか、曹長は改めて説明を加えた。

「この店を接収したのは、炊事の手間を省いて軍務に精励するためです。米は月に一度、分隊の定量を輜重《しちょう》隊が運んできます。ああ、きのうはご一緒でしたな」

「なるほど、合理的だ」と、小柳先生が合の手を入れた。

　川津はとっさに計算した。米飯の一人分の定量は、一日六合である。分隊二十名分で一日に十二升つまり一斗二升で、一ヵ月分が三十六斗。きのうのトラックには、二斗入りの叺で十八個、まあそんなところか。

　それだけの食糧は匪賊にとっても魅力であろうから、つまるところ同乗してきた輜重兵たちは、自分らの護衛ではなかったのだろう。

「きのうの米は、すべてこの店に搬入したね」

　同じ計算をしたものか、小柳先生が厨房を指さして言った。

「余るだろうな。これだけ豪勢なおかずが出れば」

「はい、余ります。だがそれはこの店の手間賃でよろしい」

「そのぶん、副食物をたっぷりと、かね」

「いえ。賄料《まかないりょう》として一人あたま一日五十銭を支給されております。これは毎月末に、隊長殿が北京の憲兵隊本部に出向いて受領いたします」

　賄料とは、陸軍給与令によって定められた副食物の代金、すなわち「おかず代」である。

　これも二十名分で一日十円。月額はおおむね三百円。川津中尉の年俸が千円程度なのだから、なかなかの大金だった。

「むろん、そっくり渡したのではいくら何でも過分です。月額百円を日本円もしくは満洲銀行券で支払います。いかがですか、中尉殿。迷惑をかけるどころか、店にとってはうまい商売でしょう」

　それでも多すぎると川津は思った。支那の物価は日本と比べようもないほど安い。ましてやここは、北京を遥かに離れた地方都市である。

　いやはや、大したものだ。密雲憲兵隊はそれこそ八面六臂《ろっぴ》の大活躍のうえ、住民宣撫にまで一役買っている。

　ところが、話はそれだけではなかった。曹長はあたりに目を配ってから、二人の顔を招き寄せた。

「残りの二百円は、まさか自分がネコババしているわけではありません。ここの店主はなかなかの遣り手でしてね。密雲市内につごう五軒の店を構えておるのです。以上、他言無用です」

ほう、と小柳先生が溜息まじりに感心した。他言無用というからには憲兵隊の機密に属する話で、先の質問は許されまい。

つまり、張氏飯荘の経営者は憲兵隊の密偵なのである。

うまくて安い店には人が集まる。市民に紛れこんだスパイもやってくるだろう。収集された情報は、憲兵隊が接収中のこの店にもたらされるという寸法だ。

それだけの舞台を設えるためには、相当の手間と労力をかけたはずだった。おそらく独立歩兵大隊が駐屯していたころに、そうした体制を整えたのであろうが、それも武漢作戦の発動で水の泡になってしまった。一千人の大隊はろくでなしの三十人を残して、前線に出てしまった。

どれほど共匪の情報を得ようと、討伐に出る部隊がない。せいぜいスパイを捕えて、処刑するくらいが関の山であろう。

馬鈴薯の炒め物を齧《かじ》りながら、それにしても支那の野菜はうまい、と川津は思った。いくら油を使おうが、塩や香料を利かそうが、野菜の味が損なわれない。まさに大地の恵みを感ずる。四億《しおく》の民を養う、豊饒《ほうじょう》な大地である。

そうこう頭と舌で別のことを考えているうちに、もしやそれらは不可分のものなのではないかと、川津は疑い始めた。

昔から米ばかりを主食と崇《あが》めて、その他の食物を「おかず」という名の副食物としか考えなかった日本人は、ただひたすら支那の豊饒に憧れたのではなかろうか。

「しかしまあ、戦争というのは金のかかるものなんだねえ」

もう満腹とばかりに箸を休めて、小柳先生が言った。

「米が何十斗だの、賄料が何百円だのと、このちっぽけな町だけでそんな食い扶持がかかるのなら、支那全土でどれくらいかかっているのだろうな。まさしく気の遠くなるような話だ」

小姐《シャオジエ》が茶を運んできた。この支那の茶というのがまた、奥深い野生の味がする。精製された日本の煎茶とは、まったく似て非なるものだった。

「しかも、本隊の独立歩兵大隊は、たくさんの物資を置き去りにした。出先でまた補給を受けるわけだな。それで、残ったろくでなしどもがたらふく食って、横流しまでするのでは世話がない。そんな無駄なことはせずにだね、憲兵隊もそれを食えばいいじゃないか」

ごもっともではあるが、そうした当たり前の方法をとれぬのが軍隊というものなのである。

すべての命令は上から下へと、直線的に下達される。部隊行動に自由は許されない。しかもさまざまな法令が、将兵をがんじがらめにしている。いわばタテばかりでヨコのない組織だった。

戦争に勝つという唯一の使命を追求し続けて、軍隊はそうした特異な形に進化した。だから小柳先生の常識論は、軍隊ではまったく通用しない。たとえ成年男子に兵役の義務が課せられていても、軍隊と国民が常識を共有することはないのである。

「無理ですなあ、それは」

曹長が答えた。むろん答えにはなっていない。

小柳先生は首をひねる。難しい話だということだけはわかっているので、言葉はつながらなかった。

「わからんねえ」

わざわざ輜重隊のトラックで北京から運ばせなくても、密雲城外の宿営地には糧秣が唸っている。余分な兵器や弾薬もある。だが、それらを荷車に積んでひょいと運んでくるという、簡単なことができない。軍隊はタテばかりでヨコがないのである。

たぶん、こんな手順を踏まねばならぬ。

まず、密雲憲兵隊から北京の憲兵隊本部に対し、しかるべき書式をもって意見具申をする。命令系統を逆行することはできないから、これは「要求」ではなく「提案」である。意見が入れられれば、憲兵隊本部から北支那方面軍司令部に改めて意見具申。兵站参謀から参謀長へと書類が回り、軍司令官閣下の裁決が下って、ようやく命令が起案される。その命令に基いて、経理部の主計将校が現地に赴き、数量を厳密に点検したのち配分がなされる。

つまり、軍隊にはそもそも「ヨコ」の概念がないので、意見は「タテ」に溯上《そじょう》して頂点で命令となって下達される。指揮一元化の大原則によればそうならざるをえない。荷車を曳けばものの三十分で往還できる距離でも、おそらく一ヵ月や二ヵ月はかかる。いや、書類は途中でどこかの机のひきだしに収《しま》われたまま、永遠に日の目を見ることがないかもしれない。

そうした手順を省いて、出先が勝手なやりとりをすれば、すなわち「横流し」である。たとえ金銭の収受がなくとも、軍令を無視した廉《かど》で、陸軍刑法の「違令ノ罪」に問われる。

「いろいろ面倒があるのですよ、先生」

説明するだけでも面倒なので、川津中尉はそれだけを言った。

「そうなんだろうねえ」

小柳先生は黙々と食事を続ける小田島曹長を、気の毒そうに見つめた。

「主計の領分です」

曹長はもういちど釘を刺すように言った。

「ところで、次の訊問は誰にいたしますか」

ようやく箸を置いて曹長が言った。

「順序からすると、例の陳先生とかいう町医者の供述を取りたいところだが、通訳をお願いできるかね」

小柳先生に言われて、曹長は「はい」と快く承諾したが、一呼吸の間をとってから意外な前置きをした。

「それはかまわんのですが、お二方には承知しておいてほしいことがあります」

慎重に言葉を選んで曹長は続けた。

「先ほどの加藤一等兵の供述によれば、老陳《ラオチエン》は善意の医者でありますが、実はそうとばかりは言えません。以前に共匪を匿《かくま》ったことがあります」

これは聞き捨てならぬ。川津中尉は手簿を取り出した。

「まだ大隊が駐屯していたころの話です。討伐戦で負傷した兵隊が、老陳の診療所で手当てを受けた帰りがてら、憲兵隊に通報したのです。どうも怪しげな入院患者がいる。カーテンの向こうで唸り声がするから、老陳が用足しに立ったすきに覗いてみたら、血まみれの匪賊が寝ていたというのです。共産軍の戦闘服を着ていたからまちがいない、と」

身のすくむような話である。討伐戦で負傷した敵味方が、同じ診療所で手当てを受けた。

手簿を開いたはよいものの、何をどう書くこともできなかった。

「すぐに駆けつけたのですが、怪我人の姿はない。だが、寝台にまだ乾き切らぬ血痕《けっこん》があった。家じゅう捜索したら、裏の納屋に隠れておったのです。患者を治療するのは医者の務めだと、老陳は抗弁しましたがね。実はやつが共匪に通じているという情報は、以前からあったのです。医者の務めと言われれば、責め立てるわけにもいかんでしょう」

曹長は詳しくを語らなかった。むろん負傷した匪賊は、憲兵隊で拷問をされたあげく殺されたのだろう。何とも虚しい話である。

「その件は承知しておこう。僕としては、医者の良心を信じたいがね」

片肘《ひじ》をついて莨をくゆらせながら、小柳先生が言った。

良心。懐かしい言葉だ。たぶんその所在を信じた者から命を落とすのが、戦争というものなのだろうが。

「訊問は慎重に願います。老陳が本件に直接関与しているとは思えませんが、共匪とかかわりがあるのは事実です」

「よし、了解した」

川津が答えたとたん、ふいに食堂の扉が開いて、部下の憲兵が小田島曹長を呼んだ。

「いやはや、苦労な男だね。僕が見たところ、憲兵分隊長の山村大尉というのが、まず使いものにならんのだろう。軍隊の階級主義というのも考えものだ」

誰が見ても明らかである。きのう二人が着任の申告をしたきり、どこで何をしているものやら姿も現さない。少くとも本件に関しては、すべて曹長にお任せと決めているのだろうが、日ごろ軍司令部で熟練の下士官を懸命に指揮している川津には、その性根が許しがたかった。

「さて、町医者に直接関与はないと曹長は言うが、君はどう思うね」

「医者ならば毒物は持っているでしょう」

「だが、長城にも歩いて登れぬ年寄りだ」

「共匪に流した、というのは」

「戦争をしたほうがよほど簡単だろう」

「そうですね。銃も錆だらけの分隊を包囲殲滅するくらい、わけはないはずです」

「しかし、僕の勘では――」

小柳先生は莨を揉《も》み消して立ち上がった。

「探偵小説でいうところの、キー・パーソンであることはたしかだろう。よほど慎重に物を訊かねばならんな」

砂埃《すなぼこり》をまとって、のそりと曹長が戻ってきた。その表情はこわばっていて、変事を予感させた。

「你来了《ニイライラ》」

いらっしゃいませ、という小姐《シャオジエ》の声も尻すぼみになった。

小柳先生と川津中尉の顔を見つめてから、柄に似合わぬしんみりとした声で、曹長は呟いた。

「訊問は自分がいたします。先ほどの取調室を使用しますので、お二人はアンペラの向こう側でお聞き下さい。ただちに始めます」

「おいおい、君。それでは話にもならんよ。僕らは支那語がわからん」

勝手を言うなとばかりに、小柳先生が詰め寄った。

「いえ、日本語です」

いったいどうしたことなのだろう。わけのわからぬまま川津は、続く曹長の言葉に耳を疑った。

「山村大尉殿が老陳《ラオチエン》を射殺しました。自分が訊問をしなければなりません」

13

山村勉《つとむ》　明治三十年生満四十一歳
大正四年三月府立第三中学卒業　同年四月第一銀行入行
大正七年一月歩兵第三聯隊《れんたい》ニ入営歩兵二等卒　同年四月一等卒幹部候補生　同年七月歩兵上等兵　同年九月歩兵伍長《ごちょう》　同年十一月歩兵軍曹
大正八年一月任歩兵曹長予備役　同月第一銀行本店庶務課ニ復職
大正十年一月予備役召集　同年四月任陸軍少尉　歩兵第三聯隊附
大正十三年四月任歩兵中尉　同月予備役　第一銀行ニ復職
昭和十二年七月予備役召集　同月関東憲兵隊ニ編入　旅順憲兵教習所ニ於《おい》テ教習
昭和十三年八月憲兵大尉　同月北平憲兵隊本部附　同月河北省密雲憲兵分隊長

なあ、小田島さん。

ことを大げさにしてほしくはないのですがね。

これではまるで、あなたが私を訊問《じんもん》しているようではありませんか。部下たちの手前もある。ましてや大事件が起こったばかりで、小柳先生や川津中尉が何を考えるかわからんでしょう。事態を混乱させてはならんよ。

むろん、私の口から説明する必要はあります。ならばいつも通りに、分隊長室で話せばよろしい。私をまるで容疑者扱いにして、この取調室に引っ張りこむとは、いったいどういう了簡《りょうけん》なのだね。

共匪《きょうひ》の処刑は憲兵分隊長たる私の判断に委《ゆだ》ねられている。八月の着任時に、そう言って聞かせたのはほかならぬあなたではないですか。

国際法のどうのなどと言っていたらきりがない、俘虜《ふりょ》を北京まで移送する手間などない、へたに収監して奪還にでもこられたら不要な血を流す、よって処刑は方面軍司令部も憲兵隊本部も、命令こそしないが暗黙の了解事項だと、あなたはたしかに言った。

当然ですな。師団や聯隊の会戦ならいざ知らず、ここはゲリラ戦の戦場です。燕山山脈は共匪の巣窟《そうくつ》で、鉄道もすでに破壊されている。日本軍が制圧しているとはいえ、北京も承徳も遠くて、孤塁と言ってもいい。もし五万人の市民が共匪にそそのかされて蜂起《ほうき》しようものなら、ひとたまりもない。

なあ、小田島さん。

これまでにいったい、どれくらいの共匪を処刑したと思っているのだね。私が着任してからの三ヵ月足らずの間に、九人だよ。それにしたところで、大隊主力が転進したあとはろくに討伐にも出ていないのだから、かつてはどれほどだったのか、日報を検《あらた》める気にもなれん。前任の分隊長は根っからの憲兵だったしな。情《なさけ》容赦はなかっただろう。

いや、そのことをとやかく言うつもりはない。当然の処置ですよ。それをためらうくらいなら、はなから戦争などせぬほうがいい、というくらいのものです。

ならばどうして、分隊長たる私が私自身の責任と判断においてみずから手を下したことを、あなたから詰問されねばならんのだね。

事情を説明する前に、ここはひとつはっきりさせておこうじゃないか。

いいかね、小田島曹長。

あなたはこの私を、員数《いんずう》合わせのにわか憲兵だと舐《な》めておるかもしれんが、将校であり、指揮官であり、直属上官です。すなわち、あなたがいかほどの軍歴と経験を誇ろうが、私の部下であることにちがいはない。場合によっては陸軍刑法の抗命罪、もしくは侮辱罪により、しかるべき処置をします。

ほう。ならば擅権《せんけん》罪によって私を訴える、と。

マアマア、だからことを大げさにしてほしくはないと言っているじゃあないか。

つまりあなたは、事件の重要参考人を独断で処刑したことが擅権罪にあたると言いたいのだな。

いや、それはおかしい。独断も何も、共匪の処断は私の権限内ですよ。あなたが私の命令を待たずに処刑を行ったら、それこそ擅権ですがね。

私に対して、そのような言いがかりをつけること自体が、上官侮辱であると心得たまえ。むろん、ことを荒立てるなという私の命令に順《したが》わぬのは抗命だ。

こんな言い争いをしておっても埒《らち》があかんな。では、事情を説明するとしよう。録取はやめてくれたまえ。これはまさか容疑者の供述ではない。

張飛嶺の一件は、誰がどう考えたところで共匪のしわざです。断言してもよろしい。

むしろ私は、長く軍務についていて実戦経験も豊富なあなたが、なにゆえほかの可能性を探ろうとするのか理解に苦しみます。

もしや、経験がかえって邪魔になっているのではないかね。さまざまの案件が思い起こされて、ああなんじゃないか、こうなんじゃないか、と。

銀行員にもそうした手合いはいる。経験が豊富すぎて、決断力が鈍ってしまうのだ。とりわけ、本店から抜き打ちの監査が入ったりすると、日ごろの落ちつきぶりはどこへやら、言わでものことをしゃべったり、見せなくてもよい帳簿を提出してしまったりする。

いいかね、小田島さん。

ここは戦場で、敵はゲリラなのだよ。守備隊の練度が低いという情報を敵が察知したなら、攻撃されて当然だろう。どういう戦法を使えばあんな結果になるのかは知らんが、それは頭を悩ますほどの問題ではあるまい。

彼我が殺し合うのが戦争なのであって、そこには勝ち負けと、その結果としての生死しかない。つまるところ、守備隊は完敗したのだ。

考えてもみたまえ。どこの戦場に「戦死者の死因」を探る馬鹿がいるものか。敵の弾に当たったから死んだ、という者ばかりではあるまい。中には突撃発起《ほっき》を早まって、味方の砲に叩かれてしまった兵隊もあろう。塹壕《ざんごう》に落ちて打ちどころの悪かった者も、たまたま持病の発作に見舞われた者もあるだろう。

しかし、どうであれ戦闘中に死んだからには戦死だ。

いや、理屈を捏《こ》ねているわけではないよ。戦地において死因を探ることに、何の意味があるのだ、と言っているのです。

もし仮に、十名の分隊を一瞬で全滅させる新兵器があったとしても、対処する方法があるのかね。心を引き締め、警戒を厳にするほかはあるまい。

ものの道理で考えてみようじゃないか。

敵は敵です。味方の中に敵はいない。だから私は、守備隊の兵隊たちを小学校の校舎に拘禁するというのには、真向から反対した。

いや、真向から、でもないか。あなたがそうまで言うのなら仕方がないと思った。だが反対はしたはずですよ。「敵は敵だ。味方の中に敵はおるまい」と言ったはずです。

それはそうとしておこう。やつらの悪行三昧《ざんまい》を焙《あぶ》り出す好機でもあるし。あなたの本心もそこにあるのだろう。

さて、老陳《ラオチェン》の話だ。

これまでにも、やつが共匪の一味かどうかについては、何度もあなたと話し合った。要注意人物であったことはたしかだな。しかし、敵味方を分け隔てなく診察するというのは、赤十字の博愛精神に則《のっと》っているのだから、強引に取調べもできまい。

住民の信頼は篤《あつ》い。診療所の前の路地には、いつだって病人や怪我人が溢《あふ》れている。支那人は順番通りに並ぼうとしないから、次の患者は老陳が容態を見て決めていた。

マア、町医者の鑑《かがみ》だな。住民たちにとってもわれわれにとっても必要な医者なのだから、要注意人物として留意しておくほかはない、というのが私とあなたの結論だった。

よし。この際だから言っておきましょう。実は前任の憲兵分隊長からの申し送り事項の中にも、老陳については厳重に監察すべし、とあった。

ついでに、もうひとつ。小田島曹長は信頼に足るが、少々浪花《なにわ》節の気味があるので注意せよ、ともね。

いや、私はそうは思わんよ。あくまで前任の清水《しみず》大尉が言ったのだ。しかし指揮官の申し送り事項なのだから、あだやおろそかにはできまい。よって老陳についても、あなたの判断についても、私なりの留意はしてきました。

そんな折も折ですな、老陳が負傷した共匪を匿《かくま》うという事件が起きたのは。いやはや、今だから言えるがあわてましたよ。指揮官として直面した、初めての事案でしたからな。

あのときあなたは、共匪は処刑すべし、老陳は構いなし、という判断をした。ほかに考えようはないので私も同意しました。

私がみずから手を下したのは、前線の憲兵として、そういうことは経験しておかねばならぬからです。べつだん、舐められては困るなどと思ったわけではない。さすがに軍刀で斬る度胸はなかったがね。

あのときはろくに訊問もしなかった。この際だから老陳について訊き出すべきだとは思ったのだが、どのみち殺されるとわかっている共匪が口を割るはずもなし、何を知ったところで簡単に処刑できる相手でもない。あのころはまだ歩兵大隊が駐屯していて、老陳《ラオチエン》は軍医も同然だったからな。

後味は悪かった。あなただって、これまで何十人の俘虜を殺したかは知らぬが、初めの一人は忘れられぬだろう。

これは人殺しではない、任務の遂行だとは思っても、そこの裏庭の槐《えんじゅ》の木の下で観念した男の姿は、頭に灼《や》きついて離れなかった。

しばらく悩んでいるうちに、老陳が憎らしくなった。どんなきれいごとを言おうが、共匪と繋がっているのはたしかだ。そうでなければ、戦闘で傷ついた共匪が、憲兵隊と目と鼻の先の診療所をのこのこ訪ねたりするものか。仮に老陳が一味ではないとしても、手当てをしたあとわれわれに引き渡さずに匿うというのは、明らかな利敵行為ではないか。ならばどうして、やつだけが構いなしなのだ。

医者だからか。軍医のいない日本軍の診療をしているからか。それとも、あなたの腹下しを治してくれたからか。

そうこう考えるうちに、いよいよ老陳が善意の人ではないような気がしてきた。医師という特権によって、命永らえているずる賢い人間に思えてきたのだ。

ほら、世間にはよくいるじゃないか。どうしてあんなやつが同じ職場に採用されたのだとか、なんであいつには赤紙がこないのだとか、なぜあの馬鹿が馘《くび》にならんのだ、とか。私はもともと、世の中のそうした不公平に我慢がならなかった。

その月末《つきずえ》に北京に戻ったとき、神崎大佐殿には洗いざらいぶちまけたよ。軍司令部の命令か憲兵隊本部のお墨付きがあれば、誰はばからずに老陳を引っ張ることができると思ったからだ。

　ところが神崎大佐殿は、笑いながら言った。

「そりゃ、君。戦場の美談じゃないか。何もそう鯱張《しやつちよこば》って、無理に敵を作ることもあるまい。小田島曹長の判断は正しいよ」

　上官に対して「しかし」という文言はない。話はそれで終わってしまった。あとは総務部で賄料《まかないりよう》を頂戴し、ハンコをついて帰ってきただけだった。

　憲兵隊は「美談」が好きだね。もとより情報収集は任務のうちだが、どうやら美談は選別されて宣撫《せんぶ》工作の一役を担ったり、内地にもたらされて銃後の励みになったりしているらしい。

　だにしても、敵味方を分かたぬ治療など、時節がら美談にはなりえまい。

　よく考えてくれよ、小田島さん。日本は共匪を戦略上の敵とはみなしていない。あくまでゲリラであり、テロリストなのだ。だからあえて「共産党軍」とは呼ばず、「共匪」としている。

　むろん戦場の美談などは成立するはずがない。共匪は当面の敵ではあっても、敵軍とは呼べぬのだからな。すなわち、厳密に言えばこれは戦争ではない。よって戦時国際法の適用外であるから、俘虜を処刑しても問題はないという論法だ。

　おかしいと思えばきりがない。だが少くとも現状においてわれわれは、その論法を正義として密雲の治安を維持しなければならん。

なあ、小田島さん。あなたはどうしてそうも悠長に構えておられるのだね。

独立歩兵大隊が転進して、ろくでなしの一個小隊が残された。もし共匪が攻勢に出たらどうなる。

いざとなれば北京から援軍がくる。それはそうだろうが、到着するのはわれわれが全滅したあとだろう。

そんな状況下において、張飛嶺の守備隊がやられたのは攻勢の予兆と見るべきではないのかね。だがあなたは、援軍の要請など必要なしと言う。のみならず、残りの守備隊を拘束した。この現状を共匪が知れば、今の今にでも攻めてくるぞ。

くどく言わなかったのは、腰抜けと思われたくなかったからだ。あなたにはあなたなりの考えがあるはずだしな。

だからほどなく、佐官待遇の軍属と軍司令部付の将校がくると聞いたときは、ホッと胸を撫で下ろした。

神崎大佐殿は私の話など取り合わないが、あなたのことは買っている。たぶん電話できちんと状況を説明して、援軍要請ではないが向こうがそうしてくれるように根回しをしたのだろう。なるほど、憲兵の領分を弁《わきま》えていると思ったよ。

軍属というのは、さまざまの犯罪捜査に慣れた熟練の警察官か。軍司令部付の将校というのは、情報参謀だろうか。そういう話ならば、一個大隊がトラックで乗りこんでくると思った。戦車も砲もくるだろうとね。

　ところが、どうだ。やってきたのは従軍ペン部隊の探偵作家と、大学出のうらなり将校ではないか。しかも、呑気《のんき》なことには輜重《しちょう》兵と糧秣《りょうまつ》を荷台に乗せて、そいつらでさえ知らんぷりでさっさと帰ってしまった。

　実のところは、あなたも当てがはずれたのではないのかね。だから腹立ちまぎれに、冷飯なんぞを食わせた。どうだ、図星だろう。

　なあ、小田島さん。今は探偵ごっこなどしている場合ではあるまい。もういっぺんあなたの口から、神崎大佐殿に文句をつけてくれないか。

　この件のほうが先だと？

　やれやれ、まったくあなたという人は、思慮深いのか馬鹿なのか、よくわからんねえ。

　そういう頑固者は、娑婆《しゃば》では通用せんよ。曹長の現役定限年齢は四十《しじゅう》だろう。もういくらもないじゃないか。あ、そうか。憲兵は四十五だな。それにしたところで大して変わりはない。

　茶ぐらい運ばせてくれたまえ。部下に怪しまれる。

さて、一服したところで話を本筋に戻そう。

重ねて言っておくが、私はあなたに問責されるいわれはない。説明をするのです。

張飛嶺の事件以来、憲兵たちはまんじりともせずに働いている。

きょうで四日目ですぞ。いくら何でも、もう体力の限界だろう。

総員二十名。まったく兵員不足。話にならん。一千人の独立歩兵大隊がおって、市中警備を担当していたからこそ、二十人の憲兵隊でこと足りた。

残留した一個小隊三十名は、かえってわれわれの仕事を増やしたようなものだった。

住民たちの訴えを聞けば、例の物資横流しの件はさておくとしても、片ッ端からしょっぴいて営倉にぶちこんでおかねばならんほどだった。

そんなやつらだから、張飛嶺の一件は内輪揉めの結果だろうとあなたは読んだ。生き残りの二十人をそっくり小学校に拘禁して、犯人を暴き出し、おそらく事件の原因となった横流しについても、明らかにしようというわけだ。

くどいようだが、私の考えはちがう。横流しはまちがいないが、張飛嶺の一件は共匪のしわざだ。それでも私があなたの意見に同意したのは、北京から援軍がくると思っていたからだった。むろんあなたも、その前提で考えていたのだろう。

私があなたたちと張飛嶺の現場に向かわなかったのは、何も怖気《おじけ》づいたからではないよ。北京の憲兵隊本部に電話を入れて、問い質《ただ》さねばならぬと思ったからだ。

軍機に属することだから、ここだけの話にしておいてくれ。神崎大佐殿はこう申された。

「密雲が戦略上の要衝だということは、百も承知している。だが、わが軍はいま総力を挙げて決戦を発動しておるのだ。武漢作戦には三十万の将兵が参加する。これを陥《お》とせば国民政府は降参する。君と同様の要求は各所から寄せられているが、答えは同じだ。この戦争は終わる」

　はたして、そうかね。私には戦《いくさ》の大局などよくわからんが、支那大陸は日本人が考えるよりもずっと大きいのではないのか。地図を見るにつけ、武漢という内陸の一点を攻略して蔣介石が降参するとは、どうしても思えんのだがな。

　要するに、その武漢作戦とやらのおかげで、密雲を守備していた独歩《どくほ》一〇九《ひとまるきゅう》大隊は足手まといの三十人を残して転進し、それを補充する兵員はないから、何が起ころうと積極的な行動はとらずに現状を維持せよ、ということだ。

　さあ、考えてみようじゃないか、小田島曹長。

　密雲憲兵隊、総員二十名。現在の配置は、栗林屯の分遣隊に三名。小学校と守備隊宿営地に各三名。この分隊本部に三名。二名二組で市内巡察。残り二名は伝令兼飯上げ。私とあなたを除く十八名はこれで手一杯、交替もないから適宜仮眠をとるほかはない。四日目は限度を超えている。

　それがどういうことかわかるかね。つまり、共匪が総攻撃をかける絶好の戦機が、四日間も続いているのだ。では、なぜ攻撃してこないかといえば、こうした現状をまだ知らないからだろう。

　あのな、小田島さん。

　あなたは憲兵の任務しか考えとらんのじゃないのか。事件の究明ばかりで、そもそもここが戦地であり、孤立無援の砦《とりで》だということを忘れとるんじゃないのかね。

　幸い私は速成の憲兵将校で、もとの兵科は歩兵です。一年間の幹部候補生教育を受け、予備役召集されて三年の隊付勤務を経ている。よってあなたよりは、大局を見ていると思いますよ。

　現状はまだ敵に察知されていない。だが、時間の問題だ。そして、まっさきにこの状況を共匪に報《しら》せるのは、老陳《ラオチェン》だと私は読んだのです。

　あなた方がこの部屋で兵隊の訊問をしている間、私は老陳の診療所に踏ん張っていた。あなたが何と言おうが、きょうというきょうは憲兵隊に勾引《こういん》するつもりだった。幸い旅順の憲兵教習所で支那語を詰め込まれている。足らぬところはおたがいカタコトの英語と漢字の筆談だった。

　証拠、かね。

　おいおい、小田島さん。これまで密偵を引っ張ってくるのに、証拠だの何だの言ったためしがあるか。こっちがそうと確信すれば、勾引して痛めつけて、自白しようがするまいがズドンだろう。それとも何か、日ごろあなたがやっていることを、上官の私がやってはならんのかね。

この町で医者といえば、灸《きゅう》をすえて煎じ薬を飲ますだけの漢方医か、さもなくば満洲族のシャーマンだ。だからこそ老陳は信頼されている。薬品や医療器具は、ときどき北京の赤十字病院から、巡回車がやってきて補充する。

張飛嶺の有様は、誰がどう見たところで毒殺だろう。そういう劇薬を入手できる者は、老陳のほかにはいないではないか。

むろん、あの老いぼれが手を下したとは思えん。だが毒物の出どころが老陳であることはたしかだ。

診療所の内部の様子を思い出してみたまえ。看護婦もおらぬから散らかり放題だが、いつも錠前のかけられている戸棚があるだろう。量をまちがえれば命にかかわるような薬は、あんなふうにして保管している。

「請一起到憲兵隊《チンイーティタオシャンピンドエ》」

しごく穏やかに、同行してくれるように言った。老陳は拒否した。簡潔な回答ではなかった。たぶん、「どうして私が訊問されなければならんのか、できるだけの協力はしているではないか、診療所も閉めるわけにはいかない」というような意味だったと思う。ひどく狼狽《ろうばい》しているように見えた。

そこで私は、保管庫の錠前を叩いて「開《カイ》、開鎖《カイスオ》」と命じた。とたんに老陳《ラオチエン》は身を翻して、逃げ出そうとした。

とっさに発砲してしまったのは、早計だったと思う。だが、容疑者が目の前で脱走を図ったなら、あなただって威嚇射撃などはするまい。ましてや私は、手や足に狙いを定めるほど拳銃が達者ではないからな。

やましいところのない者が、逃げ出すはずはなかろう。老陳は共匪に通じていた。いや、あのあわてぶりからすると、毒薬の手配をしたのも老陳にちがいないのだから、れっきとした共匪の一味だ。

私はこう考えるのだがね。

いかにろくでなしの守備隊とはいえ、張飛嶺を攻撃するのは楽ではない。長城そのものが堅固な城砦《じょうさい》だし、機関銃もある。俯角《ふかく》の射界に対して仰角から攻めるのは、数に物を言わせたところで甚大な損害を蒙《こうむ》る。そうした地の利があればこそ、張飛嶺に監視廠《しょう》が設けられているのだ。

ならば、毒でも盛ったらどうか。うまくすると、味方には一兵の損失もなく、一個分隊を全滅させられるぞ。

ゲリラにそうした発想はあるまい。考えたのは戦闘員ではなく、隠れた反日分子として情報を流し続けている町医者だ。老陳はさっそく毒薬を提供し、さてその先はわからんが、ともかく誰かが何らかの方法で張飛嶺守備隊の飲食物に混入させた。

どうだね、小田島さん。ほかに考えようはなかろう。それでも私の行動が不適切であったと言えるか。

　こんなことに時間を費やしている場合ではあるまい。ただちに拘束中の二個分隊を釈放し、戦闘配置につけたまえ。これは命令だ。逆らえば抗命罪だぞ。陸軍刑法第四章、抗命ノ罪。敵前なるときは死刑または無期、もしくは十年以上の禁錮《きんこ》に処す。

え。それでもかまわぬ、か。

　できるものならやってごらんなさい、かよ。

なあるほど。そういうことか。

もし万が一、本件が共匪のしわざではないとしたら、陸軍の一大不祥事だと。

だからこそ方面軍司令部は、援軍どころか隠密裏《おんみつり》に、探偵作家とうらなりの中尉をさし向けた。マアそうだとすると、陸軍刑法も軍法会議もあったものじゃない。要するに、事を表沙汰にできぬ、か。

　戦友に毒を盛って皆殺し。まさかとは思うが、そんなことがあったら、戦の勝ち負けはさておき、軍司令官閣下も参謀殿も全員更迭。直属上官は一人残らず予備役待命だろう。仮に表沙汰にならなかったとしても、だ。

しかし、だからと言って私の行動を否定する理由にはならんよ。あなたにはあなたなりの考えがあろうが、私は私の信念に順って行動した。よって、私とあなたの議論には意味がない。

やあ、いいお日和だ。このあたりは標高もあるし、海辺の旅順よりもよほど寒かろうと思っていたが、そうでもないようだな。

まだこれからか。氷点下二十度だの三十度だの、東京生まれの私には想像もつかない。

私の父親は給仕上がりの小役人でしてね。自分が学歴のないせいでつらい思いをしたから、倅を中学に上げてくれたのです。

大正七年の徴兵検査というのは、間が悪かった。まだ欧州大戦の最中だったので、甲種合格は全員が即日入営でした。

あなたなんぞは軍縮の世代だろうから、その立派な体格でも籤引《くじび》きの口でしょう。

中学を出たあと銀行員になったのは、父親の勧めでした。役人の子は役人になればよさそうなものだし、中学卒なら区役所なんぞでは立派な学歴で、そこそこ出世も叶います。ではどうして銀行員かというと、そのあたりがいかにも給仕から叩き上げた親父の計算だった。

先の世の事を考えれば、まず徴兵は免れぬだろう。そうなったときに、役人ならば軍隊と役所の給料の差額を受け取ることになるが、民間の大企業ならばたいていは、給与の全額を会社が保障するのですよ。つまり在営中は給料の二重取りです。銀行員は給料がいいし、現役の二年間は大きいですよ。そうしたわけだから、後顧の憂いは何もなかった。

原隊は麻布の三聯隊。おととしの二・二六では叛乱《はんらん》軍として悪名を馳《は》せてしまったが、当時は穏やかなものでした。

徴兵検査の前に、銀行の人事部に呼ばれて知恵をつけられました。中学卒は幹部候補生の受験資格がある。これに合格すれば一年間の在営で予備役。願ってもない話ですな。

もっとも、選抜試験に合格しなければならんし、一年の教育期間中は兵役ではないのだから、逆に二百四十円もの大金を納めねばならぬ。しかしその金は銀行が負担するので、頑張りなさい、というわけです。

それで、めでたく試験も通り、たった一年の間に二等卒から曹長に昇進して、さっさと娑婆に戻ってきた。新規の職場は本店の庶務課でした。見習士官の箔《はく》をつけて帰ってきたのだから、それなりの扱いをしてくれると思っていたのですが、何のことはない雑用係です。

驚いたことに、銀行の本店庶務課というのは同じ身上の行員ばかりなのですよ。一年志願の見習士官とか、予備役将校とか。つまり、いつ何どき召集がかかるかわからないので、急な欠員が出て困る業務にはつかせない。支店に配属もしない、というわけです。

マア、庶務課は力仕事も多いし、宿直なんぞもあるので、適材適所とも言えるのですがね。

すると案の定、二年後に召集がかかった。若い見習士官をほったらかしておくのも何だし、シベリア出兵が長引いて将校も不足がちだから、そろそろ引っ張っておこうというところだろうな。

銀行では下ッ端の庶務係でも、軍隊ならばれっきとした小隊長殿で、兵隊は直立不動の敬礼をしてくれる。こっちもまだ二十三か四の若さだったから気分はいいし、何よりも給与の二重取りはありがたい。何だかんだで三年も居座って、営門中尉で除隊しました。

そう嫌な顔はしなさんな。罰《バチ》は当たったよ。在営中の震災で、父親と末の妹が死んだ。そうとなれば家族の面倒を見ねばならんし、銀行からも帰ってこなければ解雇だと言ってきた。

そのあたり、お国と民間企業の間にいったいどんな申し合わせがあるのかは知らないが、要するに大きな企業ほど余力があって、軍に協力できるということなのだろう。もしそこまで読んでいたとしたら、父親は大した人だったよ。

嫁は震災の直後に貰《もら》った。同じ深川《ふかがわ》の生まれで女学校も出ているのだが、気の毒なことに家族はみな死んで、ひとりぼっちになってしまった。仲に立つ人があって、罹災者どうし相身たがいに所帯を持つことにした。震災のあとは、そんな話が当たり前にあった。

それからは銀行に戻って庶務課一筋。とうとう課長にまでなった。惣領息子は出来がよくて、府立一中に合格した。下に次男と娘。次男坊は士官学校に行くと言ってきかないが、断じて許さん。軍人は進んでなるものではないよ。その気がなくたって、運命ならばお鉢が回ってくる。

そんなわけだから、むろん単身赴任です。そう言えば、あなたの奥方は奉天の官舎に残っているのだったね。さぞかし心配だろう。

運命、か。

日本男児と生まれたからには、どうやらこの運命ばかりは逃れられんらしい。しかし、四十にもなってまだお声がかかるとは、思ってもいなかった。

軍隊なんぞは思い出話だったのですよ。若い時分に、一年間の教育を受け、三年ばかり隊付勤務をしただけの、いわば青春の記憶に過ぎなかった。

ましてや原隊の歩三《ほさん》は二・二六の叛乱軍だから、後輩たちのしでかしたこととはいえ、応召はないと思っていた。

運命ですかねえ。

そう思うと、あの十人の兵隊たちが哀れでなりません。運命の糸に操られて、長城まで死ににきたのでしょうか。それも、万里に続く長城の、ほんの芥子《けし》粒みたいなあの張飛嶺の砦で、野垂れ死ぬために。

なになに、武漢作戦が終われば決着はつくだろう。蔣介石が降参するかどうかは知らんが、とりあえず支那事変は手じまいだ。

なあ、小田島曹長。ひとつ、そう思おうじゃないか。

14

山村大尉の足音が階段を下っていった。軍刀の鞘《さや》鳴りまでが不愉快げである。疑えばきりはないが、隣室で聞いていた限り一応の筋は通っている。何よりも、いまだに銀行員が軍服を着たような山村大尉が、陰惨な事件にかかわっているとは思えなかった。

間仕切りのアンペラを持ち上げて、「終わりました」と小田島曹長が顔を覗かせた。

壁にもたれて座りこんだまま、小柳先生が莨《たばこ》をつけた。開け放たれた窓に煙が吸いこまれてゆく。午後の陽は翳《かげ》って、室内は冷え切っていた。

川津中尉は軍靴をはいた。将校用の長靴《ちょうか》は軋《きし》むし、拍車まで付いているから、音が立たぬようにあらかじめ脱いでおいた。

「任務とはいえ、盗み聞きは嫌なものだね」

川津は本音を吐いた。

「嫌、ですか。中尉殿は憲兵には不向きですな。隊長殿はおそらくお二人に気付いておりましたよ。速成の憲兵でも教習所は出ておりますから、それくらいの勘は働きます。供述の内容も、壁越しに言って聞かせるようでした」

小田島曹長の立場は苦しいだろうと思った。北京の神崎大佐は、山村大尉よりも小田島曹長を信頼しているにちがいない。その意を体して小田島は捜査を進めている。それだけでも山村大尉との関係は難しいのに、重要参考人の殺害という事件が塗り重ねられた。

証言通りならば、山村大尉はみずからも捜査に加わろうとして、ことの成りゆき上いたしかたなく老陳《ラオチェン》を射殺した。早計であったにしても理屈は通る。

しかし一方で、事件の共犯者である山村が口封じのために老陳を殺した、という推理も否定できぬのである。

そして、真相がどうであろうと、密雲に孤立している日本軍の最上級者は山村大尉で、小田島はその部下なのだった。

「で、曹長はどう思う」

「自分はもともと疑ってはおりません。事情を説明していただいただけです」

「それはわかるが、どう思ったね」

「なるほどそういうことかと。もし隊長殿と自分の立場が逆であれば、同じことをしたでしょうな。老陳《ラオチエン》を疑って、ともかく身柄を拘束するために診療所へ向かう。逃げ出せば撃ちます。殺しはしないでしょうが」

「はなから殺すつもりだったのではないか」

「さて、どうでしょう」

小田島が苦々しげに川津を睨《にら》みつけた。言いたいことはわかる。上官を疑ってはならぬのである。命令は絶対で、上下の信頼があってこそ軍隊は機能するのだから、たとえ疑問を感じても口に出すわけにはゆくまい。そんなことがわからんのかと、小田島が窘《たしな》めているように思えた。

しかし裏を返せば、内心は小田島も疑っていることになる。いやはや、どんなときでも本音と建前を使い分けねばならぬ、軍隊とは何と陰湿な世界だろう。

小柳先生が立ち上がった。

「山村大尉の供述を、立場のちがう君らが論じ合うことはできないね。これはこれとして、ひとまず胸にとどめておこうじゃないか。さて、曹長。次の手順はどうなる」

どうやら小柳先生は、軍隊の本質を理解し始めているようである。ここで山村大尉の白黒をつけることはできない、と考えたのであろう。

「まず、老陳の診療所を検分します」

「それは必要だ。ほかには」

「隊長殿の命令に順って、小学校に拘束中の二個分隊を復帰させます」

「おや、それはまたどうして」

「自分は隊長殿に了解をいただいて下士官兵を拘束しましたが、その隊長殿が釈放を命じました。すでに二名の訊問はおえましたし、部隊に復帰させて戦闘配置につかせるべきだと考えます」

小田島の翻意は意外だった。つい今しがた、山村大尉が陸軍刑法まで持ち出した命令を、面と向かって拒否したばかりである。

しかしどうやらそれは、口先だけの抵抗に過ぎなかったらしい。上官の命令は絶対であると、小田島は承知している。

川津は軍隊というものの合理性を納得した。軍人は軍法に束縛されている。その軍法は軍律の成文化である。そして軍律は軍人勅諭に基く。したがって帝国陸海軍が天皇親率の軍隊である限り、その一元性に順い上官の命令は天皇陛下の命令として、厳守されなければならないのである。仮に上官が軍法に照らして犯罪者であったとしても、任を解かれざる限りはその命令に服さねばならない。そうした合理性があったればこそ、軍隊は内外にいかなる問題が起ころうと、本来の任務を全うしうるのである。

実にうまくできている。「皇軍」は軍法に制約されながらも、常に命令が優先されて戦闘行動が遅滞することはない。

小田島曹長は、そうした軍隊の本質を体で知っているのだろう。だから山村大尉の命令に抗《あらが》うふりをした。つまり、「疑いがないわけではない」と釘を刺したのである。

窓辺に倚《よ》って黄色い土埃《つちぼこり》の舞う街道を見おろし、小田島が呆《あき》れたように呟《つぶや》いた。

「飯を食いに行きましたよ。あんがい肝の太いところがあります」

惨劇の起こった診療所の前は、黒山の人だかりだった。

剣付き銃を構える二人の憲兵を遠巻きにして、路地にも建物の窓にも野次馬が犇《ひしめ》いていた。だからといって、町医者を殺された怨嗟のまなざしを感ずるわけでもない。これも支那人の鷹揚《おうよう》さなのであろうか、どの顔も興味深げに様子を窺《うかが》うだけである。

川津中尉は診療所の図面を手簿《しゅぼ》に書き写した。子供のころからどんな学科よりも得意だった図画が、こんなところで役に立つとは思ってもいなかった。

煉瓦《れんが》造りの二階家を縦割りにした長屋である。路地に面した扉を開けると、思いのほか広い十畳ほどの診療室で、証言にもあった通り散らかり放題だった。

机と革張りの回転椅子。患者用の小さな丸椅子は横倒しになっており、それを片手に抱えるようにして、白衣の背中を血に染めた老陳《ラオチェン》が倒れていた。

「訊問の順序をまちがえたな。実に痛恨事だよ」

小柳先生はそう言いながら、屈《かが》みこんで遺体を検めた。

張飛嶺の現場でもふしぎに思ったのだが、先生は人間の死体に臆さない。見慣れているはずはないのだから、現実と想像が一緒くたになっているのだろうか。それとも警察か病院に伝《つて》があって、死体の取材などもするのだろうか。いずれにせよ、人が死なねば始まらぬ探偵作家とは、因果な商売である。

「なるほど、背中から一発の盲管銃創だ。至近距離だというのに、拳銃というのはあんがい威力がないものだね」

施錠された薬品の保管庫を覗きこみながら、小田島曹長が答えた。

「隊長殿の拳銃は私物の南部式です。銀行員はよほど高給取りなのでしょうな。偕行社で買えば百八十円もします」

「いや、値段がどうのではないよ。この距離で貫通しないものなのかね」

小田島が振り返った。射殺死体などは珍しくも何ともないという表情である。

「憲兵の官品ですと、自分のこの大型南部か、へたをするともっと重い旧式の二六式が支給されます。それでは扱いかねるから、小型の南部拳銃を買ったそうです。たしかに軽いがそのぶん中《あた》りませんな。七ミリでは威力もないので、せいぜい護身用といったところです」

「ほう。勉強になる」

「勝手に書かんで下さいよ。もっとも、兵器の諸元など書けばたちまち発禁でしょうが」

小柳先生は老陳《ラオチエン》の遺体をごろりと裏返した。胸部に銃弾の射出口はない。

「白衣の下に厚い綿入れを着ている。これのせいかな」

「馬褂《マーコウ》ですな。さて、どうでしょうか。三メートルの距離ですから、綿入れくらいは貫通するでしょう。肋骨で止まったのではありませんかね。それにしても運の悪い男です」

曹長は保管庫の前に立ったまま、大型の南部拳銃を抜いた。証言によると、山村大尉は錠前を叩いて「開けろ」と命じた。とたんに老陳は身を翻して逃げ出そうとしたのである。

死体に銃口を向けて小田島曹長は言った。

「小型南部が狙って中るのは、せいぜいこの距離でしょうが、隊長殿が動く的を狙えるとは思えません。血液も飛散しておりませんから、心臓を一撃の即死でしょう。まことに運が悪い」

川津中尉は室内を見渡した。煉瓦の上に白いペンキを塗りたくった壁である。飛沫《ひまつ》も跳弾《ちょうだん》も見当たらない。つまり山村大尉の撃った弾は、たまたま老陳の心臓を貫き胸部の肋骨で止まった。

「あるいは――」

小田島の銃口が死体の足元に下げられた。

「威嚇したか足を狙ったつもりが、銃身が跳起《ちょうき》して心臓に命中してしまった。いずれにしろ不運ですな」

拳銃射撃の難しさは、川津もよく知っている。わずか十メートル先の人型標的ですら、弾丸を集中させるのは至難の業だった。一方、歩兵銃の有効射程は三百メートルであるから、拳銃はよほどの近接戦闘でない限り威力のない、補助兵器と言えた。

川津は死体から顔をそむけた。もう、たくさんだ。

老陳に苦悶《くもん》の表情がなかったのは、せめてもの救いだった。もしこの老人が共匪の一味ではなく、苦心惨憺《さんたん》して学問を修め、妻も娶《めと》らず子もなさぬまま世のため人のために尽くしてきた医者だったなら、とり返しのつかぬ話だと川津は思った。

「鍵があったよ」

小柳先生が白衣のポケットから鍵束を探り出して、「ほい」と小田島に投げた。

「中尉殿。死人に口なしです。それよりもこちらをお願いします」

ガラスの薬品棚に鎖をかけ、錠前を下ろしたところで意味はあるまいが、そうして劇薬を保管するのは医療の常識なのだろう。

「薬のことなどさっぱりわかりません」

錠が解かれた。小柳先生が老人の死体を跨《また》いで近寄ってきた。

「耳学問だが、僕には多少の知識がある。しかし、横文字はわからん。君の出番だよ、文学士様」

薬品は国際赤十字の巡回車が、たまに届けにくると聞いた。しかしそうした補給が十分であるはずもなく、収納された薬瓶は少かった。

支那語では「紅十字会」と呼ばれる国際赤十字は、北京内城域の東側にある。そのあたりはアメリカ人の多い区域であるから、おそらく運営も担当しているのであろう。むろんアメリカは中立の立場だが、国民政府を支援しているので、たとえ国際赤十字といえども出入りする車輛は日本軍が門前で臨検していた。

しかし赤十字社の保有する自動車の数などたかが知れている。ほんの数台で河北の諸都市を巡回する程度では、密雲に薬が届くのは年に一度か二度であろう。保管庫の中身の貧しさは、その現実を物語っていた。

そんなことを考えると、不運な町医者がいよいよ善意の人に思えてきた。

幸い薬瓶のレッテルはどれも英語である。赤いインクで「烈」と書きこまれているのは、たぶん劇薬だろう。

方面軍司令部の検閲班は、外国語の新聞や出版物にも目を光らせる。川津の守備範囲は英語とフランス語で、ほかの言語は貿易会社や大学から抜いてきた軍属に任せていた。

しかし薬物となるとさすがに語彙《ごい》が足りぬ。こんなことになろうとは考えてもいなかったから、辞書などは持ってきていない。

それでも、意外な知識が役に立った。在学中に東京帝大の図書館で、ポーやドイルのミステリーを原書で読みあさった。むろん人が死なねば始まらぬ小説である。

「毒」は poison。殺人事件に使われる毒といえば――「青酸カリ」は potassium cyanide。「砒素《ひそ》」は arsenic。

「どうやら青酸や砒素はないようです」

薬瓶を検めて、川津中尉は言った。

「中尉殿。そういう毒物は医者の領分ではありません」

小田島曹長が消えかけたストーブに石炭を焼《く》べながら口を挟んだ。

言われてみればその通りである。青酸も砒素も工業用の薬品だから、そもそも医者とは無縁のはずだ。

小柳先生は回転椅子に腰かけて、何やら思案顔である。

「鎮痛剤はないかね。劇薬扱いになっているものの中に」

ええと、鎮痛剤、鎮痛剤、痛み止め。pain 何とかか。

「モルヒネはあるでしょう」

と、曹長がせかした。もはや帝大出の顔色なしである。

モルヒネ、モルヒネ。たぶんドイツ語かオランダ語だな。英語で何という。そんなこと、知らん。

「スペルがわからんな」

「漢字が書いてありませんか、中尉殿」

「支那語はもっとわからん」

「マー・フェイ。口偏に馬のマー、コーヒーのヒー。嗎啡《マーフェイ》であります」

ストーブで後ろ手を焙《あぶ》りながら小田島が言った。たぶん今さっき、保管庫のガラス越しに発見していたのだろう。さっぱりしているようで、底意地の悪い男だ。

あった。嗎啡。スペルは morphine。劇薬の「烈」扱いである。

濃茶色の大きめの瓶の中に、白い粉末が詰まっていた。

「残念ながら、これはありえんだろうね」

　川津の手渡した容器を眺めながら、小柳先生は続けた。

「モルヒネはご存じの通り麻薬だが、鎮痛剤や鎮静剤としての効果は大きい。そのほかにも麻酔剤として使われるから、軍隊の常備薬だろう。咳止めにも腹下しにも効く万能選手だな。ただし、致死量は〇・二グラムから〇・五グラム。常に中毒の危険を伴う劇薬だ」

「もってこいじゃないですか」

「いや。これは通常、水溶液にして注射をする。飲んで消化吸収する例は知らんが、効果のほどは誰にもわかるまい。少くとも、あの結果を見るのは無理だろう」

　つまり、山麓の廠子《チャンツ》に五人、長城の監視廠で五人の兵が、いっぺんに死ぬという結果に、モルヒネはありえない。

「ほかに鎮痛剤はないかね」

「劇薬扱いのものはないようです。たぶんモルヒネで間に合わせていたのでしょう」

「強心剤はないか」

　強心剤。ハート何とか、か。

「申しわけありません。自分にはわかりかねます」

「何だ。帝大出の学士様はその程度か」

「今少し語学力があれば、軍隊になんぞ入りません」

「ごもっともだな」

小柳先生は回転椅子から立ち上がって、散らかった診療室の中を歩き回った。

診察用のほかに、カーテンの付いた寝台が壁際に置かれている。かつて傷ついた共匪が身を横たえていたのは、その寝台だろう。

「僕も小説の中ではやたらに人を殺しているから、方法についてあれこれ研究はしているがね。身体壮健な十人の兵隊が、血の一滴も流さずいっぺんに即死する原因は、どうにも思いつかない。事実は小説より奇なりとは、よくぞ言ったものだ」

密雲の旧市街地は城壁に囲まれている。支那では当たり前の城郭都市である。

憲兵たちに遺体の搬出と薬品の保管を命じたあと、一行は城外の小学校へと向かった。

いつ暴動が起きてもおかしくはないのだが、住民たちは事件も戦争も知らぬげである。街角の物売りなどは、「ヘイタイさん、ヘイタイさん」と片言の日本語で呼びかけてきた。

小田島曹長の説明によれば、内城域に約一万人、外城の市街地に二万人、近辺の農村部に二万人の人口を擁しているという。しかし一見したところ、さほど大きな都市とは思えない。何もかもが小さくて人口が過密している日本に比べれば、すべてに余裕があるせいだろうか。

守備隊のろくでなしどもは、ずいぶん悪さをしているという話だが、それでも日本人に対する警戒心はないようである。もともと言葉も習慣も異なる民族が混在しているから、とりたてて日本人を異族とは思わぬらしい。

長城の向こう側は満洲であり、内蒙古である。しかも、つい二十数年前まで支那を支配していた清朝は、満洲族の政権だった。

その清代の役所を接収した憲兵隊は内城域にあり、守備隊の宿営地と小学校は城壁の外側だった。

長い歴史の間に砦が都市化し、さらに外城域まで市街地が拡大された、というところであろう。いざというときは近隣の住民を城内に収容して戦う、というほどの意味はなさそうだった。

川津中尉は北京に着任したとたん、日本人が「倭人《わじん》」とされた理由を知った。

支那人はおしなべて大きいのである。顔も体格も似ているというのは日本人の勝手な思いこみで、支那人から見た日本人は、「倭《ちいさ》い人」だった。

上海や広州《こうしゅう》は日本人なみだと聞くが、少くとも緯度の高い河北では、総じて頭ひとつも高く、筋骨もたくましいように思えた。満洲ともなれば、さらに大きくなるという。

その「倭人」たちはあんがい凶暴で、このごろでは「東洋鬼《トンヤンクイ》」などと呼ばれているらしい。これもまた言い得て妙である。

東の城門を抜けると、さらに市街が続く。土地にゆとりがある分だけ、道幅も拡がって商店が増える。古い城壁を隔てた新市街である。

道は曲がらず、起伏もない。これもまた日本の都市ではあまり見かけぬ風景だった。食物は溢れている。この山間《やまあい》の町では自給自足するほかはなかろうに、こと食糧に関しては貧しさが感じられなかった。

やがて街並みが疎《まば》らになり、槐の並木がポプラに変わった。収穫をおえた高粱畑のただなかに、煉瓦塀に囲まれた小学校があった。

長城が視認できるほど間近に燕山山脈を仰ぎ見る、閑《のど》かな学校である。

二十人の兵隊たちを校庭に整列させ、川津は朝礼台に立った。

憲兵が命令をするのは筋がちがう、将校から命じてくれと小田島に頼まれた。

しかし朝礼台の上から見渡せば、たった二十人とはいえ、たしかに揃いも揃った「出戦不堪者」である。悪相のごろつきか、さもなくばまっさきに落伍しそうな虚弱者だった。

その中ではたいそうまともに見える青木軍曹が号令をかけた。

気を付け。番号。もとい、番号。どうした、番号、もとい。

三度目でようやく番号が通った。しかし、ひとり足らぬ。

「独歩《どくほ》一〇九《ひとまるきゅう》大隊張飛嶺守備隊、青木軍曹以下総員二十名、事故一名、現在員十九名」

「事故の一名は」と、川津は訊き返した。

「ハッ、事故の一名は海野伍長、現在熱発《ねっぱつ》就寝中につき、整列できません」

「よし、休め」

とたんに兵隊はどっと力を抜いた。「休め」の号令で休んでしまう兵隊を見たのは初めてである。

「気を付け、休め」

大声で気合いを入れ直して、ようやく兵隊はシャンとした。

「北支那方面軍司令部付、川津中尉である。諸般の状況に鑑《かんが》みて、小隊は宿営地に復帰する。帰営後はただちに戦闘準備、別命あるまで待機せよ」

余分なことを言ってはならぬ。彼らの容疑が晴れたわけではない。敵襲に備えて、戦闘配置につけるのである。

「気を付け。左向け、左。前へ、進め。歩調取れ」

青木軍曹が列外で指揮を執り、ろくでなしどもはそれでもあんがい兵隊らしく歩き出した。四日間も拘束されていれば、よほど嬉《うれ》しいのだろう。

「病人が出たのかね。医者は死んでしまったし、いやはやどうもうまく運ばんなあ」

小柳先生が溜息まじりに言った。

「ご心配には及びません」

隊列を目で見送りながら、小田島曹長が苦笑した。

「熱発中の海野伍長というのは、札付きの男です。憲兵隊に引っ張ったことも、一度や二度ではありません。残っているならちょうどいい、ひとつ締め上げてやりましょう」

言うが早いか小田島は、平屋建ての木造校舎に向かって歩き出した。何か因縁でもあるのだろうか、海野という名前を聞いただけで小田島が機嫌を損ねたように見えた。

「曹長、手荒な真似はするなよ」

川津は背中から声をかけた。小柳先生が零《こぼ》した通り、どうもことがうまく運んでいない。よほど用心してかからねば、何が起こるかわからないように思えた。

「口は出さんで下さい。どうせ仮病を使っているに決まっております」

「どんな札付きだろうが、下士官にはちがいない。冷静に訊問しよう」

小田島が立ち止まった。

「下士官は職業軍人だという意味でありますか」

「そうだ。右も左もわからぬ兵隊に気合いを入れるのとは、わけがちがうだろう」

「平時の兵営ならば、たしかにその通りであります。下士官が殴られたのでは、兵隊たちの手前、面目がない」

二年間の兵役が満期となれば、兵隊は予備役に編入されてもとの生活に戻る。一方の将校下士官は、兵役の義務も満期もない職業軍人である。だから軍隊には、階級序列のほかに将校下士官と兵隊をきっぱりと分かつ境界があった。民間の会社でいうなら、正社員と臨時雇いのちがいである。当然、将校下士官は兵たちの手前、おのおのが面子《メンツ》を傷つけぬよう配慮する。

伍長はその下士官の最下級ではあるが、平時には班付《はんづき》として内務班を指導し、戦地に出れば分隊の指揮も執るから、けっして兵隊たちに舐められるようなことがあってはならなかった。

つまり、兵隊を殴っても下士官を殴ってはならないという、軍隊の不文律である。

「軍司令部に勤務する下士官は、みなまともな軍人です。大動員をかければ、末端の部隊はどのような有様になるか、とくとご覧いただきたい」

小柳先生が川津の耳元で囁《ささや》いた。

「黙って拝見しようじゃないか。何かの参考になるかもしれん」

校舎は外見こそ木造だが、内部は腰壁に煉瓦を積み上げた頑丈な造作だった。もともとこのあたりは、抗日ゲリラの共匪ではなく本物の匪賊が跋扈《ばっこ》する無法地帯である。

「小学校で銃撃戦はありますまい」

長い廊下を歩きながら、小柳先生が訊ねた。

「いや、匪賊はしばしば子供を人質に取って、身代金を要求します」

にわかには信じられぬ話である。だから小学校には自警団が常駐していて、匪賊の襲撃があれば塀や壁を遮蔽物として戦うのだという。

「もっとも、今はその懸念もありません。どうやらその無法者たちは、共匪に合流したらしいのです。手強《てごわ》いわけですな」

思えば川津が子供のころ、満洲に渡って馬賊の頭目になるというのは、少年たちの夢だった。読物や流行歌にもそうした内容が多かったところからすると、国民の目を大陸に向けさせるために、仕組まれた夢であったのかもしれない。馬賊の実態はかくもちがっていた。

割れたガラス窓には、アンペラが貼り付けられている。それでも風が吹き抜けて、戸外よりも寒いくらいだった。なるほどここに四日間も拘束されたのでは、たまったものではない。

居住区となっていた教室には、ダルマストーブが燃えていた。火の始末をせずに立ち去るなど、さすがはろくでなしどもである。兵営の留意事項はまず火の始末、次に食あたり。その二点についてはまことやかましい。

しかしダルマストーブも、すきまだらけの教室では用をなすまい。華北の寒さを凌《しの》ぐには、温床《オンドル》かペーチカが必要である。

教室の先に小部屋があった。廊下に面した窓から、温気が溢れていた。

「海野伍長はおるか」

小田島が濁声《だみごえ》で訊ねると、しばらく間があって、物蔭から「海野伍長、現在地」と間抜けな答えが返ってきた。

とたんに、小田島曹長は扉を蹴り開けて室内に躍りこんだ。

「この野郎、何が熱発就寝だ。ふざけやがって」

毛布にくるまったままの海野伍長を摑《つか》み上げ、火の出るような鉄拳を見舞った。驚いたことに、海野も殴られたままではなかった。小田島の拳《こぶし》を握るや外掛けに引き倒して馬乗りになった。あとはくんずほぐれつの格闘である。

「やめろ、こら、やめんか」

川津の仲裁は声ばかりで、とうてい二人の大兵の間に割って入ることなどできなかった。

「ハッケヨイ、のこった、のこった」

と、小柳先生が茶化した。

さんざ殴り合ったあと、とうとう音《ね》を上げたのは海野伍長だった。

「マイッタ、勘弁してくれ、曹長殿。自分が悪くありました」

「よおし、神妙にしろ。そこに直れ」

と言いながら、正座した海野の顔を軍靴で蹴り上げた。さらに靴底で踏みつけた。海野の鍾馗髯《しょうきひげ》が歪んだ。

怖ろしげな悪相である。坊主刈が毬栗《いがぐり》に伸びて、血まみれの唇から欠けた前歯が剥《む》き出ていた。

「神妙にしろと言っておきながら、反則じゃあねえんですかね、曹長殿」

「足らないか」

「いえ、もう腹いっぱいです」

息をつきながらようやく巨体を起こして、海野は傍観者に気付いた。しかし敬礼をするでもなく、伝法に片膝を立てて啖呵《たんか》を切った。

「おうおう。どこのお偉いさんかは知らねえが、このザマを見て見ぬふりたァひでえじゃねえか。それともナニか、あんたら、この俺が犯人だと決めつけていなさるか。だったら証拠のひとつも出してくれろ」

「口を慎め」

川津が叱りつけても、海野伍長は怯《ひる》まなかった。これが帝国陸軍の下士官だなどと、誰が信じよう。空前の大動員の結果、こんなやくざまがいの分隊長が現れた。

「のう、中尉殿。あの一件なら、共匪に急襲されて全滅てえことで、いいんじゃあねえですかい」

「貴様が決めることではない」

「そりゃまあ、そうですな。だったら、もひとつお願いがあります。自分は今、仮病を使って寝こけていたうえに、曹長殿に反抗しました。ここはひとつ、軍法会議に回しちゃいただけませんか」

「それも貴様が決めることではない。口を慎め」

海野は血だらけの顔を歪めて、不敵に笑った。

「いえね、憲兵を殴ったくらいで銃殺もありますめえ。重営倉にぶちこまれようが、懲役をくらおうが、万里の長城でわけのわからねえくたばりかたをするよりァ、よっぽどマシってもんです。のう、中尉殿。そうじゃありませんか」

言い返す言葉もない。こいつはとんでもない悪党だと川津は思った。

小柳先生が呟いた。

「いやあ、これは驚いた。まるで怪物じゃあないか」

海野伍長は斜《しゃ》に構えたまま手洟《てばな》をかんで、「誰だ、てめえは」と凄《すご》んだ。

15

海野米吉《よねきち》　明治四十四年生満二十七歳
昭和七年一月歩兵第三聯隊ニ入営歩兵二等兵　同年同月上官反抗ニ依リ入倉三日間　同年十二月一等兵　昭和八年一月帰営時刻遅延ニ依リ入倉五日間　同年三月上官反抗ニ依リ重営倉三日間　同年十二月予備役
昭和十二年八月充員召集入営　同日独歩百九大隊ニ編入　同年九月歩兵上等兵　同月塘沽上陸河北省密雲ニ駐屯　昭和十三年四月伍長勤務上等兵　同年十月大隊転進ニ伴ヒ張飛嶺守備隊ニ残留　同月歩兵伍長　守備隊第三分隊長

何だと。

人をからかうのもたいがいにしろよ。小柳逸馬と言ゃァ、今をときめく流行作家じゃあねえか。そんな大先生が、どうしてこんなところにいるんだよ。従軍ペン部隊。ふうん、世も末だな。万年筆より重てえものは持ったことのねえやつまで戦地に駆り出して、やれ行けそれ行けの記事を書かせるってかい。佐官待遇たァ笑わせる。あのな、先生。あんたが陸軍少佐なら、足かけ四年も軍隊の物相飯《もっそうめし》を食ってる俺は、大将中将だってふしぎはあるめえ。

のう、中尉殿。南京陥落で支那は降参するんじゃなかったのかえ。徐州《じょしゅう》を占領すればァ、戦争はしまいじゃあなかったのかよ。

今度は武漢だってよォ、そんな与太話を誰が信じる。

マア、そりァそれでよしとしよう。足手まといは残留。へい、けっこうでござんす。

名誉の戦死はまっぴらごめんだ。

ところが、万里の長城で第一分隊が全滅って、何でえそりァ。しかも、どうやら名誉の戦死でもねえらしい。砲声は聞こえなかったし、一発の弾も撃ってねえんだ。十人が十人、いっぺんに泡を吹いてくたばったってえの、寒い話じゃねえか。

よもやとは思うが、この変てこな事件の犯人捜しをするために、探偵作家を連れてきたわけじゃあるめえな。

ほう、その通りとおっしゃるか。そいつァ驚いた。まったくもって世も末だ。

鼻血が止まらねえ。手かげんを知らねえやつはこれだから困る。

何でまた、ここまで痛めつけられなきゃならねえんかな。風邪《かざ》ッ引《ぴ》きで熱があるのは本当ですぜ、曹長殿。飲んだくれていたのもたしかですがね。

風邪ッ引きにァ何たってタマゴ酒だ。ほれ、見るがいい。白酒《パイジュウ》にタマゴの黄身を落としてな、ストーブで温《あった》めて、一合くらって寝る。そういう養生をしていた病人が、どうしてむちゃくちゃに殴られるんだ。

のう、曹長殿。もしやあんた、戦地ボケじゃあねえんですかい。

おっと、ご勘弁、ご勘弁。こっちはもう降参してるんだ。しかも病人ですぜ。このうえまだ手を上げて、さあしゃべれってのは拷問じゃねえか。もっとも、憲兵にとっちゃ十八番《おはこ》みてえなもんだろうけどな。

まだ殴り足らねえてえんなら、ひとこと申し上げておきますぜ、小田島曹長殿。

へい、月夜の晩ばかりじゃあござんせん。おまけにここは戦場で、弾はどこから飛んでくるかわかりゃァしません。

めくじらを立てなさんな。次の文句は中尉殿にも先生にも聞かせたくはねえや。小田島さん、ちょいとお耳を拝借。

――殺すぞ、てめえ。

では、ありのままをお話しいたします。

ありのままを話すというのは、聞き捨てならぬ話になるということでありますが、よろしいでしょうか。

了解をいただきましたので、ありのままを話します。

さて、どこからいくか。

ああ、張飛嶺から伝令がきたとき、俺ァ宿営地の下士官室で飲んだくれていた。大変だァ。大変だァ。そんな大声を聞けば、匪賊の襲撃だと思うさ。何しろこっちは、千人の大隊が三十人の小隊になっちまってるんだから、攻めてこねえのがふしぎなくれえの話だ。

そこで、銃を握って廠舎から駆け出た。ところが、宿営地はしんと静まってやがる。銃声も蹄の音も聞こえねえ。第一分隊と第二分隊の交替日だから、今の今つっこんでこられたら、ひとたまりもねえなと思った。

倉庫には糧秣や弾薬がしこたま詰まっている。交替日の午前中は、一個分隊しかいなくなるんだ。そんなことを匪賊が知ろうものなら、真昼間に攻撃してくるさ。

伝令は第二分隊のカタキン一等兵だった。本名は知らねえよ。手癖が悪いから気を付けろと言われてる野郎だ。だが、カタキンは騎兵の出身だから馬に乗れる。そこで、張飛嶺からすっとんできたってわけさ。

話はちんぷんかんぷんだった。馬鹿が泡食ってるんだから仕様がねえや。だから俺ァ、張飛嶺の監視廠が攻撃されたんだとばかり思った。援軍要請の伝令だとな。

もともと一〇九《ひとまるきゅう》大隊が密雲に進駐していたのは、河北と満洲を繋ぐ街道を押さえるためだった。だから一等大事な場所は街道を三キロも俯瞰《ふかん》できる張飛嶺なんだ。

その張飛嶺が攻められているんなら、一刻も早く援軍を出さにゃなるめえ。もう隊伍を組む間も、点呼を取る間もなくって、ともかく張飛嶺に向かって各個前進、急げや急げだ。そうは言っても、衛兵と電話番ぐれえは残さにゃならねえから、せいぜい五人か六人だったがな。

山道にかかったころ、張飛嶺から下ってきた憲兵が妙なことを言いやがった。どうやら戦闘はなかったらしい。食あたりで十人が死んだ。

何だよ、それ。そんな馬鹿な話があってたまるか。軍隊の食あたりってのは、あるようでねえんだ。

ナマ物はけっして食わせねえ。何だってクタクタになるくれえ火を通す。それでも戦地に出てからは水あたりが怖いから、水筒には浄水剤を入れた。ビオフェルミンとクレオソートも持ち歩いていた。そんな用心深い兵隊たちが、食あたりで死ぬはずはねえだろう。しかも、十人いっぺんだなんて。

ピンときたぜ。誰かが毒を盛った。食あたりなんかじゃねえ。

いや、共匪のしわざだとは思わなかったな。だってそうだろうよ。張飛嶺には兵器も糧秣もそっくり残ってたんだ。望楼のてっぺんには、日の丸が揚がっていたんだぜ。

へえ、どいつもこいつも共匪のしわざだと吐《ぬ》かしァがるか。帝国陸軍の兵隊が、同士討ちなどするはずはねえ、と。

何言ってやがる。誰かが戸田の小僧を殺そうとして、まちがって皆殺しにしちまったんだよ。そんで、しまいにはてめえも毒を呷《あお》ってくたばった。

そんなにうまく、いっぺんに死ぬものか、とおっしゃる。

うーん、それもそうだの。だがよ、じわじわと効くような毒もあるんじゃねえのかい。

たとえば、戸田の小僧ひとりに食わせるつもりの毒を将校飯盒《はんごう》に仕込んだとする。ところが何かの手ちがいで、その毒が味噌《みそ》汁かライスカレーの大鍋に入っちまった。

そういう筋書きだとすると、犯人は戸田の当番兵ってことになる。

ああ、知ってるよ。戸田の当番についてたのは、峯山《みねやま》って二等兵だ。戸田の小僧はみんなからさんざ虚仮にされて、当たるところがねえもんだから当番兵をいじめていた。

どうでえ、曹長殿。俺だって酒をかっくらって知らんぷりを決めてるばかりじゃねえんだぞ。俺ァ俺なりに物を考えてるんだ。

峯山は廠子《チャンツ》の外側の壁によりかかって死んでいた。いかにも、「申しわけありません、死んでお詫《わ》びします」ってな顔に見えたんだがな。

やつはこの夏に北京からやってきた、補充兵のうちのひとりだった。長《なげ》えこと陸軍病院に入院していたんだが、ようやく退院したら部隊が遠くへ行っちまっていて、一

○九大隊に編入されたってわけさ。ついてねえ野郎だ。

体格はマア、おまけの第二乙種だな。こんな補充兵ならいりません、てくれえのやつだよ。むろん大隊が転進したときにァ、密雲に残された。

なにせ、こんな俺が伍長に昇進して分隊長だってんだから、ひでえ軍隊もあったもんだぜ。それでも峯山は使いものにならなかったんだ。

タダ飯食らいどころか、危なくって仕様がねえ。体が弱いばかりじゃなくて、頭もちょいと足らねえのさ。そこで、戸田の小僧が当番兵につけた。靴を磨いて、飯上げするくれえはできるだろうって。

ところがよ、どうやらそれも満足にはできねえとみえて、戸田にしょっちゅうぶん殴られていた。

士官学校出の将校はおっとりしていて、まず兵隊に手を上げるなんてことはねえさ。何だって思うようにならねえものだから、戸田の小僧は峯山に当たっていたんだ。

殺されたってふしぎはねえ。峯山はよっぽど恨んでいただろうからな。で、何かの手ちがいで分隊全員を殺しちまったとしても、やっぱしふしぎはねえ。峯山は馬鹿だからな。

何をおっしゃる、中尉殿。

俺ァ、ありのままを話してるんだ。「戸田見習士官殿」なんぞと呼んだら嘘になろう。

さすがに面と向かって「小僧」もねえもんだが、蔭に回りゃ誰もがそう呼んでいた。え。これまで訊問したやつらは、「戸田見習士官殿」だった、と。まったく、そういう連中の言うことは信じちゃなりませんぜ。カタキンはムショ帰りの盗ッ人、青木は見かけによらねえ悪党だ。そんなこたァ、憲兵隊が先刻承知のはずです。のう、小田島曹長殿。

どだい二十歳《はたち》かそこいらの小僧が、人の上に立てるはずはねえ。いってえ世間のどこにそんな話があるんだ。

それも、幼年学校から士官学校への持ち上がりだったら、浮世の風にまるで当たってねえお坊っちゃまじゃあござんせんか。

そういう立派な見習士官なら、現役バリバリばかりの歩兵聯隊に配属なさいまし。だったら兵隊たちも同じぐれえの齢回りだし、「小僧」もねえもんでしょう。

もともと一〇九大隊は、予備役召集の寄せ集めなんだ。そんなおっさんばかりの部隊に、二十歳の見習士官を送りこんで、うまくやれると思うか。しかも戸田は、鼻ッ柱だけァ強《つえ》えんだ。

そのあたりは、大隊長殿も准尉殿も読み切っていた。お笑いだぜ。つまるところ、いざ前線に出るとなれァ、戸田の小僧も足手まといだったんだよ。あんな野郎が小隊長だったら、命がいくつあったって足りゃしねえや。

ご本人はちっとも気が付かねえから、どうして俺が残るんだと不平たらたら、そんなこっちゃいよいようまくいかねえさ。とどのつまりァ、当番兵の馬鹿に八ツ当たりして、とうとうこんなことになっちまった。

ところで――。

おい。おめえらまさか、この俺が何かやらかしたと疑ってるんじゃあなかろうな。

なあるほど。娑婆での稼業がわからねえ、ってかい。

わからねえんじゃねえよ。兵籍簿にも身上書にも、書きようがねえだけだ。書けねえことを話せたァ、ずいぶん乱暴だの。

なら、かいつまんで言うぜ。

十二の齢の感化院を振り出しに、矯正院を渡り歩くことつごう四年と六月《ろくげつ》。男兄弟だけで五人もいるもんだから、とっくのとうに親からは勘当された。

そんな俺を引き取ってくれたのは、保護司も兼ねていた深川のさる親分で、おめえみてえな筋金入りの不良は、へたに堅気になろうなんて思っちゃならねえ、やくざで生きろてえ話になった。

それからしばらくは、親分の家の部屋住みで、おっかねえ兄貴分たちにさんざ小突き回されていた。ところが、そんな俺でも二十歳になれァ、徴兵検査の通達書が届くんだからビックリ仰天だぜ。

幸か不幸か指は十本揃ってるし、金がねえから彫物も入れてねえ。そのうえ飯はたんと食わしてもらっているから体は立派なもので、甲種合格、翌年正月十日の入営てえことになった。あとはおおむね、兵籍簿に書《け》えてある通りさ。

最初の営倉入りは、入営二日目だった。軍隊の妙なならわしで、入営初日はお客さん、二日目からが兵隊だ。

どこの内務班も朝っぱらから新兵を整列させ、「おい、おまえら。いつまでもお客さんだとは思うなよ」なんぞと凄《すご》まれて、片ッ端からビンタを取られた。俺ァ、殴られたから殴り返した。その上等兵をこてんぱんに叩《たた》きのめしたんだ。

そしたら、半殺しの目に遭ったあげく営倉入りだとよ。牢屋《ろうや》の中で日がな一日正座をさせられて、反省しろと。俺ァ、いってえ何を反省しなきゃならねえのか、そもそもそれがわからなかった。殴られたら殴り返すのが道理じゃねえのか。

そんなことが何べんもあった。しめえには重営倉だ。

杉の丸太が二十と三本。まるで伝馬町《てんまちょう》の牢屋みてえな、格子に囲まれた独房さ。軽営倉ならば同じ兵食に毛布も付くが、重営倉となれァ物相飯に水と岩塩、板敷の上で震えながら寝るほかはねえ。

それでもどうにか満期を務め上げて、娑婆に戻った。

知ってるかい、先生。懲役徴兵一字の違いってよォ、やくざ者が満期除隊で舞い戻って来れァ、二年の懲役《アカオチ》と同じぐれえの箔が付くんだぜ。

おまけに軍隊は、小学校もろくすっぽ通ってねえ俺に、読み書きまで教《おせ》えてくれた。そればかりじゃねえぞ。飯炊き、繕い、靴磨き、掃除、洗濯。乱暴者は変わらねえが、ずいぶんと始末のいい男にしてくれた。

おかげで親分も姐《あね》さんも大喜び、軍隊は大《てえ》したものだ、米《よね》の野郎が真人間になって帰《けえ》ってきた、だとよ。

しゃらくせえ話さ。俺がいってえどんな苦労を舐めたと思ってやがる。

それからしばらくは、兄ィ兄ィと呼ばれて重宝された。何だって揉め事のあったときは俺の出番だ。サツにしょっぴかれても、二年の兵役を務め上げてるってのは情《じょう》がいい。兵籍簿に書《け》えてあるような悪事はわかりゃしねえし。ほう、米兄ィは三聯隊にいなすったか、なんて感心されて釈放《パイ》さ。

それでいいじゃねえか。ちょいとはまともなやくざになったんだから。どうして四年も経って、また赤紙を貰わにゃならねえの。

揃いの法被《はっぴ》に衛門まで見送られて、バンザーイ、バンザーイ。親分も姐さんも、やっぱしバンザーイ、バンザーイ。海野一等兵、お国のために行って参ります、ってよ。何でえ、そいつは。体もすっかり鈍《なま》っちまってるし、現役の時分とはちがって支那事変の動員だぜ。今度は生きて帰《けえ》れねえんじゃねえかと思った。

　知ってるかい。軍隊ってところはよ、出来の悪い兵隊を見捨てねえんだ。おっと、拾うんじゃあねえよ。叩き直しようのねえ兵隊は、いじめていじめて、いじめ抜いて、しめえには殺しちまう。

　厠《かわや》で首くくって死ぬやつも、脱走して刑務所送りになるやつもいる。満洲の関東軍に転属させられて、それっきり音沙汰のなくなる兵隊もいた。

　だから、今度は三聯隊じゃなくって、新編成の独歩《どくほ》だと知ったとき、こいつァ助からねえなと思った。独歩は戦地に出る。何か悶着を起こしたら、営倉にぶち込むよりも、手っ取り早く前線に出されるさ。

　どうだ。図星だろう、曹長殿。あんたはよく知ってるはずさ。軍隊ってのはそういうところだとな。

　さあて。ここまで言やァ、話は穏やかじゃあねえの。

　三十人のろくでなしを密雲に残したのは、大隊の足手まといだってこともあるが、出来の悪い兵隊を共匪が片付けてくれると思ったんじゃねえのか。

何だその、「まさか」てえツラは。

たしかにそれァ、まさかかも知らねえ。そんじゃ、こういうのはどうだ。

あんだけろくでなしを残しゃ、共食いするんじゃねえか、っての。

何人くたばろうが構わねえ。匪賊討伐に出て名誉の戦死ってことでよかろう。千人の大隊が守っていた張飛嶺を、たった三十人が頑張って守り抜いた。どうでえ、美談だろう。ときには、いっぺんに十人も死んだ戦闘もあったんだ。

生き残ったやつらは勲章を頂戴して、ハイご苦労さん。最前線に持っていって本当の戦死をすれァめでたしめでたしだ。

のう、小柳先生。あんたもしや、その美談をでっち上げるためにやってきたんじゃねえんですかい。犯人捜しなんぞより、そのほうがよっぽど信じられるぜ。

ほう。そうじゃねえとおっしゃるか。真相究明のためねえ。

だったら俺の考えた話も、笑い飛ばさねえで下さいましよ。張飛嶺の一件は共食いだ。密雲の町に取り残された三十人の兵隊は、誰が誰を食ったってちっともふしぎはねえ。どいつもこいつも、虫けらみてえな野郎だからな。

俺は三晩と四日、この小学校に閉じこめられて、あれやこれやと考えた。そんで、さっき話したような筋書きを思いついたんだ。

当番兵の峯山は、恨み重なる戸田の小僧を殺すつもりで張飛嶺に向かった。いや、もしかしたら、第一分隊の全員を、はなから殺すつもりだったのかも知らねえ。峯山が憎む相手は、戸田の小僧ひとりじゃなかったろう。

戸田の飯盒に入れるつもりの毒を、まちがって鍋に放りこんじまったか。さもなくば死なばもろともで毒汁を仕込み、てめえも一緒にあの世行きか。

どうでえ、先生。信じる信じねえはあんたの勝手だが、話の辻褄《つじつま》は合うだろう。

さて、どうなさいますかね。真相究明とやらの任務を鵜呑《うの》みにして、かくかくしかじかと報告した日にゃァ、あんたはまず生きて日本に帰れますめえ。へたをすれァ、中尉殿も曹長殿も前線行きだ。

そんな知れ切った往生をとげるぐれえなら、軍司令部が泣いて喜ぶ美談をでっち上げれァいいじゃねえか。

優勢なる敵に包囲された張飛嶺守備隊第一分隊は、戸田見習士官以下十名、敢闘数刻ついに全員が名誉の戦死。

大筋そんなところで、あとはうまい具合に話を作って下さんし。

訊問した連中は、みんながみんな共匪のしわざだと言っとろうが。そうじゃなけりゃ困るんだよ。

もうよかろう、これで。

申告いたします。海野伍長、熱発就寝中のところ、本復いたしましたのでこれより部隊を追及します。敬礼。直れ。

16

「諸君、どう思うね」

小柳先生はガラス窓を覗きながら言った。乾いた校庭には土埃が巻き上がっていた。その中をぽつんとただひとり、海野伍長の後ろ姿が遠ざかってゆく。軍服の上に毛布を巻きつけ、それでも銃を腰だめに構えて、周囲への警戒は怠らない。

「共食い、というのは少々大げさですが、わからんでもありません。兵の質が悪ければ私的制裁も多くなるし、恨みつらみも嵩《かさ》みます。あのビクビクした様子だって、共匪を警戒しているわけではありますまい。誰かに命を狙われていると思っとるのでしょう」

小田島曹長は乱れた部屋を歩き回った。蹴破った扉には机が押しつけられていたようである。教員の宿直室か何かだったのだろうか、海野伍長が寝ていたのは、造りつけの寝台だった。

「口ほどにもないやつです。張飛嶺の有様を見て、自分もやられるんじゃないかと思ったんでしょうな。で、この部屋に立て籠《こも》っていた。度胸のある男はやくざになどなりません」

小柳先生は海野伍長が飲み残した白酒《パイジュウ》の臭いを嗅いでいた。一合ばかりの陶器の瓶である。

白酒は高粱《コーリャン》から造る焼酎で、白乾児《パイカル》とも呼ばれる。北京でもよく飲まれる強い酒だった。

「川津君はどう思うね」

「神経衰弱と見ました。あの現場に行けば誰でも正気を失うでしょうが、被害妄想です」

川津中尉は張飛嶺の廠子《チャンツ》の惨状を思い出した。

腐敗臭を放つ五つの死体。温床《オンドル》の上に二体。薪《たきぎ》の山が崩れた土間に、まだ幼さの残る戸田見習士官の骸《むくろ》が仰向いていた。

裏口の敷居の上に一体。南向きの外壁に背中をもたせかけて死んでいた兵隊が、峯山二等兵だったのか。陽光に晒されていたその遺体はとりわけ腐敗が激しくて、川津も正視してはいない。

「たしかに、ノイローゼの気味はあるね。ああいう乱暴者ならば、人一倍の恨みつらみは買っているだろうし、おそらく満足に飯も食ってないだろう」

小柳先生はストーブの周辺を指さした。鯣《するめ》、缶詰、乾麺麭《かんめんぽう》の空き袋。散乱しているのは、毒を盛れない携帯食ばかりである。ああまで考えたのならば、当番兵が捧げ持ってくる飯など、とうてい受け付けまい。

小柳先生は続ける。

「だが、彼はひとついいことを教えてくれた。いっぺんに死ぬような毒ではなくて、じわじわと効くような毒を使った、という仮説だ。僕らは錯覚していたんじゃないかね。即効性の猛毒を同時に飲んだから、ああいう結果が出たのだ、吐き出すこともできずに、みな死んでしまったのだ、と。つまり、医学的に言うのなら――」

小柳先生は白酒《パイジュウ》を一口舐めて、「おっ、甘いね」と言った。

「そう。医学的に言うのなら、口腔《こうくう》粘膜吸収で即死するような毒物を想像してしまったのだ。錯覚だよ、錯覚。あの現場を見たら、全員がいっぺんに死んでしまったと考えてしまう。僕もそう思った。ずっとそう思いこんでいた。しかしむしろ、じわじわと効く、遅効性の毒物と見るべきだろう。すべて平らげてから、ひとりずつ斃《たお》れてゆく。吐き出そうにももう手遅れ。つまり粘膜吸収ではなく、消化吸収される毒物だ」

たしかに錯覚だった、と川津は思った。たぶんこれは心理学の領分なのだろうが、人間は結果から経緯を類推することが不得手なのではなかろうか。だから思いもよらぬ結果を目の前にしたとき、それが緩慢な経緯をたどっていたとしても、ある瞬間に突如として悲劇が出来《しゅったい》したと、考えてしまうのではあるまいか。

小田島曹長が訊ねた。

「すると、標的は戸田見習士官ではなく、全員だということになりますな。峯山はまず麓の廠子《チャンツ》で四人を殺害し、長城の望楼に飯を上げて、さらに五人を殺した」

「いや、待ちたまえ。犯人を峯山二等兵だとするのは、あくまで海野伍長の推理だ。たしかに峯山は、戸田見習士官を憎悪していたのだろうが、ほかにも誰が誰を殺したいほど憎んでいたかはわからない。十人の分隊ならば、九十通りの組み合わせがある」

川津は頭の中で検算をした。ろくでなしどもの「殺意の組み合わせ」は、自分を除く九人が十人分で、九十通り。まちがいない。

「あくまで仮説だよ、諸君。まともに考えこまんほうがいい。しょせんは神経衰弱に罹《かか》った臆病者が、白酒《パイジュウ》に酔った頭で考えた仮説に過ぎん。第一、何だ、犯人もともに死んでしまうなどという結末は、いくら何でも都合がよすぎる。小説に書いたら、まちがいなくボツだよ」

川津中尉は窓辺に倚《よ》った。海野伍長の姿はすでにない。風向きが変わったのか、土埃は霽《は》れて、小学校を繞《めぐ》る煉瓦塀の彼方に、燕山山脈が連なっていた。

「仮説はともかくとして、少々考えさせられました」

曹長はストーブの石炭を掻《か》き出し、薬缶《やかん》の湯をかけた。水蒸気が立ち昇った。飲み残しの白酒を捨てようとする小柳先生の手を、曹長が握り止めた。

「燃えます。五十度の上もある酒です」

火の始末をおえると、小田島曹長は雑嚢《ざつのう》の中から書類綴《つづり》を取り出した。「部外秘」の注記が入った、張飛嶺守備隊の兵籍簿である。

「今となっては死人に口なしですが」

小柳先生はその冒頭の一枚と、最後の一枚を読んだ。三十名の守備隊の序列からすると、そうなるのである。

戸田正治　大正七年生満二十歳

昭和十二年十二月陸軍士官学校卒業　第五十期歩兵科　同月歩兵曹長見習士官

昭和十三年一月歩兵第三聯隊留守隊附　同年四月独歩百九大隊ニ編入　河北省密雲ニ駐屯　大隊本部附　同年十月大隊転進ニ伴ヒ張飛嶺守備隊長トシテ同地ニ残留

峯山善一《ぜんいち》　大正六年生満二十一歳

昭和十三年一月歩兵第三聯隊ニ入営歩兵二等兵　支那駐屯歩兵第二聯隊ニ編入

同月塘沽上陸　第二大隊補充員　同年五月北平衛戍《ほくへいえいじゅ》病院ニ入院

同年八月退院　同月支駐第二聯隊転進ニ伴ヒ河北省密雲駐屯独歩百九大隊補充員

ニ編入　同年十月大隊転進ニ伴ヒ張飛嶺守備隊ニ残留

17

張飛嶺守備隊の宿営地は小学校から北に二キロほどの、土漠のただなかにあった。一直線に延びる街道はポプラの並木だが、左右は涯《は》てしない曠野《あれの》である。どうやら支那の農民は、耕す土地がないわけではなく、人手が足らぬらしい。猫の額のような田畑をていねいに耕す日本人にしてみれば、何とも贅沢《ぜいたく》な風景に思えた。

　小田島曹長はしばしば立ち止まって眼鏡《がんきょう》を構える。匪賊を警戒しているのであろう。城外の市街地に近い小学校ならばともかく、その先を徒歩で行くのは危険であるにちがいない。

　風が渡ると、乾いた大地が黄色い土埃を舞い上げる。陸軍の軍服の黄土色は、読んで字のごとくこの大地の保護色だった。黒の軍服が格好の標的となった、日露戦争の教訓であるという。

　その土漠の中に煉瓦塀を繞らせ、四隅に見張り台まで設けた宿営地は、さながら要塞である。むろん、一個大隊千人の軍隊が駐屯していれば、の話だが。

一足先に帰営した兵隊たちは、戦闘準備にかかっていた。

街道に面した門前には土嚢《どのう》が積み上げられ、重機関銃が据えられていたが、一行に気付いて陣地から立ち上がった兵隊は二人きりだった。それも、とうてい重機を撃てるとも思えぬ、華奢《きやしや》な体格の兵である。

門を抜けた営庭で川津中尉は立ち止まった。正面にやや大きな本部棟があり、その周辺にみっしりと煉瓦造りの小屋が建っている。もとは張作霖ひきいる東北軍閥の駐屯地であったというが、いったい何の必要があってこうした集落のような造作にしたのだろうか。

「寒さは凌ぎやすいでしょうな」

訊《き》きもせぬのに、小田島曹長が答えた。

「ほう。そういうものかね」

「大きな建物は暖房が効きません。一般の民家もみな小さくて、天井はわざわざ低く取ります。立派な兵営を建てたら、まず冬の寒さに耐えられんでしょう」

川津は青木軍曹の供述を思い出した。一軒がせいぜい十坪ほどの廠舎で、各戸に温《オン》床《ドル》が付いている。二個分隊で一軒を使用するから、つごう五十軒もある。

なるほど、その通りの風景だった。それぞれに温床を焚《た》くための煙突が立っている。青木の言によれば、「どことなく娑婆ッ気があって住みごこちもよい」のだ。

ふいに砂まみれの寒風が吹きつけて、川津は頭を抱えこんだ。冷たさにはすでに冬が兆《きざ》している。零下二十度でこの北風に巻かれたら、生きたここちがしないだろう。

　しゃがみこんで風をやり過ごしてから、小柳先生が言った。

「千人の大隊がいたころは、張飛嶺の守備に出るのもたまの話だったろう。振り向ける戦力は、たった一パーセントに過ぎないからね。ちがうか、曹長」

　考えるまでもなく、小田島曹長が答えた。

「はい。そうであったと思われます」

「だが、大隊主力が前線に出たあとは、たった三十人で上番下番《かばん》の連続だ。そこにこんな風が吹いてきたら、冬の苦労が思いやられる。張飛嶺の望楼勤務なんぞ、それこそ八寒《はちかん》地獄だろう。その確かな予測が、犯人の決心を促した。むろん、動機とまでは言えまいがね」

「さて、それはどうでしょうか。むしろこれまでの供述によると、食い物はしこたまあるし、規律はいいかげんだし、地獄どころか極楽だというふうに聞こえましたが――」

　そこでふと言葉を切って、小田島曹長は訝《いぶか》しげに小柳先生を睨みつけた。

「内部の犯行だとお考えなのですか」

「少くとも共匪のしわざではない。武器弾薬を奪わなかったということだけでも、それは明らかだ。だとすると、そう考えるほかはあるまい。海野伍長の供述は、あんがい説得力があるよ。図星ではないにしろ、似たようなことが起こったんじゃないかね」

川津中尉は溜息をついた。共匪のしわざとしたいのは誰しも同じだが、やはり無理はある。だが海野伍長の主張には矛盾がない。ましてや、たとえのんだくれであろうが内部事情を知悉《ちしつ》した分隊長の供述なのである。

メガネをはずして、砂に洗われた目をこすりながら、川津はなるたけさりげなく言った。

「先生。そうした結論を、軍司令部に持ち帰るわけにはいきませんよ」

小柳先生は諾《うべな》いも抗いもせずに、じっと川津を見つめた。

「君はいったい、僕の助手なのかね。それとも見張り役なのかね」

川津は本音で答えた。

「迷っている最中です。小柳逸馬の助手として、真相を究明したい。しかし、帝国軍人としては、断じて内部犯行であってはなりません」

「では、そうした結論が出たら、僕はどうすればいいんだね」

「真相を捏造《ねつぞう》していただきたくあります。自分がそう命じられたわけではありません。誤解なきようねがいます」

先生はしばらく考えるふうをし、曹長は苛立《いらだ》つように咽《のど》を鳴らして唾を吐いた。

まるで遠い昔話のように思えるが、川津中尉が方面軍参謀長の山下中将に呼ばれて口達命令を受けたのは、おとついの深夜である。

——張飛嶺で起こった大事件の真相究明に、本邦随一の探偵作家たる小柳逸馬先生を派遣するので同行せよ。

それだけならば、深く考える必要はあるまい。だが、山下閣下は厳しい視線を川津に据えて、たしかにこう言った。

——しかるに、いかなる有名作家とはいえ文弱の輩《やから》にはちがいないから、不穏な言動のある場合は相応の処置をせよ。

つまり、事と次第によっては殺せ、という意味にも取れるのだが、そこまで言うのならば今少しマシな将校を付けるはずだから、「それくらいの覚悟でやれ」であろうと川津は解釈している。

今がそのときなのである。真相を究明しても、その結論が帝国陸軍にふさわしからぬものであるなら、公式報告は捏造しなければならない。山下参謀長はそのように命じたのだと川津は思った。

「なるほどね。真相を究明したうえで、虚構をでっち上げる、か。たしかにそういう仕事は、探偵作家にしかできない。ご指名の理由がよくわかったよ」

「自分の立場もわかって下さい」

「つらいねえ、川津君。だが、幸い僕は正義漢ではないし、嘘をつくのは商売さ。

駄々を捏ねて、君に殺されたくはない」

「自分はけっしてそんなことはしません。撃ったところで中りません」

ハハッと笑い飛ばしてから、小柳先生はふと真顔で小田島曹長を見据えた。

「憲兵隊本部から、べつの命令が来ているかもしれんよ。しかも腕前は百発百中だ。つるかめ、つるかめ」

先生がお道化《どけ》ても、曹長は笑わなかった。


土埃が空を被《おお》い、午後の太陽はまるで飾り物の銀の皿である。

廠舎の一軒を覗いた。供述によれば、二個分隊で一棟を使用しているはずだが、どうやらそれは大隊が駐屯していたころの話であるらしい。

千人がたった三十人になったのだから、窮屈に暮らす理由はなく、温床《オンドル》の上には藁《わら》蒲団がゆったりと敷かれていた。しかし、掃除や整理整頓はまるでなっていない。さすがは選《え》りすぐりの「出戦不堪者」どもである。むしろ、彼らが一人残らず命令通りに戦闘準備を斉《ととの》えて、それぞれの持場についていることのほうが意外な気がした。

兵隊たちの多くは、第一分隊が共匪に襲われて全滅したと思っている。ここは戦場なのだから、当たり前に考えればそうなる。いや、ほかに考えようはあるまい。

だとすると、残る二個分隊二十名の兵隊が抱く危機感は相当なもので、ろくでなしだろうが虚弱だろうが、ともかくここは戦わねばならぬと奮起したのだろう。

軍隊は単位の大小にかかわらず、三割の兵力を損耗すれば戦闘能力を失う。守備隊にとって第一分隊の全滅は、実にその危機を示しているのである。

また、軍隊の威力は組織によって発揮されるので、戦闘能力を失った部隊は遊兵化し、各個に掃討される。投降という選択の許されぬ日本軍にとって、その事態は確実な死を意味した。

たとえそうした軍事学の常識を知らずとも、兵隊たちは体でその危機を察知する。だから今も、懸命に土嚢を積み上げて陣地を構築し、山砲を引き回し、重機関銃を据えつけ、弾薬を運んでいる。誰が指揮をしているとも思えぬ、実に蟻のような働きぶりだった。

一個分隊十人で一棟をゆったり使い、下士官と上等兵が別棟に起居するとしても、五棟か六棟で十分だろう。廠舎の総数は五十もあるから、ほとんどが空家だった。

「まったく、飯は食い放題、燃料は使い放題、贅沢な話もあったものです」

石炭がぎっしりと詰まった燃料庫から出てきた曹長が、呆れたように言った。

糧秣は中央の本部棟に収納されており、弾薬については必要最小限を居住区の一棟に保管し、大部分は南の隅にある弾薬庫に集積されているという。

砂塵《さじん》の合い間に目を凝らせば廠舎群のずっと先に、土嚢を積み上げ、兵隊が立哨《りっしょう》する一棟があった。

「あらましは聞いていたが、こうして見ると物騒な話だねえ。共匪に奪われなかったのは、ふしぎなくらいのものだ」

　小柳先生が妙な感心をした。

「こちらの兵力を判断しかねておるのでしょう。やつらは臆病なのか慎重なのか、よほどの自信がなければ攻勢には出ません。しょせんゲリラです」

　曹長はそう言いながら、本部棟に向かって歩き出した。

　衛門の前方正面に、廠舎を三つ四つ合わせたような建物がある。やや大きい煉瓦積みというだけで、べつだん立派なわけではない。

　ひどい撫《な》で肩の、四十のあとさきに見える老兵が歩哨に立っていた。川津中尉を認めて捧《ささ》げ銃《つつ》をしたが、着剣した銃口が重みに耐えかねて揺れていた。荷運びにも陣地構築にも使いものにならぬから、歩哨を命じられたというところか。

「敬礼はよし。解錠せよ」

　玄関には大きな南京錠がかかっていた。銃を持て余しながら、老兵は戸口に屈みこんで錠を解いた。

　不器用そうな後ろ姿を見ているうちに、兵隊たちが哀れに思えてきた。供述を聞く限り独歩一〇九《ひとまるきゅう》大隊は、おおむね歩兵三聯隊の予備役を召集して編成されたらしい。

よって、平均年齢は高い。この兵隊などは遠い昔に満期除隊して、今では子供もぞろぞろといるだろう。あるいは、現役入営しなかった虚弱者を員数に加えたとも思える。帝国陸軍の支那事変とは、実にそうした戦だった。

しかも、その寄せ集めの大隊が前線に転用され、足手まといの一部分がここに残留した。そして十人がわけのわからぬ死に方をし、残る二十人が懸命に働いている姿を見ると、川津はもう、ろくでなしだの出戦不堪者だのと呼ぶ気はしなくなった。彼らがみな、戦場に打ち捨てられて顧みる者のない、孤児たちのように思えてきたのだった。

本部棟の内部には、川津が想像していた以上の物資が詰まっていた。

一室には米の二斗叺《かます》が、天井まで積み上げられている。徴発品ではない内地米である。塩、味噌、醤油、缶詰や各種加給食、驚くべきことに清酒やビールまであって、二十人や三十人ならば何年も不自由なく食っていけそうに思えた。

「たいそうなものだが、横流しをしたという証拠はあるのか」

宝の山を見渡して、川津は曹長に訊ねた。

「証拠はありません。町の噂です」

「ならばどうして、横流しだと言い切れる」

「戦地ではいちいち証拠固めなどをしている余裕はありません。確実な情報は証拠にまさります」

「ずいぶん乱暴な話だ」

「中尉殿。弾の飛びかう戦場に、乱暴も糞《くそ》もありますまい。引っ張ってきて自白を取るのが早道です」

「で、そうしたのかね」

「あいにく、横流しに手間をかけるほど憲兵隊は暇ではありません」

缶詰の積まれた棚を歩き回りながら、小柳先生が言った。

「それにしてもこの量は、どれだけ横流しをしたとも思えんねえ」

曹長が倉庫の先を指さした。

「あと二部屋あります。その向こうが炊事場です。大隊の残していった糧秣は戦時繰り下げ品として員数外になっておりますから、三十人分の補給は今も届きます」

いいかげんなものである。米や缶詰が腐るはずはないが、部隊の移動に際しては破棄したということにして、新品の補給を受ける。さらには、それらを破棄するわけもなく保管していた残留部隊にも、員数分の食糧は届くのである。

現存する物や人の数を、軍隊では「員数」と呼び習わす。すなわち「員数外」とは、「存在するが、なきに等しいもの」という意味である。たとえば、使いものにならぬ兵隊を「員数外」と言ったり、定数以上の備品は「員数外」であり、転じて不足している物品をどこかから盗んできて、定数を満たすことを「員数をつける」などと言う。何でもかでもきっちりとしているようでありながら、その正確さゆえに意外ないいかげんさを併せ持つのが軍隊である。

川津はそうした軍隊の一面が嫌いではない。それくらいの柔軟性がなければ、兵隊は兵器と同じになってしまう。

三人は奥の部屋へと進んだ。ここも物資の山である。そして案外なことに、あり余る糧秣備品はきちんと積み上げられ、あるいは木製の棚に整然と並んでいた。

「責任者は青木軍曹です。やつは町役場の小役人だったので、こういうことにはマメなのです」

大隊事務室に勤務していた青木軍曹が、第二分隊長と物資係を兼務するのは自然である。

川津中尉は図嚢から手簿を取り出した。青木の供述はこと細かに記録してある。一見そうとは思えぬが、憲兵隊では青木軍曹を横流しの主犯格と睨んでいるらしい。しかし、頭もいいし弁も立つから尻尾《しっぽ》を摑ませぬ、と曹長は言っていた。

「街なかの露店で、日本軍の物資が売られておるのです。米粒に名前は書いてないが、缶詰や乾麵麭は一目でわかります。福神漬は支那人にも好まれるらしく、樽で売られております。そこで、責任者の青木軍曹を訊問したのですが、知らぬ存ぜぬの一点張りで埒があかない。戸田見習士官は、俺の部下を盗ッ人よばわりするつもりか、と腹を立てる。むろん憲兵隊も、横流しなんぞにかかずりあってはおられぬし、守備隊と揉めたくはありません。一蓮托生《いちれんたくしょう》の仲ですからな」

そうこうしているうちに、突然あの事件が起こったのである。

関係あるまい、と川津は思った。支那人に福神漬を樽ごと売ったところで、大金が手に入るはずもなく、汚れた金をこつこつ貯めて、街なかの妓楼《ぎろう》に上がるのがせいぜいだろう。たとえどのような悶着があったとしても、十人の戦友を殺す動機になるはずはなかった。

物音に振り返ると、小柳先生が圧搾《あっさく》口糧の袋を破いて、ぽりぽりと齧《かじ》っていた。

「先生、子供みたいな真似はおやめ下さい。それでは泥棒と同じでしょう」

川津は思わず叱りつけた。時刻は十五時を過ぎてそろそろ腹もへったが、捜査中につまみ食いはあるまい。

「あのな、川津君。あるはずのものがなくなれば泥棒のしわざだが、もともとないものを売るのは横流しではないよ。悪いのはかかわったやつらではなくて、員数外などというわけのわからぬ物資を押しつけた軍隊ではないのかね」

川津も曹長も言い返さなかった。たしかにその通りなのである。

本部棟の裏口は渡り廊下で炊事場と繋がっていた。かつてはここで千人分の飯を炊いたのだろうが、今はただ無用の竈《かまど》が並んでいるだけだった。

煙抜きの天窓から、幾筋もの光の帯が解《と》き落ちて、調理台や覆った大鍋をわざとらしい大道具のように照らしていた。

戦争が壮大な芝居に思えた。何十万もの兵隊が赤紙一枚でかき集められ、海を渡ってやってきて、物を食い、泣き笑い、少からずが命を落とす。これまでに書き留めた供述は、そうした台本のほんの一部だった。

だが、その壮大で細密な芝居のクライマックスに、十人の人間が死んだのである。弾にも当たらず、飢えもせず病みもせずに。

宿営地の空は土埃に濁ったまま、営庭には小さな竜巻が立って兵たちをおののかせていた。

18

喂喂《ウエイウエイ》！　衷心歓迎到来《チヨンシンファンインタオライ》。

好久没見了《ハオジヨウメイチエンラ》、小田島上士《シヤオディエンダオシヤンシ》。

やあやあ、ようこそいらっしゃいました。すっかりごぶさたしてしまいましたなあ、小田島曹長。

どうぞ奥のお席へ。すぐにうまいものを用意いたします。お飲物はビールでよろしいか。まあまあ、そう堅いことはおっしゃらず。ビールなんぞ酒のうちには入りますまい。では、ごゆっくり。

欸《アイ》？　何ですって。私から話を聞きたい、と。

こちらが探偵さんで、こちらは軍司令部の将校さん。はいはい、何なりとお訊ね下さいまし。中途半端な時間で他にお客はおりませんし、店員たちもあらまし裏で昼寝をしています。

ところで、老陳《ラオチエン》が死んだというのは本当でしょうか。いや、今さっき小耳に挟んだもので。

欸欸、信じられん。匪賊に通じていたので射殺した、と。

いったい何があったかは知らんが、それは誤解ですぞ、小田島さん。今さら言っても始まらんが。

老陳とは長い付き合いでした。実は私の父親が学費を出して、西洋医学を学ばせたのです。漢方医を継がせるより、世のため人のためになるだろう、とね。そのかわり、いつか生まれ故郷のこの町に帰ってきて、住民の病を治してやってくれ、と。

ずいぶん昔の話ですが、幼な心にもよく覚えております。私の家はもともと城外の東に、その名の通り「張家屯」と称する村を経営する地主で、老陳の家は代々が漢方医でした。頭のよい子供に学問を授けるというのは、素封家のつとめですよ。

北京や天津の病院に長く勤めて、老陳が父との約束通りに帰ってきたのは、十年ばかり前でしょうか。父はとうに亡くなっていましたが、城内の裏街に診療所を開いたのです。

いや、それからは懇意にしていたというほどではありません。私にしてみれば、父との約束を守ってくれたのはありがたいが、遅きに失した感なきにしもあらず。老陳にもそれなりの事情はあったにせよ、今さら私に合わせる顔がない、といったところですな。

むろん、学費を返してもらうつもりなどさらさらありません。ただ、年齢も十歳ほどしかちがわないので、たがいの体面を立てるのが難しかったのです。

そうですか。いつか酒でも酌みかわしながら、胸襟を開いて語らおうと思っていたのに。

しかし、小田島さん。老陳が匪賊に通じていたというのは誤解です。それだけは彼の名誉のために言っておきますぞ。

だって、そうでしょう。匪賊に関する情報は、私が誰よりも握っています。ここだけの話ですが、あなた方から見れば立派な密偵でしょう。その私の口が言うんだからまちがいはない。老陳は敵味方の分け隔てなく、医者としての務めを果たしていただけです。もし、その誠実さが仇《あだ》となったのなら、これほど悲しいことはない。

啊《アー》。何も殺すことはないのに。

没法子《メイファーツ》！　没有法子《メイヨウファーツ》！　まったく、どうしようもない話だ。


涮羊肉《シュアンヤンロウ》。

羊の薄切り肉を、熱湯にさっと潜《くぐ》らせて食べます。さっぱりとしているので、日本人好みでしょう。

まずは乾杯《カンペイ》。私らの咽は白酒《パイジュウ》に慣れておりますからな、ビールなんぞは水と同じです。

ああ、うまい。このあたりは乾燥地帯ですから、ビールはよく売れます。近ごろではみなさん味を覚えて、まずはビールを注文なさいます。

悩みの種は、鉄道が爆破されてしまってからというもの、思ったように荷が入らない。たまに北京から命知らずの運転手がトラックを走らせてくるくらいで、あとはまあ――少々値は張るが、守備隊に頼めば届けてくれます。

あの、ところで小田島さん。こちらのお二方は言葉を解しませんな。言って良いことと悪いことはあるでしょうから、そのあたりは按配《あんばい》して下さいましょ。

いかがですか、涮羊肉の味は。

日本人はあまり食べないようだが、肉の第一等は羊ですよ。很好喫《ヘンハオチー》。どうぞたっぷり召し上がれ。

そうだ。老陳《ラオチェン》のことはさておくとして、何かほかに事件でもあったのですかね。あれこれ噂は耳に入ってくるのですが、何が何やらさっぱりわからない。

張飛嶺で戦闘があったとも聞くし、守備隊で悪い病気がはやっている、などと言う者もおります。

そんなことはない、と。いやなに、守備隊の兵隊さんが小学校にいるというから、コレラ患者が出て隔離されたのではないかと気を揉んでいたのです。

このあたりは昔から伝染病が多くて、住民が死に絶えそうになったことが幾度もあるのですよ。コレラ、チフス、天然痘。空気が乾いているせいでしょうな。

それで一安心。いくら何でもコレラ患者を小学校に隔離するとはひどすぎる、などと怒っているお客もおりましたからな。

もっとも、だからと言って小学校が始まるわけでもない。大隊が前線に出てからというもの、いつ何どき匪賊が拐《さら》いにくるかわからんので、親は子供を家から出さんのですよ。

守備隊は頼りにならぬばかりか、むしろ共匪よりたちが悪い。私らはもう、自分で自分の身を守るほかはないのです。

市長も役人も、とっくに逃げ出してしまいました。だから密雲を離れられない地主や商人が、住民たちを守らなければなりません。

正直のところ、私が日本軍に協力しているのは、あなたがたが市民を守ってくれると信じているからです。

お願いしますよ、小田島さん。一日も早く、子供らを学校に通わせてやって下さいな。

申し遅れましたが、私の姓名は張康義《チャンカンイ》。字《あざな》は一徳《イードー》。張飛の末裔《まつえい》であるかどうかはともかく、大昔から張飛嶺の麓で生きてきた一族であるのはたしかです。

戦乱の世になってからというもの、軍閥《ぐんばつ》の徴税は厳しいわ、農家の働き手は兵隊に取られるわで、地主稼業は立ちゆかず、父親の代からは城内の市街地で食堂を営むようになりました。

このあたりは河北から熱河に通ずる関門の地なので、戦争が絶えません。支配者も奉天軍であったり、直隷軍であったり、聞いたこともない軍閥の領袖《りょうしゅう》が、輿《こし》に乗ってやってきたりしました。

そうしたわけですから、市民たちは日本軍に占領されたとは思っていないのです。また新しい軍閥がきた、としか。

「張氏《チャンシー》飯荘《ファンジュアン》」は繁盛いたしまして、つごう五軒に増えました。そのうちの一軒は、日本軍の憲兵隊に借り上げていただいております。

ここが本店です。いかがですか、鄙《ひな》にも稀《まれ》な造作でしょう。一階に三十卓。螺旋《らせん》階段を昇った吹き抜けの二階に二十卓。このあたりは木材が豊富なので、ご覧の通り贅を極めた設《しつら》えです。

ふしぎなもので、どの軍閥も地主や百姓からはありったけの税を取り立ててゆくのに、飲み食いした代金はきちんと支払ってくれるのです。それも、過分に。

日本軍とて例外ではありません。大隊が駐屯していたころは、将校さんが入れ替わり立ち替わりいらしていたし、土曜日の晩は大隊長以下、本部要員の宴会と決まっておりました。

憲兵隊にもご愛顧をたまわっております。

前の隊長さん、ええと、何とおっしゃいましたかね。清水大尉。そうそう。涮羊《シュアンヤン》肉《ロウ》が大好物で、三日に一度はいらしてました。最後にお見えになったのは、今の山村隊長さんとの引き継ぎのときです。お二人で夜の更けるまで飲んでらっしゃいましたよ。

そうした次第ですから、日本軍は大のお得意様です。ずっと駐屯して下さればありがたいですな。大隊にも早く戻ってきていただかないと。

私は張家屯の地主であり、張氏飯荘の亭主であり、密雲商工会の会長でもあります。こうした立場の者は共産主義者にとって天敵でしょうから、ここはひとつ、みなさんに頑張っていただきたいのです。

ところで――こちらの方は、探偵さんと聞きました。

憲兵隊に探偵が招かれるとは、わからん話ですな。もしや、やはり事件が。

たとえば、何か表沙汰にしたくない大事件でも起こって、憲兵隊では手に余るし、かと言って警察を頼るわけにはいかないから、名探偵をひそかに雇った、と。

ちがう。探偵ではなく、探偵作家。というと、小説家ですか。いよいよわからん。

ねえ、小田島さん。本当のところを教えて下さいな。私もずいぶん世話になっているが、私なりに役立っているはずです。だのに何も教えてくれないなんて、水臭いじゃないですか。

老陳《ラオチエン》のことは残念です。共匪に通じているから殺したというだけでは、とうてい納得できません。

もし洗いざらい話して下さるのなら、私も協力ができると思います。少くとも、嘘八百を並べるのが商売の小説家などよりは、よほどお役に立てると思いますが。

きょうは私の奢《おご》りです。そろそろ白酒《パイジュウ》もお持ちしましょう。涮羊肉《シュアンヤンロウ》にはよく合いますぞ。

エッ。エエッ！

張飛嶺で一個分隊が全滅。しかも、血の一滴も流さず、十人が死んだ、と。

戸田見習士官。はい、店には何度もいらしてます。最初は着任の歓迎会でしたか。白酒をさんざ飲んで気を喪いましてね。いや、無理強いされたわけではありません。むしろ、みなさんが止めるのを、若いものだから意気がって、グイグイと。そんなことがあってからは、ご自分で加減しながら召し上がっていらしたようです。

そうだ。出陣式の宴会の折は、少々荒れてらっしゃった。どうして私が残るのですか、とみなさんに食ってかかっていました。

戸田さんが、亡くなられた。やれやれ、まだお若いのにねえ。しかも、そんな死に様ではさぞかし無念でしょうな。

すると、それで老陳が疑われたのですか。くどいようだが、とんだ濡《ぬ》れ衣《ぎぬ》でした。

日本軍は住民の恨みを買いますぞ。老陳は信頼されておりましたからな。

大ごとにならぬよう、私が仲立ちをいたしますから、も少し詳しい話をお聞かせ下さい。

よろしいですか、小田島さん。今はあなた方が私に物を訊ねている場合ではない。五万人の市民が暴動でも起こそうものなら、手のつけようがありませんぞ。そうとなれば、私だって命がかかります。

あなた方が皆殺しの目に遭うか、それとも虐殺事件を起こして軍法会議にかけられるか、あるいはこの機に乗じて共匪に攻めこまれるか。いずれにせよ、いいことなどひとつもありませんぞ。

どうなさいました、みなさん。

あまり箸が進まぬようですな。まあ、そんな大事件を抱えておられたのでは食欲もなくなるでしょうが、だからこそ無理をしてでも食べなければいけませんぞ。

ただでさえ日本人は小食です。うちの店に初めてお越しになった兵隊さんは、料理をひとめ見て同じことを言う。「これは一人前か」とね。

昼飯は塩握り二つに大根漬。へたをすれば乾パン。それで足りているのか、それとも我慢しているのか、いずれにしろ私らには信じられません。

そんな昼飯が二日続こうものなら、中国兵はさっさと脱走します。だからどこの軍閥でも、十人の分隊にさえ専属の料理人がついて行く。こう、背中に鍋釜をくりつけてね。

だいぶ前になりますが、こんなことがありましたっけ。

直隷《ちょくれい》軍が敗れて密雲から撤退し、入れ替わりに奉天軍がやってきた。で、祝勝会をこの店で催していただいたのですが、その宴席の将校たちの中に、どうも見知った顔がある。それもひとりやふたりじゃない。

むろんみなさん奉天軍の灰色の軍服を着た立派な将校なんですが、つい何日か前までは直隷軍の軍服を着ていた連中にまちがいない。

密偵か刺客か。いつ何どき店の中でドンパチが始まるかと思えば気が気じゃあない。店員たちは怖れをなして逃げ出す始末です。

ところが、そうじゃなかった。私の顔色に気付いたひとりの将校がこう言ったのです。

「そうビックリしなさんな、ご主人。奉天軍は飯をたらふく食わせてくれるって言うから、こっちに鞍替《くらが》えしただけさ。兵隊たちも大喜びだ」

その将校は大尉さんだったから、二百や三百の兵隊を指揮する中隊長ですな。昔かたぎの軍閥の将校は、戦争をするよりも兵隊を養うことを考える。むろんそれは、自分自身も私腹を肥やすという意味ですが。

おわかりですかね、みなさん、戦争はたいがい、飯のよしあしで決まるんですよ。将校は買収し、兵隊にはうまい飯をたらふく食わせれば、殺し合いなんぞする必要はありません。貧乏で腹っぺらしの軍隊は降参するか逃げるか、それでおしまい。

だから、塩握りと大根漬で戦争をさせるのはいいことじゃあない。日本軍はたしかに強いが、鉄砲や大砲で決着がつくほど中国は狭くありません。飯が食えなくなれば、人間は五日で動けなくなり、十日で死にます。中国人は誰でも知っています。

おやおや、どうやらみなさんは涮羊肉《シュアンヤンロウ》の食べ方をよくご存じないようだ。では私がおいしいタレを作って進ぜましょう。

日本人は何だって塩、味噌、醤油。それも戦地では、岩塩の塊と粉味噌に粉醤油。そんなのダメダメ。

よろしいか。胡麻油にニンニク、葱《ねぎ》。ニラ、唐辛子、生姜《しょうが》、山椒《さんしょう》。臭豆腐もお忘れなく。

請多多地喫《チントウオトウオデイチー》。さあ、たんと召し上がれ。


さて、小田島さん。

酒も回ったことだし、あなたも事件について洗いざらい話してくれたのだから、私だって知る限りをお答えしますよ。

ただし、どこまで通訳なさるかは私の知ったこっちゃない。

いやはや、守備隊の兵隊はひどいものだ。あれほど軍紀が正しかった歩兵大隊のどこに、あの連中は隠れていたのだろう。

どうにかしてくれと、いったい何べん訴え出たことか。地元の警察は中国人しか捕まえられない。だから憲兵隊にお願いするほかなかったのです。

はっきり言わせていただきますとな、そういう訴えを知らんぷりしていた憲兵隊に、事件が起きたからといっていまさら協力する義理はないのです。

いや、小田島さん。あなたを責めているわけではありません。何もしようとしなかったのは山村隊長さんだ。そのうえ老陳《ラオチェン》にあらぬ疑いをかけて殺してしまった。あなたの立場はよくわかります。山村さんは上官だし、戸田さんにも文句はつけづらい。しかも、密偵の探索だの討伐だのはあなたの仕事だから、忙しくて仕様がない。

好好《ハオハオ》。もうおたがい、恨みごとも言いわけもやめましょう。こうして北京からわざわざ偉い方がお越しになっているのですから、事件の真相を究明しなくては。

みなさんはおそらく、日本人の目でしか見ておられないでしょうな。何だってそうだが、外側から見ても真実はわからない。

よろしいですか。守備隊の兵隊を殺したいほど憎んでいる者は、山のようにいるのです。あなた方が考えているのは、日本人同士の小さな憎しみ合いでしょう。殴ったの殴られたの、反りが合わないだの気に食わないだの、そんなものは十人の命を奪う動機になりますまい。

ところが中国人の中には、十人どころか三十人を皆殺しにしたいくらい憎んでいるやつがいる。一人や二人では気がすまない。かと言って三十人は難しい。あれこれ考えて、十人を殺すことにした。隊長さんの戸田見習士官以下の十人です。

親を殺された。妻を辱められた。商売を潰《つぶ》された。家を焼かれた。

繰り言は申しますまい。すべては憲兵隊に訴え出たことですので、お二方には小田島さんからお伝え下さい。私だって二度言いたくはない。それに――犯人は日本人ではなく、中国人だなんて。

ただし、真相は究明しても犯人を罰するのはよくない。

なぜかって？　それはあなた、因果応報だからですよ。復讐《ふくしゅう》ではなくて、天罰仏罰が下ったのですよ。お釈迦《しゃか》様だか太上老君《たいじょうろうくん》だかが人間に命じてなしたることを、誰が裁けるのですか。

喂《ウエイ》！　再来一盤《ツァイライイーバン》。

いかがです。おいしいでしょう。じきにおかわりをお持ちしますでな。

羊の味を覚えたら、牛肉なんぞ食べる気にもなりませんぞ。だが、気の毒なことに日本には羊を食べる習慣がないらしい。この店で羊の虜になった兵隊さんは、お国に帰っても二度とふたたび涮羊肉《シュアンヤンロウ》を食べられません。

とりわけ、今が旬ですな。寒くなって羊には脂が乗り、秋口に採れた茸《きのこ》もまだたっぷりとあります。羊と茸はまこと相性がよい。

もうひとつ、わが張氏《チャンシー》　飯荘《ファンジュアン》の秘伝をこっそり教えておきましょう。

羊肉を一晩かけて凍らせるのですよ。すると、紙のように薄く切ることができますから、熱湯にシャブシャブと一潜《くぐ》りさせて、香りを損わずに食べられるのです。

ほれ、この通り。啊《アー》、很好喫《ヘンハオチー》！

こればかりは、気温が氷点下にならなければできぬ芸当です。しかも庭に一晩吊るしますから、小僧に寝ずの番をさせなければなりません。なかなか手がかかるのですよ。

え、何ですって。小柳先生はまだ日本兵を疑っておられる。

――ほう。当番兵が戸田さんを殺そうとして、鍋に毒を入れた、と。

ものすごい話ですな、それは。一人を殺すのは難しいが、全員ならば簡単だと。そして自分も毒を食らって死んだ。

峯山二等兵。知りませんな。二等兵が勝手に外食などできますまい。

そのほかにどなたか思い当たる方は。

青木軍曹。はい、よく存じ上げておりますとも。どのような関係かは、私の口から申し上げるわけには参りませんな。わかりきったことは訊かないで下さいまし。

いや、ご勘弁。私の商いにかかわる話ですからな。

いっさい聞かなかったことにする、と。参考までに、と。

乾杯《カンペイ》。それでは、ほんのさわりだけですぞ。

涮羊肉には何と言ってもビール。在庫を切らしたら、小僧を守備隊の宿営地に走らせます。青木軍曹の分隊が張飛嶺の警備につくときは、前もって。するとすぐに、兵隊がリヤカーを曳《ひ》き、小僧が尻を押してビールのご到着。運搬役はたしか、加藤という名の一等兵です。はい、決まって加藤さん。ほかの兵隊や、青木さん本人がきたためしはありません。だから守備隊から届くビールやそのほかの物資のことを、店員たちは「ジアトン」と呼んでいます。そう、「加藤《ジアトン》」ですな。

いえ、その場で金は払いません。加藤さんには中庭でビールとつまみをふるまって、手間賃を渡すだけ。集金は後日、青木軍曹が知らん顔をしてやってきます。はい、それ以上の話はご勘弁。

約束通りこの話は聞かなかったことにして下さいましよ。うちの店では高いビールを、掛値なしでふるまっているのですからな。

もしそのことをお咎《とが》めになるのなら、匪賊に爆破されたままの線路を、どうにか元通りにして下さいまし。私だって好きこのんで高いビールを仕入れているわけじゃあございません。離れ小島みたいになってしまった密雲の町で、商売をしている者の身にもなって下さいな。

ええと、ほかにはどなたか。

海野。ああ、海野伍長さん。知っておりますとも。ときどきおひとりで見えて、あそこの隅の席で白酒《パイジュウ》を飲んでおられます。こう、シャンと背筋を伸ばして、肘を張って。いかにも日本のサムライという感じでね。

あの、よもや海野さんも——。ああ、よかった。ご無事で何よりです。ホッといたしました。

海野伍長は立派な下士官ですな。中国のことわざに、「いい鉄が釘にならないように、いい人間は兵隊にならない」と言いますが、軍人の中にもああいう人はいるのです。

おや、何がおかしいのでしょう。たしかに海野さんは、釘にはちがいないがいい鉄ですぞ。大勢の兵隊を見てきた私が言うのだからまちがいはない。

正義漢《チェンィハン》。曲がったことが大嫌い。あの人に限っては、何ひとつ悪事は働いていないはずです。

エッ、そんなはずはないと。何べんも営倉に放りこまれた札付きだと。

小田島さん。それは人ちがいじゃないでしょうか。むろん言葉が通じないから語り合ったわけではありませんが、噂はあれこれ耳に入ってきます。あの人は善人だ。

「青木」や「加藤」に人ちがいはあっても、「海野」にそれはない、とおっしゃる。わかりづらいですな。中国人の苗字はほとんどが一文字なので、人ちがいだらけ。小学校で言うなら、「李《リー》」と「張《チャン》」と「王《ワン》」で一学級の半分くらい。そのほかの苗字もたいてい重なります。

　なるほど。その伝で言うなら、「加藤」が一学級に一人、「青木」が一学年に一人。で、「海野」は全校に一人いるかいないか。それじゃまちがいようもない。

　では、人ちがいでないとすると、こうした考え方はどうでしょう。

　海野さんが悪いのではなく、海野さん以外の人がみな悪い。悪人たちから見れば、善人が悪人。だとすると、海野さんを悪人だと思っているみなさんこそが、実は悪人ということになりますがね。

　たとえば、どんなに悪い上官でも、その命令に順わなければ抗命でしょう。腕ずくで悪行を止めようとしたなら、反逆罪に問われますな。もしそうした話だとすると、海野さんが何べんも営倉に放りこまれ、札付きの悪党と呼ばれてもふしぎはない。

　いい鉄が釘にならないように、いい人間は兵隊にならぬのですよ。だから善人の海野さんは、悪者あつかいされた。

え。そんなことはない、と。何べんも憲兵隊の世話になっている、とおっしゃるか。それはあなた、海野さんがひとりで悪者になっているに決まっています。そうでもしないことには、ろくでなしばかりの守備隊は格好がつきません。小田島曹長ともあろうお人が、そのあたりを承知してらっしゃらないとは思えませんな。

　白飯《パイファン》をお持ちしましょうか。日本人は何といっても白飯。麺や包子《パオツ》では納得していただけません。

　このあたりはもともと米が穫れないので、白飯を食べる習慣もありません。いつも炊きたての白飯を用意しているのは、うちの店ぐらいのものでしょうな。もちろん南京米ではなくて、日本から海を渡ってきたお米です。

　ああ、これは「加藤《ジアトン》」ではありません。憲兵隊の賄いをさせていただいている支店の余りものです。

　さて、と――。

　話はだいたいこんなところでよろしいか。そろそろ夕食の仕込みに入る時間ですのでな。

　いや、私は料理人ではないから、何をするわけでもありません。店員たちがちゃんと働いているかどうか、五軒の店を回るのはこの時間がよいのです。

　店員は小僧まで数に入れて、八十人ばかり。密雲でも指折りの商売ですので、商工会の会長に推されました。

　それだけ人を使っておりますと、隊長さんたちの気持ちもよくわかります。

　仕事のできるやつ、できないやつ。信用の置けるやつ、置けないやつ。上ッ面だけいいやつもいれば、いいかげんに見えてあんがい芯の通っているやつもいます。

そうした能力に、年齢や経験や階級が複雑に絡み合う。しかしどんな悶着が起ころうと、店は開けなければなりません。すべて軍隊と同じです。

大変ですな、隊長さんは。

大したおかまいもできませんでしたが、涮羊肉《シユアンヤンロウ》が懐かしくなったら、いつでもお越し下さい。

ああ、そうそう。最後に人生の先輩から忠告をひとつ。

日本人は何でもかでもきちんとせねば気がすまぬようだが、それは小さなお国の中でこそできるのであって、中国では悶着の種になるばかりですぞ。しょせん物事に完全はないのです。だいたい、というところで納得しなければ、人間は幸福になれません。

あとはおたがいの面子《メンツ》を立てて、握手をすればよい。

では、小柳老師《シヤオリウラオシ》。川津中尉《チユアンジンチヨンウエイ》。小田島上士《シヤオディエンダオシヤンシ》。再見《ツアイチエン》、またお会いできる日を楽しみに。

19

張氏飯荘を出ると、大街の城壁に夕陽が沈みかかっていた。

風は冷たいが、腹いっぱいに詰めこんだ涮羊肉と、いくらか過ぎた白酒《パイジュウ》のせいで体はぽかぽかと温かい。

「いやあ、うまかったな」

川津中尉が思わず本音を口にすると、小田島曹長は蔑《さげす》むような目を向けて、「それですか」と言った。

通訳に忙しくて、ほとんど飲み食いできなかったのだろう。張一徳《チャンイードー》の事情聴取は長い時間を要した。

「いや、それはともかくとして――」

川津は失言を繕《つくろ》った。

「親を殺されただの、妻を辱められただの、いくら何でも聞き捨てならんな。憲兵隊に訴え出たそうじゃないか。知らんぷりとはどうしたわけだ」

小田島がにべもなく言い返した。

「話がいささか大げさです。市民の中には共匪のスパイが大勢おります。捕まえれば処刑します。それを親殺しだと言われましても困ります。日本兵が婦女子を辱めたという証拠もありません」

「何もしようとしなかったのは山村大尉殿だと言っていた。実際のところ、どうなんだね」

「自分はそうとは思いません。張の言い分をあまさず通訳しただけです」

なるほど、都合の悪いことならば通訳しなければいいのだが、張一徳の証言を小田島が選別した気配はなかったと思う。

「訴えを聞くだけは聞いた、と」

「事実上の密雲市長が訴え出ているのですから、聞かぬわけにはいかぬでしょう。隊長殿も知らんぷりをしていたわけではありません。守備隊には何度も足を運んでおられたはずです」

正しくは捜査に手間ひまかける余裕がなかった、というところなのだろう。しかし、だからと言って日本兵が悪事を働いていないわけではない。曹長自身もさんざ守備隊の兵隊たちを、ろくでなしだの前科者だのと罵《ののし》っているのである。

内城域を東西に貫く目抜き通りである。商店も路端《みちばた》の物売りも今が書き入れどきで、客を呼びこむ声が喧《かまびす》しい。

市民たちが軍服をおそれる様子はなかった。肝が太いのか、寛容なのか、いややはり、支那人はたくましいのである。

「なかなかの人物だったな。いわゆる大人《ダアレン》というやつか」

「張はこの町で最も多い苗字だと思われますが、張大爺《チャンダアイエ》と呼ばれております」

「ダアイエとはどういう字を書く」

「大きな爺《じい》さん。もっとも、爺さんというのは敬語です。年寄りは偉いのです。だから張大爺は張爺さんではなくて、張旦那様ですな。もともと大地主で大金持ちですから、格別の人物ではなくとも大爺にはちがいありません」

どうやら曹長は、張一徳をさほど評価してはいないらしい。

小柳先生は二人の前を、風景も目に見えず喧噪《けんそう》も耳に入らぬかのように、後ろ手を組んで歩いていた。

川津は曹長の袖を引いて、先生との間合いを取った。探偵作家の頭脳が回転しているのである。

ときどき先生は、ハタと立ち止まる。数歩うしろで川津と曹長も立ち止まる。さては結論を見たかと思いきや、先生は顎を振ってまた歩き出す。川津と曹長も歩き始める。

「質問」と、曹長が小声で川津に訊《たず》ねてきた。

「何だ、やぶからぼうに」

「自分には読書の習慣がないのですが、小柳先生はそれほどたいそうな小説家なのですか」

今さら何を言い出すのやら。まともに答える気にもなれず、川津は「ああ」とぞんざいに返事をした。

「いえ、自分は小柳先生の値打ちを訊ねているわけではありません。帝大出の中尉殿は例外としても、陸軍将校に読書の習慣を持つ者など、まずいないと思うのです。小説など読んでおったら、文弱の輩《やから》と罵られるのが軍隊です。ならばいったい、誰がこのような任務を小柳先生に与えたのか、そこがよくわからんのです」

川津は歩度を緩めた。先生の背中が遠ざかって、雑踏に紛れこんでゆく。

小柳逸馬の大ファンである自分は、先生にこの任務が与えられたのは当然だと思っていた。しかし、よく考えてみれば小田島曹長の疑問はもっともなのである。

北支那方面軍司令部は、軍司令官以下、参謀や副官の全員が士官学校出の英才であり、少くとも川津のような一般大学出身の将校は、通訳等の専門職か事務方に限られる。つまり、命令起案に携わる将校のうちに、小柳逸馬の読者などいないはずなのである。

すると、「ならばいったい、誰がこのような任務を小柳先生に与えたのか」という素朴な疑問が湧く。さらに補足するならば、「何の目的で」である。

「それはわかりきったことだ。小柳先生の推理によって、難事件の真相を解明する」

おかしいともわからないとも言えぬ立場上、川津は自信たっぷりに答えた。

「いや、そこですよ中尉殿。探偵小説なんぞはよく知りませんが、難事件を解決するのは名探偵でしょう。何も小説家が謎解きをしているわけではない。嘘話をでっち上げることはできても、現実に起きた事件の解決はできないはずです。子供が考えたってわかりそうなもんだ。そうでしょう、中尉殿」

答えようはない。たしかに言う通りだからである。曹長は有能な憲兵で、人柄も信頼できるのだが、小柳先生と川津に対してどことなくよそよそしいのは、その根本的な疑問があるからだと思う。

もし方面軍司令部が真剣に事実を究明しようとするならば、まず軍医は欠かせない。次に化学部隊の薬学将校と熟練の警察官。憲兵の増員。いかな小柳先生でも、そうした専門家たちの能力を、ひとりで兼ね備えているはずはない。いや、読書習慣のない軍司令部の幕僚たちは、そもそも小柳先生の能力など知る由もないのである。

市内随一の大街とはいえ、自動車は一台も見当たらぬ。荷車を驢馬《ろば》が曳《ひ》いている。商店の多くは石造りの平屋で、軒先に酒瓶や茶壺や大きな箒《ほうき》をこれ見よがしに吊るしているのは、住民の多くが字を読めぬからだろう。

小柳先生はよほど珍しいにちがいない地方都市の風景には目もくれず、俯《うつむ》きかげんに歩き続けていた。

「つまるところ、事件の真相などはどうでもいいのではありませんか」

曹長が濁声《だみごえ》をひそめて言った。

「どういうことだ」

「都合のよい話をでっち上げろということです。お偉方は真相の究明などするつもりはない。そういう話ならば、探偵ではなく探偵作家を派遣した理由もわかります」

「もし真相を究明したら」

「書いてよいことといけないことの分別はつくでしょう。先生は従軍作家で、中尉殿は軍司令部の検閲班長だ」

思わず足が止まった。山下参謀長から特段の命令を受けた憶《おぼ》えはない。ただ、じっと目を据えて「不穏な言動のある場合は相応の処置をせよ」と言いつかった。

たまたま夜更けまで軍司令部に残っていた自分が、任務を命じられたわけではないのではあるまいか。曹長の推理によれば、従軍作家と検閲班長の関係が、軍命に順《したが》って今も続いているわけである。けっして作家と愛読者ではなく、いわんや探偵とその助手でもなく。

「もし小説家に書いてよいことといけないことの分別がつかなかったら」

「検閲班長はそれを許してはなりません。任務であります」

「では、その検閲班長が躊躇したら」

曹長は咽《のど》を鳴らして唾を吐いた。

「北京の憲兵隊本部から、密雲憲兵隊に指示が出ると思われます。いや、すでに密命は出ているかもしれません」

自分たちはすでに起きてしまった事件の捜査をしているのではない。今もまだ、事件の渦中にいるのだ。

「曹長はその命令を受けているのか」

「いえ。受けていたなら口に出すはずはありません」

「仮定だな」

「はい、仮定です。だが、十四年も憲兵隊のタダ飯を食っているわけではありません」

仮定は想像であってはならない。証拠とは言えぬまでも、相当の根拠があったればこそ、曹長は仮定を口にした。

剣術の面の中のような強いまなざしで川津を睨《にら》みつけながら、改まった口調で曹長は言った。

「中尉殿。これまでの数々の供述には、誰に限らず多かれ少なかれ嘘があると思われます。しかし、最も信用できぬ人物は、山村大尉殿であります」

川津は間合いを切って歩き出した。怖れてはならない。混乱した頭の中を整頓しなくては。歩きながら軍刀を引き寄せ、拳銃を探った。

それぞれに保身のための嘘はあったが、大嘘は山村大尉の供述だと曹長は言ったのである。では、どの部分が嘘なのか。

老陳《ラオチエン》は匪賊《ひぞく》に通じてなどいない。何かほかの動機で老陳を殺害した。そして、それはおそらく、山村大尉の意思ではない。北京の憲兵隊本部から、山村大尉に密命が下った。

　小田島曹長の言わんとするところは、それであろうと川津は思った。つまり、「そのつもりでいろ」と曹長は忠告したのである。

　小柳先生の背中が近付いてきた。風景は朱を撒《ま》いたようにあかあかとして、路上に影法師が長く延びていた。

　先生にはまだ伝えるべきではない。小柳逸馬の結論を聞いてからでも、遅くはないのだ。曹長もそのつもりで、川津ひとりに語ったのである。

　歩きながら振り返れば、力を喪《うしな》って赤く爛《ただ》れた夕陽が、蜃気楼《しんきろう》のように形をひしゃげて、城壁の上に崩れかかっていた。

「どうしたね、川津君」

　先生が手庇《てびさし》を掲げて声をかけた。

「少し考えごとをしておりました」

「答えは出たかね」

「いえ。いよいよわからなくなりました」

　考えていたのは事件の真相ではない。そんなことは、もうどうでもいいような気がしていた。

「僕はあらましわかったよ。まだ整理しきれていないがね」

こともなげにそう言って、先生は夕陽を背負って歩いてくる小田島曹長に両手を振った。

「いいえ、自分は承服できません。密雲は貴様に任せると、そう言って下さったのは大佐殿ではありませんか。山村は素人同然なのだから、何もさせるなと言ったではないですか。無礼は承知の上であります。意見具申などしている間がないから、こうして無礼を承知で電話をしているのです。もし。聞いておられますか、大佐殿。もし」

小田島曹長は受話器を耳に当てたまま、平手で机を叩いた。

三人が憲兵隊に戻ったとたん、一騒動が起こった。

保管されているはずの死体が消えていたのである。山村大尉が老陳《ラオチエン》殺害の一件を北京の憲兵隊本部に連絡したところ、神崎大佐から遺体を荼毘《だび》に付せ、との指示があったという。

「よろしいですか、大佐殿。事情はどうであれ、殺した本人が電話で報告し、大佐殿が指示をなさったかどうかはともかく、本人が死体を焼いて埋葬するなど、どう考えても証拠湮滅《いんめつ》ではありませんか。しかも、白昼堂々とトラックの荷台に積んで、部下の憲兵を三人も連れて行ったのです。悪だくみならこそこそやっていただきたい」

曹長は話しながら机のひきだしを開けて、聴診器を取り出した。正しくは医者の使用する聴診器の先端を、ゴムの吸着盤に替えた盗聴器である。

川津中尉は聴診器を耳に当てて、先端を電話器の腹に貼り付けた。

幾度か軍司令部で見かけたことのある、神崎大佐のふくよかな布袋《ほてい》顔が思い出された。憲兵の印象からは程遠い、温厚な感じのする軍人だった。

「くどくど言わせるな。いいか、小田島。たしかに密雲は貴様に任せるとは言ったが、山村の頭越しに命令をするわけにはいかんだろう。ましてや折も折だ」

「いえ。折も折だからこそ拙速はならんのです。それとも、さっさとすませねばならぬ理由が何かあるのですか」

「おい、言葉が過ぎるぞ。そんなことは少し考えればわかりそうなものだ。今このときに匪賊が死体を取り返しにきたらひとたまりもなかろう。だから焼けと指示した。当然の処置だ」

共匪はけっして仲間の死骸を放置しないという。敵ながら見上げたものだが、日本軍の討伐隊はその慣習を逆手に取って、死体を囮《おとり》に待ち伏せなどするらしい。

また、支那人は火葬をしないから、焼いてしまえばこの一件は落着、という指示なのかもしれぬ。

「了解しました」

と、小田島曹長は神妙に答えた。

「よし。俺と貴様の仲だ、苦言は聞かなかったことにする。山村とはうまくやれ。分《ぶ》を弁《わきま》えよ」

最後の一言がよほど気に障ったのか、「はい」と答えたあとで曹長は、叱りつけるような大声で言った。

「ただし、老陳が共匪の一味だという証拠はありません。以上であります」

神崎大佐が電話を切る前に、曹長は受話器を叩き置いた。

アルミニウムの笠を着た電灯が、ときおり心細げに瞬いた。外は暗いというのに、トラックは帰ってこない。

「くそ、勝手ばかりしやがって。第一銀行の支店なら北京にも奉天にもあるだろう。銀行員は銀行に勤めていりゃいいんだ」

憲兵たちは答えなかった。かわりに、足を組んで長椅子に座っていた小柳先生が、大あくびをしながら言った。

「マアマア。ここに戻れば一揉《も》め有るとわかっているのだから、帰る気にもなれんのだろう。お浄めもしたいだろうし、張氏飯荘に立ち寄って、手を汚してしまった部下たちと涮羊肉《シュアンヤンロウ》で一杯、というところではないかね。すんでしまったことを蒸し返しても仕方あるまい。もう彼を責めなさんな」

しばらくの沈黙のあとで、小田島曹長は目をつむったまま呟《つぶや》いた。

「あんな野郎、匪賊に食われちまえばいいんだ」

20

玄関の石段に腰を下ろして莨《たばこ》を喫《す》っているうちに、防寒外套《がいとう》の背中から冷気がしみこんできた。

腹立ちまぎれにつまらぬことを言ってしまったが、まさか本当に匪賊の餌食になったのではあるまいなと不安になって、小田島曹長は夜の街道に出たのだった。

老陳《ラオチェン》を葬ったお浄めに、部下の憲兵たちと一杯やっていてくれればいいが、共匪に襲われたとしてもふしぎはない。

外套の風防を落とし、略帽の庇《ひさし》を上げて遥《はる》かな長城を仰ぎ見た。標高一千三百メートルの張飛嶺の頂《いただき》だけが、ほんのりと夕陽を浴びて宙空に浮かんでいた。

明日は気の重い一日になりそうである。老陳の遺体を処理するよう命じた神崎大佐は、同時に張飛嶺の後始末も命令したにちがいない。

腐りかけた十の死体を下ろすだけの手間はかけられないから、張飛嶺で焼くほかはなかろう。それも長城の監視廠《しょう》と麓の廠子《チャンツ》にガソリンをぶちまけて、丸焼きにするしかない。

　ぼんぼりのように浮かぶ張飛嶺の望楼から目を滑らせると、群青の夜空には星がちりばめられていた。

　神崎大佐と言い争ってしまった。むろん自分の主張が正しいと信じたからなのだが、尊敬する上官に抗《あらが》ってしまったという悔いが去らなかった。

　憲兵教習所の教官であり、長く勤務した関東憲兵隊の上官でもあった。写真でしか顔を知らぬ嫁を貰《もら》ったとき、仲人を買って出てくれたのも神崎だった。

　いわば父親同然の人である。だから北京の憲兵隊長に栄転が決まったとき、小田島に声をかけてくれたのも嬉《うれ》しかったし、女房を奉天の官舎に置いてでもついて行く気になった。

　その神崎大佐にわざわざ電話を入れて文句をつけたのは、さすがに度を越していたと思う。だが、やはりどう考えても、加害者が被害者の死体を葬るなどおかしな話だし、もし何か事情があるのなら、自分に伝えてくれないのは水臭い。少くとも神崎大佐が、自分より山村大尉を信頼しているはずはない。将校と下士官のちがいはそうしたものなのかと思うと胸が腐った。

　命令とあれば張飛嶺の後始末は自分がやらなければならない。北京にもういちど電話をするわけにはゆくまい。

二服目の莨をくわえたまま、小田島はふと思い当たった。神崎大佐から、老陳《ラオチェン》の遺体を荼毘に付せと指示があった。その命令を受けて、山村大尉は出発したのである。

小田島はオーイと胴間声を張り上げて、部下の憲兵を呼んだ。北京からの電話を取ったのは、事務室当番の上等兵である。

玄関から駆け出るなり、何を勘ちがいしたのやら彼は、あわててマッチの火先を小田島の口元に向けた。

「まあ座れ」

何か粗相でもあったかとうろたえながら、上等兵は少し間合いを取って石段に腰を下ろした。

「遅いな。匪賊に食われたか」

街道の先に目を向けた。もう霜も降ろうというのに、あたりには死に損ねの秋虫が集《すだ》いていた。

「いえ、荷台には機関銃も据えてありますから、大丈夫でしょう」

小田島は上等兵に莨を勧めた。マッチを擦ると、ふしぎそうな顔をして、「いただきます」と言った。

補助憲兵の中では、物覚えが良くて機転のきく兵隊である。

「正確に思い出してくれんか」

「はい。何でしょうか」

「北京からの電話を受けたとき、隊長殿は何と申された」

しばらく考えてから、上等兵は答えた。

「直立不動でハイハイと答えておられたので、話の内容はわかりません。隊長殿は電話を切ると控えの三名を呼んで、使役《しえき》を命じました。憲兵隊本部からの口達命令により、ただちに老陳の死体を荼毘に付すと申されたので、ちょっと面食らいました。鈴《すず》木《き》伍長《ごちょう》殿は、ビックリして訊《き》き返されたほどであります」

「どう訊き返したのだ」

「それはまずいのではありませんか、というようなことです。しかし隊長殿は、北京からの命令なのだ、と突っぱねられました」

「貴様はどう思った」

「法律などよく知らぬ自分ですら、まずいだろうと思いました。そこで鈴木伍長殿は、せめて小田島曹長殿が戻るまで待っていただけませんか、と具申したのでありますが、日が昏《く》れてしまうから待てぬ、と」

「荼毘に付す、と言ったのはたしかだな」

「はい。そう申されました」

つまり、老陳《ラオチエン》の死体を焼いたのである。支那人に火葬の習慣はない。いずれにせよこれは、証拠の湮滅ではなく、事実そのものの隠蔽《いんぺい》なのだと小田島は思った。

やはり事件の真相などどうでもいいのだ。軍司令部ははなからそのつもりで、従軍作家と検閲班長を派遣した。

電話が鳴って、上等兵は事務室に駆け戻って行った。見上げれば張飛嶺は夜空に呑《の》みこまれていた。小田島は莨を投げ捨て、いまいましく唾を吐いた。

憲兵は知っている。張作霖爆殺も柳条湖《りゅうじょうこ》の鉄道爆破も、関東軍の謀略である。盧溝橋の一発が支那事変の発端になるはずはない。

もしやこの戦争には、大義がないのではなかろうか。あるいは戦いながら、大義を探しているのではあるまいか。大義どころか、戦う理由がわからない。納得のゆく説明をしてくれる上官もいないし、むろん自分が部下に説明することなどできない。

満洲はともかく、長城を越えてまで戦争をする必要はない。要するに日本は、わけのわからぬ戦争をしている。そんな戦争の中で日本軍は軍隊としての正体をなくし、謀略がすっかり習い性《しょう》になってしまったのだ。

だから、張飛嶺の守備隊が全滅した事件の真相などどうでもいい。問題はその事件を、いかにして戦争の大義の一部とするか、戦う理由にすり替えるか、ということなのだ。

「曹長殿。隊長殿はご無事です。帰りがてら夕飯を食っているから心配するな、とのご伝言であります」

小田島は鼻で嗤《わら》った。電話口に呼び出さなかったのは、揉めたくないからだろう。思った通り張氏飯荘で涮羊肉《シュアンヤンロウ》を肴《さかな》に白酒《パイジュウ》を飲《や》っているか、それとも精進落としの大盤ぶるまいで、女郎屋《ピーヤ》にでもくり出したか。

老陳の死体を始末したことについては、もう問うまい。いったい神崎大佐と何を話し合っているのか、それを聞き出したかった。

体が芯から冷えてしまった。玄関の石段からようやく腰を上げると、頭上から声が降ってきた。

「熱いお茶でも飲まんかね、曹長」

見上げれば二階の窓から、小柳先生が顔を覗《のぞ》かせていた。空には星が溢《あふ》れている。

「結論が出たよ。九分九厘まちがいない」

小柳先生と川津中尉の居室は、この建物が市役所であったころの市長室である。

立派な石造りだが荒れすさんでいるのは、軍閥混戦の時代に役所の機能が喪われたからで、憲兵隊が無理強いに接収したわけではなかった。密雲市内にはこうした建物が多い。

支配者が替われば、市長や役人は公金を山分けして逃げてしまうという。そうしたことがたびたびくり返されれば、軍閥に任命された市長や役人は、はなから税金集めに走り回る。まさに戦国時代の有様だった。

現在のところ、周辺の地主と市内の商人で組織する密雲商工会が、「密雲市臨時行政委員会」の看板を掲げている。会長は張氏飯荘の主人、張一徳《チャンイードー》である。

地主や商人たちはもともと地元の人間であるから、無体な徴税もせず、財産をまとめて逃げ出すはずもない。占領地にそうした自治政府を組織させ、彼らを通じて宣撫《せんぶ》工作を行うのが、日本軍の方針である。

「小田島曹長、入ります」

声をかけて扉を開ける。広い居室には暖炉があって、あかあかと石炭が燃えていた。軍隊毛布をきちんと重ねた寝台がふたつ。先生は紫《し》檀《たん》の大きな椅子に腰を下ろし、そのかたわらで軍服の上衣を脱いだ川津中尉が、暖炉の炎に後ろ手をかざして佇《たたず》んでいた。

部屋は暖かい。じきに当番兵が土瓶と湯《ゆ》呑《のみ》を運んできた。

「結論が出たのだがね。この律儀者が、小田島曹長にも聞かせて下さいと言うから、君に声をかけたんだ」

小柳先生はそう言いながら、中尉に向けて顎《あご》をしゃくった。いささか心外な言い方である。

「自分が聞かせていただくのは当然でしょう」と、小田島は剣呑《けんのん》に言い返した。

先生は莨を挟んだ指先を顳顬《こめかみ》に添えて首をかしげ、しばらくじっと小田島の表情を見つめた。

「なぜでありますか」

「君の立場がよくわからんからだよ。僕の推理に九分九厘まちがいはないが、残る一厘の不明は、小田島曹長、君なんだ」

「何をおっしゃるのですか」

と、小田島は声をあららげた。

「いや、君が犯人だなどとは言っていない。だが、見て見ぬふりぐらいはしたかもしれん。もし話の途中で僕の推理に誤りがあったなら、遠慮なく論駁《ろんばく》してくれたまえ。そういうことでいいかね、川津君」

川津中尉は姿勢を正してハイと答えたが、返す視線で疑わしげに小田島を睨んだ。

「掛けようじゃないか」

川津が紫檀の椅子を勧めた。腰を下ろす前に、小田島は銃嚢《じゅうのう》と曹長刀をはずして、手の届かぬ寝台の上に置いた。潔白を証明したつもりだった。

「川津君。書きものはやめたまえ。君の身の安全のためだ」

川津中尉は図嚢から取り出した手簿《しゅぼ》を閉じた。

「おそらく諸君もうすうす勘づいているとは思うが、この話はともするとわれわれの命にかかわる。いいかね、ここは戦場なのだ。いつ、誰が、どこで匪賊に襲われようとふしぎはない。拳銃が暴発しようが、神経衰弱に罹《かか》って自殺しようが疑われはしない。そして――」

小柳先生は二人の顔をこもごもに見つめた。

「諸君が上官よりも僕を信頼していると思えばこそ、結論を話すつもりになった。つまり僕は、諸君が軍人である以前に、良識ある日本国民であると信ずる」

「光栄です」と川津中尉が答えた。小田島も「ありがとうございます」と背筋を伸ばした。

「前置きはここまでだ。茶も莨も菓子も自由にやりたまえ。頭を柔らかくしなければ理解できない話だぞ」

小柳先生は茶を嗅ぎながら、「支那の茶はうまいね。野生の味がする」と、独りごつように呟いた。

21

小説家には二通りの人種がいる。

大学出のインテリと、学問はないが世間を見てきた者と。

中途半端がいないというのは面白い。大学出はあらまし帝大と決まっている。苦労人のほうは食うや食わずの暮らしを舐《な》めている。

知っての通り私は後者の典型だ。自慢ではないが高等小学校しか出ていないし、まさか先生と呼ばれるようになろうとは、夢にも思っていなかった。

べつだん劣等感を抱いているわけではないが、インテリの書く小説はどれも食い足りんね。人間はこんなに単純ではないと、いつも思う。

人は嘘をつく。人は見栄《みえ》を張る。人は愚痴をこぼす。

探偵小説を好んで書くのは、そうした人間の本性を堂々と開陳できるからだ。読者にしたところで、何も人殺しを面白がっているわけではあるまい。他人を恨み、妬《ねた》み、嫉《そね》み、あげくには殺してしまう人間の怖ろしさ——むろんおのれのうちにも確実に存在する魔性を、小説の世界に垣間《かいま》見ている。

貧乏をした人間はね、誰だって一度や二度は、殺したいほどの憎しみを抱いたことがあるのだよ。そして、殺すか殺さざるかは紙一重のちがいでしかないことも知っている。

嘘をついたためしがなく、見栄を張る必要も、こぼす愚痴も見当たらぬ高等遊民の書いた小説を、よしんば立派な思想や哲学に支えられていたとしても、いったいどれほどの読者が感心するだろうか。

それでもそうした小説が売れるのは、人間の虚栄心のせいさ。

しかし僕は、嘘つきで見栄坊の人間を醜いとは思わない。だからこそ美しい。それは天然の一部分としての、人間の営みにちがいないから。

さて、そういう世界観を持つ僕は、つねづね考えている。

見た通りの人間は、ほとんどいるもんじゃない、とね。むしろ、見た目とはまったく相反する本性を持っている、と。

たとえば、川津君。君は一見して四角四面の律儀者だが、実は反骨精神の塊じゃあないのかね。しかも神経質そうに見えて、あんがい無精者。そんなことは寝台の始末をひとめ見ればわかる。

神経質なのは、むしろ小田島曹長のほうだろう。ちがうか。豪放磊落《らいらく》な下士官に見せようとしているが、実はいつだって気を尖《とが》らせている。むろんそんなことは、一日や二日の付き合いでわかるはずはない。ただ、部下の憲兵たちはいつも君の顔色を窺《うかが》っている。

ずぼらな秀才と、神経質な豪傑。生まれついての性格を隠蔽しようとすれば、今の君たちができ上がる。

僕か。おいおい、自己分析は勘弁してくれ。僕の場合は、裏の裏。つまり見た通りさ。人間は苦労の上に苦労を重ねると、そうなるものなのだ。君らはまだ、苦労が足りない。


いやはや、それにしても忙しい一日だったなあ。

早朝から青木軍曹と加藤一等兵の訊問《じんもん》。昼飯を食っていたところに老陳《ラオチエン》殺害の報《しら》せがあって、山村大尉の訊問と診療所の現場検証。それから城外の小学校へ行って守備隊の禁足を解き、海野伍長の訊問。さらに守備隊宿営地を検証し、張氏飯荘で張一徳《チャンイードー》を訊問した。

僕としては、老陳の死を除き予定通りの行動だ。初動捜査というやつだよ。彼らの中に真犯人や共犯者がいるとしたら、時間の余裕を与えてはいけない。逃亡はしないにしろ、あれこれ策を練ったり、口裏合わせをしたりするかもしれないからね。

僕と川津君は、事前に何ひとつ聞いていなかった。事件の内容も、張飛嶺守備隊と密雲憲兵隊の配置すらも。

まっさきに青木軍曹から事情聴取したのは、彼が守備隊長である戸田正治見習士官亡きあとの先任下士官、つまり最上級者だったからだ。

僕自身は好印象を抱いたのだが、物資横流しの張本人だったとは意外だね。まさしく人間は外見と異なる本性を持っている。あるいは本性をべつの人格でカモフラージュしている、というべきか。

青木軍曹は僕の理論の標本のような人物だが、正体を見破れなかったのにはわけがある。軍縮の時代に徴兵年齢を迎えた僕は、軍隊を知らない。だから軍人というものは、素直で潔癖なのだと信じていて、青木の二面性などは考えもしなかったのだ。小田島曹長に言われて、なるほどと思ったよ。社会から隔絶された軍隊は、娑婆《しゃば》よりも陰湿なのだ、とね。人間は素直になるどころか、いっそう嘘と虚栄で身を鎧《よろ》うのだ、と。

次に訊問したのは、陸軍刑務所帰りの加藤一等兵。むろん前科者だから疑ったわけではない。青木軍曹と同じ第一発見者のひとりであり、なおかつ密雲の町に第一報をもたらした伝令だからだ。

彼の証言から得るものは多かったが、小田島曹長から釘《くぎ》を刺されたあとだったので、頭から信用したわけではない。そして、張一徳の証言によって、どうやら彼は青木軍曹の子分であるらしいとわかった。

おそらく加藤一等兵には、青木ほどの二面性はないだろう。齢も若いし、悪賢さはあるまい。ただし、平気で嘘をつく。

あの訊問中の最大の収穫は、加藤の証言内容ではなかった。前科者の話など聞く耳持たぬとばかりに、小田島曹長は隣室で兵器を点検していた。全滅した第一分隊が遺《のこ》した武器だ。

手入れが悪く、錆《さび》まで出ている。つまり第一分隊長兼守備隊長である戸田見習士官が、兵隊たちに舐め切られていた証拠だと、小田島曹長は結論づけた。

はたして、そうかね。士官学校出の権威は、そこまで舐められるものではあるまい。それに、彼が馬鹿にされていたとしても、第一分隊には優秀な上等兵がいたはずではないか。

ええと、名は何と言ったか。発見されたときひとりだけ息があった、そうそう、真鍋上等兵だ。不良兵たちの重石《おもし》になるから残留させたのだと、同期入営の青木は言っていた。戦地では手本になるような兵隊だと。

その真鍋上等兵がついていながら、銃に錆を浮かせるほど隊長殿が舐められていたとは思えない。青木軍曹の言を信じれば、彼は「兵隊の手本」なのだ。

そこで僕は、ひとつの仮説を立てた。

第一分隊全員がろくでなしだった。戸田見習士官も、真鍋上等兵も。

さきほど小学校と宿営地で、守備隊の残りの兵隊を観察したがね。そう、青木軍曹の第二分隊と、海野伍長の第三分隊だ。彼ら二十人は、おしなべて悪辣《あくらつ》な人間には思えなかった。むしろ、弱兵と老兵の集まりだ。ほら、今さっきだって、みな膂力《りよりよく》に欠ける体でせっせと働いていたじゃないか。

バリバリの士官学校出が武漢作戦に参加できずに、おいてけぼりを食わされた理由はあるのだと思う。

マア、仮説はさておくとしよう。話には順序が必要だ。

三番目の訊問は、思いがけなく山村憲兵大尉ということになってしまった。

老陳《ラオチエン》が事件に関与していたかどうかはともかく、重要な人物であることにちがいはない。医師として死体の検分をした。その気になれば毒物の入手も容易だ。善意の町医者なのか、それとも共匪の一味なのか。

いずれにせよ、山村大尉が老陳を射殺したのは尋常の行いではなかった。彼を共匪の一味と決めつけ、逃げようとしたから射殺したでは通るまい。ごく自然に考えれば、山村大尉もこの事件に関与しており、老陳を口封じのために殺した。諸君もそう疑っているのではないかね。

さて――青木軍曹。加藤一等兵。山村大尉。以上三人の証言の内容には、ひとつの共通項がある。わかるかね。

三人が三人とも、これは共匪のしわざだと主張した。内部犯行などありえん、とね。しかし、その主張には合理性がない。ここは戦場なのだから戦死なのだと言うばかりだ。むろん望楼の日章旗が下ろされていなかったことも、兵器糧秣《りょうまつ》がいっさい奪われていなかったことも説明はつかない。

もっとも、理より勘が先んずるのは、われわれが知的な人間である以前に野性の動物なのだから当然だが、合理的ではない結論がいくつも重複した場合は、何らかの意思が働いていると考えるべきだ。つまり、勘には偶然の一致がない。

よって三人の訊問をおえた時点で僕は、組織的犯行を疑った。むろん、そう決めつけたわけではないよ。ひとつの可能性として視野に入れたのだ。

ところが、四人目の証言者——海野伍長はその仮説を裏切った。

偶然の一致はないと言っても、偶然で証明できぬものもまたあるまい。すなわち二つの一致は不自然ではないとしても、三つの一致は相当に不自然であり、しかし「ありえぬ」と断定するには四つの一致が必要だと考えていた。

張飛嶺守備隊には一人の見習士官と二人の下士官がいた。戸田が被害者、青木が加害者ならば、もうひとりの下士官である第三分隊長の海野伍長は加害者一味と見るべきだろう。彼が「共匪のしわざ」だと証言すれば、事件の全体像はでき上がると思った。

ろくでなしの第一分隊を、第二分隊長と第三分隊長と憲兵隊長が一致団結して殲滅《せんめつ》する。

しかし、海野伍長は僕を失望させた。四人目の証言者は、事件を共匪のしわざだとは言わなかった。

日ごろ戸田見習士官にいじめ抜かれている当番兵の峯山二等兵が毒を盛ったのだと、まったく意想外のことを言い始めたのだ。それはそれで、筋の通った話だったがね。

僕はこう考える。最初の証言者である青木軍曹は、訊問を受けながらわれわれが本気で捜査にかかっていると感じた。だから軟禁中の小学校に戻ると、海野伍長に危険を報せた。

やつらは共匪のせいにしないぞ。とことん調べ上げるつもりだぞ、とね。

海野の事情聴取は半日後だ。考える時間はたっぷりあったろう。いじめ抜かれていた峯山二等兵の、死なばもろともの意趣返し。

海野伍長は頭のいい男だ。チンピラみたいなことを言っていたが、娑婆では名の売れた侠客《きょうかく》だったのではないかね。三度の営倉入りも、その侠気のなせるところだろう。男の器量から考えても、おそらく主犯は彼だ。

ところで、小田島曹長。

僕は君が共犯者だとは思わない。僕とともに真相を究明せんとする、誠実な憲兵だと承知している。

しかし、僕に一度だけ嘘をついた。それも、よもやまさかの大嘘だ。

君は海野伍長をかばった。札付きのどうしようもない男だと言い、しばしば憲兵隊の世話にもなっている、などと。

川津君に調べてもらったのだがね、憲兵隊の日報に海野伍長の逮捕や勾留《こうりゅう》の記録は一行もないよ。ただし、「相談」は幾度もある。内容の記載はないが、いったい憲兵隊に何を相談していたのだね。

いや、答えは要らない。君に嘘は似合わん。

殴り合いは本気か。文弱の輩には判別がつかなかった。行司のふりをして茶化してみたが、どちらも力を緩めなかったな。喧嘩《けんか》が商売の軍人は、大したものだ。

ああまでして海野伍長をかばおうとした君が、またどうして張一徳《チャンイードー》の証言を、ありのまま通訳したのだろう。

おかしな話じゃないか。あの飲んだくれの乱暴者が、立派な下士官だなんて。正義漢で曲がったことが大嫌い。あの人に限っては、何ひとつ悪事は働いていない、などと。

あの瞬間に、僕は事件を捕まえた。あとはバラバラに散らかったカードを、並べ直すだけでよかった。

君は嘘をつくのがつらくなったのだろうか。それとも、僕に決定的なヒントを与えて、全容を解明して欲しいと希《ねが》ったのか。

君は事件に直接かかわってはいないだろう。犯人たちは君を引きずりこむ度胸がなかった。真面目な気性もさることながら、熟練の憲兵だからだ。

君は今、苦悩している。戦場に正義はあるのか、と。敵という名の人の命を奪い、またみずからもいつ殺されるかわからない戦場に、殺人を事件とするだけの正義がはたしてあるのか、と。

その苦悩は僕も同じだ。むろん、川津君も。正直のところ、僕は今も君がどういう立場にあるのか、はっきりとはわからない。だが、苦悩を共有しているのはたしかだと信じて、君に結論を伝えておくことにした。

重ねて言うが、僕の推理に九分九厘まちがいはない。残る一厘は、君がどこまで事件を察知し、また犯人たちに対してどのような感情を抱いているか。

人間の行動はいかようにも推測できるし、証拠があれば法によって裁くこともできるが、行動を伴わない心の動きは想像すらできない。神にも、名探偵にも、自分自身でさえも。心は不可測なのだ。

ああ――ひとつ肝心なことを忘れていた。

兵籍簿を検めていて気付いたのだがね、彼らが所属する独歩《どくほ》一〇九《ひとまるきゅう》大隊の編成地は東京だ。母隊は麻布三聯隊《れんたい》。おととしの二・二六事件の叛乱《はんらん》軍だな。

騎兵から転属した加藤一等兵を除けば、証言者自身も証言に登場した者も、みな現役で歩兵三聯隊に入営している。つまり、所属した時代は年齢によって異なるが、麻布聯隊を満期除隊したあと、支那事変の勃発で召集され、母隊が生み分けた独歩一〇九大隊の兵として出征したというわけだ。

驚くなかれ、山村憲兵大尉の原隊も歩《ほ》三《さん》。青木軍曹と海野伍長は、昭和七年の同時期に在籍している。同じ釜の飯、というやつさ。

幸い、おととしの二・二六の時点では、誰も召集されていなかった。戒厳令下の東京市民として、原隊が叛乱軍というのは穏やかではなかったろうな。

その当時、山村は銀行員、青木は多摩の町役場、海野は渡世人、青木と同期入営の真鍋は鳶《とび》職、戸田はまだ士官学校にいた。戸田にいじめられていた当番兵の峯山は現役入営前だが、もとの所属部隊の支那駐屯歩兵第二聯隊というのは、やはり歩三の生み分け部隊だ。

東京は人口が多いから、赤坂檜町《あかさかひのきちょう》の歩《ほ》一《いち》と麻布の歩三は、いざ戦時となれば次から次へと子供部隊を生み分けてゆくらしい。あまり気持ちのいい話ではないがね。

いやァ、軍隊経験のない僕にはとうてい思いつかない。川津君のお手柄だ。

いいかね。どうでもいいことのようで、このあたりは重要な着眼点だと思うよ。

同じ釜の飯を食った仲。しかも、本隊に捨てられた戦場の孤児。おそらく一〇九大隊の将校たちは、武漢攻略で二・二六の汚名をすすごうと逸《はや》っていたのだろう。軍紀を乱すろくでなしと、足手まといになる弱兵を長城に捨てて前線に向かった。

そして事件は、起こるべくして起こった。

さあ、それでは張飛嶺守備隊第一分隊全滅の顚末《てんまつ》を語ろう。

どうすれば十人の兵隊が、血の一滴も流さず、あれほど鮮やかに殺害されるのか。

瀕死《ひんし》の真鍋上等兵が言い遺した、「コンチクショウ、コンチクショウ、ヤラレタ、ヤラレタ」はどういう意味なのか。

22

海野米吉は我慢がならなかった。

軍隊。戦争。応召。出征。何もかもだ。

二年間の現役で務めは果たしたと思っていた。それが赤紙一枚でまた召集され、輸送船に乗せられて支那の奥地まで連れて行かれるなど、懲役のほうがよほどましだろう。

そのうえ、長いこと娑婆の風に当たっていた年かさの召集兵は質が悪かった。かつてはあるようでなかった私的制裁も、当たり前になっていた。それも麻布の兵営にいるころならまだしも、戦地に出てからも続いた。独歩一〇九大隊は最初から腐っていた。

海野はビンタなど取らない。明日の命も知れぬ兵隊を殴ってどうする。ましてや親から預かった不良少年ではなく、召集令状で引っ張られた国民ではないか。

むろん、殴るほうの気持ちもわからぬではなかった。こんな戦争に駆り出された理不尽は、誰もが等しく感じているはずだった。

どれほど腹が立とうと、当たりどころがない。だから得体の知れぬ泥のような怒りが、胸の中に澱《お》り嵩《かさ》んでゆく。それが私的制裁にとどまらず、どんなかたちで噴き出したとしても、ふしぎは何もないと思う。

だが、あの一件だけは許し難かった。

それは大隊が前線に出る何日か前の出来事だった。

伍長昇進の祝いをしようと、班長に誘われた。もっとも、いつも通りに二人で外出して、街なかの食堂で一杯やり、やはりいつも通りに女郎屋《ピーヤ》に上がるだけのことだった。

雲の厚い、暗鬱《あんうつ》な日だった。からからに乾いた北風が体を吹き抜けて、営門を出たとたん外套《がいとう》を着てこなかったことを悔やんだ。しかし海野の気分は高揚していた。出陣の直前に昇級したのは、分隊長の頭数が足りないからだろうと思っていた。前線に出るからには、分隊を指揮して殊勲を挙げたかった。

ほろ酔い気分で城内の街路を歩いていると、四、五人の様子の悪い兵隊に行き会った。隊伍も組まず、浮かれ騒ぐ声が遠くからも聞こえた。

いくら出陣が間近でも、こうまで羽目をはずしてはなるまい。ひとつ気合いを入れてやろうと踏み出した海野の腕を、班長が摑《つか》んだ。「かかわりあいになるな」と班長は言った。

兵隊たちの中に、戸田見習士官の姿があったのだ。どうしたわけか兵隊用の防寒外套を羽織り、軍刀も吊っていなかったので、すぐにそうとはわからなかった。

二人は直立不動で敬礼をしたが、戸田はうつろな目を向けただけで答礼をしなかった。

「何ですかね、あれは」

「残留する連中がヤケ酒を飲んでいるのだろう。見習士官殿も初陣が飾れずに、荒れているという話だ」

「あんなやつらに張飛嶺が守れるとは思えませんが」

「大隊長殿は歩三の生え抜きだからな。二・二六の叛乱軍の汚名を、この決戦で返上するつもりなのだ。そのほかのことは頭にない」

北風に乗って、罵声《ばせい》と泣き声が聞こえてきた。いったい何の騒ぎだろうと胡同《フートン》に足を踏み入れたとたん、あちこちから石くれが飛んできた。

「かかわりあいになるな」

班長はまた言った。だが、こればかりはやり過ごすわけにはいかなかった。正義感に燃えたのではない。義侠心でもない。我慢のならぬ理不尽がとうとう腹の中で膨らみ切って、反吐《へど》のようにせり上がってきたのだった。

「班長殿はかかわりあいにならんで下さい」

海野はそう言い捨てて路地に歩みこんだ。

東洋鬼《トンヤンクイ》。不是人《ブウシーレン》。人面獣心《レンミエンショウシン》。

支那人から罵詈《ばり》雑言を浴びせかけられるのは初めてだった。日本軍が歓迎されていたはずはない。彼らは殺されないために日章旗を振っていたのだと海野は知った。

東の海を渡ってやってきた鬼ども。ひとでなし。人の顔をしたけだもの。

身に覚えはなくとも、同じ日本兵ならば罵られて当然だった。

胡同の奥の、すっかり葉を落とした槐《えんじゅ》の古木の下に、煤《すす》けた煉瓦《れんが》を積み上げた廠子《チャンツ》があった。住民たちの視線を浴びて、海野は両手を挙げた。帯革《たいかく》から吊った銃剣のほかに、武器は持っていなかった。

ほの暗い土間に、頭を割られた男が倒れていた。温床《オンドル》の上には、ほんの子供としか見えぬ娘と母らしい女が、尻を剝《む》いたまま抱き合って泣きわめいていた。

いきさつなどはどうでもよい。この理不尽だけは目をそむけてはならぬと海野は思った。

東洋鬼。不是人。人面獣心。

殴り殺されるのなら仕方がない。同じ日本兵なのだから。

海野は新兵のような気を付けをして、軍服の胸を張り、挙手の敬礼をした。言葉が通じぬのなら、せめて軍人らしく詫《わ》びねばならないと思ったからだった。

怯《おび》える母と娘の体を蒲団でくるみ、海野は悲しい家を出た。心が通じたのか罵声はやんで、石くれも投げつけられなかった。だが海野には、支那人たちのその聞き分けのよさが、切なくてならなかった。

罵るかわりに、彼らは追いすがって口々に訴えた。何を言っているかはわからないが、貧しさも痛みも辱めも身をもって知っている自分が、この訴えを聞き流すのは卑《ひ》怯《きょう》だと思った。

勲章も名誉も要らない。ただ、卑怯者にだけはなりたくなかった。

海野米吉が残留を知らされたのは、部隊が前線に向けて出発する前夜だった。

二十時の日夕《にちせき》点呼のあと、週番下士官の青木軍曹にガリ版刷りの編制表を手渡された。

「貴様が残ってくれれば俺も心強いよ。上がコレだからな」

と、青木は声をひそめて編制表を指さした。残留する守備隊長は戸田見習士官だった。

「青木軍曹殿が自分を選んだのでありますか」

「いや、俺がどうこうできる話じゃあるまい。文句があるなら准尉殿に言え」

海野は青木軍曹が好きではなかった。中学出の学歴があるのに幹候を志願しようとせず、かと言ってまんざら軍隊が嫌いでもなさそうで、軍人というより町役場の吏員という感じがした。

どうせろくな人間ではあるまい。糧秣《りょうまつ》の横流しがバレても困るから、進んで残留を申し出たのだろう。決戦場がどこなのかは知らないが、作戦は急を要するとみえて、糧秣のほとんどは戦時繰り下げ品として残置していくという。

海野米吉は大隊本部に向かった。文句をつけるつもりはない。だが、出発前夜のこの期に及んで、自分が残留部隊に編入された理由を知りたかった。

「なぜかって、おまえ。そんなことは編制表を見ればわかりそうなものだ」

執務机の前に海野を立たせたまま、林准尉は小声で言った。

事務室は大わらわだった。駐屯地を撤収するわけではなく、作戦が終了すれば戻ってくるらしいが、ともかく定員一千余の独立歩兵大隊が野戦に出るのである。営庭には探照灯が煌々《こうこう》と輝き、砲や弾薬の積載作業が続いていた。

「俺に意見具申をしたのはおまえだぞ」

「残留したいなどとは言っておりません」

「中隊長や班長の頭越しに、俺に向かって物申すからにはそれなりの覚悟があったはずだ」

「班長殿には言えぬような話なので、准尉殿に申し上げました」

「だから、それなりの覚悟はあったはずだ。そういう立派な分隊長がひとりぐらいいなければ、守備隊は格好がつかぬ」

はっきりすればそれでいい。海野は軍服の背筋を伸ばした。

「海野上等兵——もとい、海野伍長、悪くありました。帰ります」

大隊本部を出ると、海野は軍靴の爪先で地面に当たりながら歩いた。思わず「コンチクショウ」と声が出た。娑婆ならば当たる相手はいくらでもいるが、軍隊では耐えるほかなかった。

山の端《は》に昇った満月を見上げながら、曲がったことの許せぬこの気性が厄介なのだ、と海野米吉は思った。

翌朝、三十人の残留部隊は営門に整列して本隊の出陣を見送った。

京古線はゲリラによって破壊されているが、八十キロを行軍して通県《つうけん》まで出れば列車が動いているという。その先どこへ行くのかは誰も知らなかった。山西省の前線だという噂もあり、いや河南省だ、もっと南の武漢三鎮だと言う者もあった。兵隊たちはみな興奮していた。

しかし、歩調を取って営門を出て行く部隊を捧《ささ》げ銃《つつ》で見送っているうちに、この連中では役に立つまいと海野は考え始めた。そもそも独歩一〇九《ひとまるきゅう》大隊は、召集兵の寄せ集めなのである。二年間の現役を務めたあと、四年ぶりに召集された海野などまだしもましで、三十を過ぎた女房子持ちや、十年ぶりに赤紙を貰った老兵も少くなかった。そうした部隊だから、辺境の町の警備についていたのである。

たぶんこの決戦で支那は降参するのだろう。よほどの勝算があるから、動員された部隊をなるべく参加させて、兵隊に一生の自慢話を持たせてやろうという肚《はら》なのだ。

それはそれでありがたい親心だが、余計なことを言ったばかりに自分ひとりが割を食ったのだと思うと、昨夜の怒りがぶり返してきた。

あの日の出来事を准尉に訴え出たのは、大隊の軍紀にかかわる問題だと思ったからである。だが、出陣に伴う事務に追いまくられている准尉は聞く耳を持たず、捜査も処分も行われた様子はなかった。

その答えがこのザマだ。

海野は、張飛嶺守備隊の第三分隊長を命じられた。残留した三十名は長い行軍や前線の戦闘に耐えられまいと思える弱兵だった。そして――戸田見習士官の率いる第一分隊には、おそらく大隊本部が把握していたにちがいない極めつきの悪党どもが顔を揃えていた。

「おう、伍長殿」

本隊を見送ったあと、海野は剣呑な声に呼び止められた。真鍋という年かさの上等兵である。あの日に出くわした、東洋鬼《トンヤンクイ》のひとりにちがいなかった。

こうして面と向き合うのは初めてだが、なるほど体格がよくて押し出しが利く。堅気ではないな、と海野は思った。

「何だ」

「何だとはご挨拶《あいさつ》だの。同期の青木軍曹が第二分隊長なら、俺が伍長に上がって第三分隊長だとばかり思っていたんだがな。のう、海野伍長殿。おめえさん、娑婆ではずいぶんいい顔だったらしいが、だったらご同業の誼《よしみ》で、仁義のひとつも切るのが筋ってもんじゃねえのかえ」

「ここは軍隊だぞ。めったな口はきくな」

往《い》なして立ち去ろうとする海野の肩を、真鍋の大きな掌《て》が摑んだ。

「おっと、まだ話は終わっちゃいねえ。いいかい、伍長殿。戸田の小僧が隊長だとは恐れ入ったが、どっこいあいつが残されたのにはわけがある」

海野は悪相を睨みつけた。

「何だ、それは」

「俺の子分なんだよ。ま、そう言っちまったんじゃあいつも立つ瀬がなかろう。お友達さ」

「いいかげんなことを言うな」

「やくざ者がいい子になりやがって。のう、伍長殿。共匪の狙撃手はめっぽうな腕前らしいぜ。おたがい、命は大切にしようじゃねえか」

青木軍曹は少し離れてぼんやりと佇んだまま、二人の間に入ろうとはしなかった。


その日の午後、海野米吉は密雲城内の憲兵隊に向かった。しばらくは様子を見るつもりだったのだが、蛻《もぬけ》の殻となった宿営地にいると、何が起こってもふしぎではないような気になって、せめて実情を憲兵隊に知らせておこうと思い立ったのだった。

本隊を送り出すと、新編成の第一分隊は張飛嶺の守備についた。交替で下番《かばん》した分隊は待機していたトラックに乗って本隊を追及した。

ずいぶん慌《あわただ》しい一日で、真鍋上等兵が「子分」よばわりした戸田見習士官を、問い質《ただ》す時間もなかった。青木軍曹には相談するべきかどうか迷ったが、叩けば埃《ほこり》の出る人間が憲兵隊に同行するとは思えなかった。

憲兵隊は一〇九大隊が駐屯する以前から密雲にあって、共匪の探索を任務としていた。憲兵隊の集めた情報により、大隊が討伐に出るのである。市内の治安維持はむしろ大隊の役目で、その兵隊たちが悪さをしてもいちいち憲兵の出る幕ではないのか、誰が捕まったという話はとんと聞かなかった。

それでも海野伍長は、軍紀を守るのが憲兵の役目だから、実情は知っておいてほしいと思ったのだった。

小田島憲兵曹長とは面識がある。昨年の秋口に密雲に到着すると、じきに憲兵隊から呼び出しがかかって、小田島曹長と面談した。現役時の二年間で三度も営倉に入った不良兵として、釘を刺されたのだった。

ここは戦地であり敵前であるのだから、同じことをしでかしたら銃殺だぞ、と曹長は言った。その印象はどことなく、昔なじみの刑事に似ていた。

しかし、その日はあいにく小田島曹長が不在で、憲兵分隊長の山村大尉が海野の「折り入っての相談」を聞くことになった。

相手が将校では言いたいことも言えぬとは思ったが、いざ話し始めてみると山村は如才ない人物だった。何やら持ちつ持たれつの、地元のやくざ者と所轄署の刑事のような気分になって、海野は洗いざらいを訴えた。

「実はな、その件についてはどうにかしなければならんと思っていたのだ」

あらましを聞きおえたあとで、山村大尉はこめかみに指先を当てながら言った。

「商工会長だの警察署長だのが、被害者を連れて再三陳情にくる。大隊本部に行っても取りつく島がないらしい。しかし、だからと言って憲兵隊に来られても困るのだ。たった二十人ではとうてい手が回らん。それにしても、わざわざその連中を置いてゆくとはなあ。大隊長殿も人が悪い」

共匪との戦闘に備えて、なるべく多くの兵力を残していってほしいという山村大尉の要請は聞き入れられなかった。それどころか、かねての懸案であった不良兵たちを置いていった。

にわかには信じがたいが、だとすればひどい話だと海野米吉は思った。

親が持て余す子供を引き取って、叩き直すのがやくざである。そのやくざ者が二十《はた》歳《ち》の現役で軍隊に取られれば、さらに叩き直されたうえ読み書きまで教わる。だから満期で除隊すれば、二年の懲役を務めたよりもずっと箔《はく》が付く。

ずいぶん苦労はしたが、おかげでいくらか真人間になった海野にしてみれば、不良兵を捨てる軍隊が許せなかった。

「共匪に攻められて、戦死すればいいと思ってるんじゃないかな」

張飛嶺から吹き下ろす蒙古風が、窓の外で唸《うな》りを上げていた。陽光が翳《かげ》り、山村大尉は立ち上がってアルミニウムの笠を被《き》た電灯をつけた。あたりを窺ってから、海野は卓上の光の中に身を乗り出した。

「それでよろしいと思います」

山村大尉は答えなかった。意味がわからぬのか。それとも聞き流すつもりなのか。

風の音が途切れるのを待って、海野伍長はもういちど言った。

「見て見ぬふりはできません。自分がやりますので了解ねがいます」

山村はさほど驚く様子もなく、横目で海野を睨んだ。幹候上がりの予備役召集というが、肚の据わった男だと思った。

「ここは戦場であります」

きっぱりそう言うと、山村は初めて小さく肯《うなず》いた。

「貴様、正気か」

「はい。正気も正気です」

宿営地は静まり返って、月あかりが眩《まぶ》しいほどだった。兵舎のほとんどは空家となり、海野伍長と青木軍曹は一棟の振り分けになった二室を、それぞれに占有していた。

一夜目は茶碗《ちゃわん》酒を酌みながら、たがいの身上を語り合った。知らぬ仲ではないが、特段親しいわけでもなかった。

二夜目に覚悟を打ちあけた。青木を味方につけなければ、やりとげられぬと思ったからだった。

「何も、殺すことはなかろう」

「やつらは殺されても仕方のないことをやっています。放っておけば悪事をくり返すばかりです。殺す以外に手はありません」

「貴様、酔っているな」

「いえ、しらふです。自分はこれっぱかしの酒では酔いません」

しげしげと海野の顔色を窺ったあと、青木軍曹は「厠《かわや》に行く」と言って出て行った。さては人を呼ぶつもりかと思ううちに、窓の外で用を足す物音が聞こえた。戻ってきた軍曹の顔は月光に洗われたように白かった。

「生真面目なやくざも困りものだ」

癇《かん》に障って言い返した。

「不良の堅気よりマシでしょう」

その一言は効いた。身に覚えがなければ、声を失うほど驚くはずはなかった。どうやら青木軍曹の悪い噂は本当であるらしかった。

「俺を脅しているのか」

「いえ。自分は肚を括《くく》っているだけです。死人を増やさんで下さい」

ぐいと睨みつけると、青木の髭面《ひげづら》がこわばった。

「いったい、貴様に何の得があるんだ」

「損得で人殺しはできませんや」

青木は夢から覚めようとでもするように水筒の水を飲み、腰手拭《てぬぐい》で脂汗の浮いた顔をわさわさと拭いた。

「憲兵隊長のほかに、誰が知っているんだ」

海野はきのう憲兵隊を出たあとの行動を、ありのまま伝えた。

山村大尉とともに、まず老陳《ラオチエン》の診療所を訪ねた。劇薬を手にするためだった。毒殺という方法を選んだのは、武器を使うよりも確実だからである。

「医者は人助けが商売だ。人殺しの片棒を担ぐはずはなかろう」

「それでも、知恵は貸してくれました。ダイナマイトか爆雷の装薬でいいそうです。ただし扱いには気を付けろ、と」

三硝酸グリセリン。甘くて口当たりがいいらしい。これを強い酒に混ぜて飲ませれば、血圧が急激に下がって昏倒する。軍医が死体を検分しても、青酸剤のようにわかりやすくはないという。

「なるほどな」

青木軍曹は体の震えを縛《いまし》めるように腕組みをして、風の鳴る天井を見上げた。

「俺は現役の時分、工兵教育を受けている。貴様、それを知っていたのか」

「いえ」と答えたなり、しばらく見つめ合った。たぶん青木も、目に見えぬ力の存在を肌で感じたと思う。

幹部候補生を志願しないかわりに、馬鹿では務まらぬ工兵科の教育を受けさせられたのだと青木は言った。橋梁《きょうりょう》や敵陣の防衛線を破壊する工兵の技術は、歩兵部隊にも必要だからである。

「工兵聯隊の厠で、装薬を舐めて自殺した兵隊があった。効果覿面《てきめん》だが、そのぶん取り扱いは難しい。なにしろ爆薬だ」

「できますか、軍曹殿」

青木は答えなかった。怯えているのではなく、決心がつきかねているのだろう。

「張一徳《ちょういつとく》をご存じですか」

名前を出したとたん、青木軍曹の頬が攣《つ》った。老陳《ラオチエン》の診療所を出たあと、憲兵隊長と海野は張氏飯荘に向かったのだった。

「知らぬ仲ではない。あの店にはちょくちょく行くからな」

「だったら話は早い。明日の晩、涮羊肉《シユアンヤンロウ》を食いに行きましょう」

「固めの盃《さかずき》かよ」

二人は呼気の混じるほど声をひそめていた。陸軍の星章の付いた湯呑に、海野はなみなみと酒を注いだ。

「自分にできることは何かないかと、張一徳は言いました。お望みとあらば、乾杯の音頭を取らせていただく、とも」

「断れんな、それは」

「では、軍曹殿――」

乾杯と声を揃えて、二人は湯呑の清酒を飲み干した。

23

特別寄稿
嗚呼《ああ》忠烈　張飛嶺守備隊の最期

小《こや》柳《なぎ》　逸《いっ》馬《ま》

萬里の長城の險艱《けんかん》として古今に知られる張飛嶺に於て激戰があつたと聞き、私が北平から驅付けたのは去る十一月初旬のことであつた。

正直の處《ところ》、從軍作家としての第一報がかうした任務にならうとは思ひも寄らなかつた。一國民としては悲憤極《きは》まるものではあるが、また同時に從軍ペン部隊の一員として名譽に思ふ次第である。

同地には嘗《かつ》て獨立歩兵大隊一千餘が守備についてゐた。河北と満蒙を結ぶ街道の要衝ゆゑである。然《しか》るに大隊主力はかの武漢作戰に動員され、同地には僅《わづ》か三十名の精兵が殘されたのみであつた。指揮官は昨十二年十二月に陸軍士官學校を戰時繰上げ卒業した戸田正治見習士官（二〇）、以下の守備隊員が選りすぐりの兵《つはもの》であつたことは言ふ迄《まで》もない。戸田見習士官は戰友が晴れの決戰場に向ふ中、初陣の勳《いさをし》を棄てて張飛嶺守備隊長を志願したのであつた。

もとより燕山山脈一帯は共匪の巣窟《さうくつ》である。本隊が凱旋《がいせん》するまでは何が何でも張飛嶺を守り抜かねばならぬ。無論それまで度重なる討伐に苦しめられて來た共匪が、この好機を見逃すはずもなかつた。

十一月某日十八時三十二分、張飛嶺監視廠を守備してゐた戸田見習士官率ゐる第一分隊は數百名に上る共匪に急襲され、敢鬪虚《むな》しく遂に玉碎したのである。然るにその直後、山麓の宿營地から驅付けた援軍二個分隊はただちに長城を奪還し、要衝張飛嶺は文字通り死守されたのであつた。

嗚呼、鬼神をして哭《な》かしむる奮鬪、私が張飛嶺に辿り着いて程なく、未だ硝煙の匂ひ蟠《わだかま》る長城に於て遺体は荼毘《だび》に附され、十柱の英靈は天に昇り給ふた。そのさなか、まさに鬼神の涙と思へる驟雨《しゅう》が沛然《はいぜん》と長く高い壁を洗つて過ぎた。

　また、尊い犠牲によつて日々の暮しを安堵《あんど》された村民の有志が、泣く泣く香花を手向けてゐたのも印象深かつた。彼も私も、張飛嶺守備隊の忠烈を生涯忘れ得ぬであらう。

――原稿を一読したあと、川津中尉は丸メガネの底から小柳を見つめて、冷ややかに言った。

「立派な原稿です。訂正箇所はありません」

　相変わらず狭苦しい部屋である。左右に下士官の背中があって、めったな口も利けぬ気がする。

「これから参謀長閣下にお届けしますが、小柳さんもご一緒なさいますか」

　小柳はにべもなく断った。

「詳しいことを訊かれても困ります」

「訊きはしませんよ」

　そう言いながら「検閲済」の判をつき、川津中尉が原稿を持って立ち上がると、下士官たちは一斉に背筋を伸ばした。

　北京飯店の廊下は厚い緞通《だんつう》が敷きつめられているせいか、物音が響かない。川津中尉の声もくぐもって聞こえた。

「おそらく小柳さんは、これで御役御免でしょう」

「おや。しかしそう言われましても、新聞社との契約は四十日間ですからねえ。給料分の仕事はしないと」

「われわれがここでうろうろしていてはならんのです」

「われわれ、とは」

「私もじきに転属でしょう。内地ならいいが、前線に出されるんじゃないかと肝を冷やしています。うろうろされて困る人間は、いっそ消えてなくなったほうがいいでしょうからね」

二人は大理石の大階段をゆっくりと登った。新聞記事が掲載されれば話題になるだろう。だから小柳も川津も、北京にいてはならないのである。天津見物でもして、塘沽から長崎に入り、雲仙《うんぜん》あたりの湯につかってほとぼりをさます、というのはどうだ。四十日分の仕事は十分にしたのだから、誰も文句は言うまい。

「ああ、ところで――」

と言いかけ、川津中尉はステンドグラスが七色の光を落とす踊り場で立ち止まった。

「これを張飛嶺の記事に併せて掲載するよう各新聞社に指導します」

昭和十三年十二月一日付陸軍省人事局発表
一、陸軍歩兵曹長見習士官戸田正治ヲ陸軍少尉ニ任官ノ上　同日付ヲ以テ従七位功五級陸軍中尉ニ昇進セシム
一、功六級金鵄《きんし》勲章ヲ授与ス
陸軍歩兵軍曹　青木信雄
陸軍歩兵伍長　海野米吉
一、戦死者各位ニ就テハ追而《おって》沙汰ス

「いかがです、小柳さん」

「いかがも何も、私がどうこう言う筋合いでもありますまい。そういうあなたはどう思われる」

川津中尉は吹き抜けの上下に目を配りながら、「読めば読むほどわからなくなる」と言った。

参謀長室に向かう川津を、小柳は階段の上から呼び止めた。

「中尉殿——」

「ドノは余計です」

「では、川津中尉」

振り仰いだ丸メガネが七色に染まっていた。

「雲仙の湯につかって、ほとぼりをさましませんか」

「すこぶる魅力的な提案ですが、軍人には少々無理がありましょう」

「何が無理なものですか。ものはためしで参謀長閣下に訊いてみるがいい。たぶん二つ返事で許可が下りますよ。私たちは当分の間、消えていたほうがいいのです」

川津中尉はしばらく小柳を見上げていたが、そのうちふいに破顔したかと思うと、軍刀を鳴らして去っていった。


北京駅の待合室は鴇色《ときいろ》の夕陽に染まっている。

内城域では猛《たけ》く赫《かがや》かしい色であるのに、正陽門を潜ったとたん淡い光にくるまれるのは、東西に延びる城壁のいたずらだという。時が磨きあげた石の返照のせいで、誰も彼もが少女のように羞《はじら》っている。

「先生は人の心が読めるのですか」

待合室の壁にもたれて、天窓の光に目を細めながら川津中尉は訊ねた。

「おいおい、神秘主義者に探偵小説を書く資格はないよ」

並んで壁にもたれたまま、先生はくわえ莨の口元で答えた。

「山下閣下は二つ返事で、正月明けまでどこかに身を隠していろと申されました」

軍司令部を離れれば、おたがい言葉遣いを気にする必要はない。

「それはそうだろう。君は任務上、新聞記者に取り巻かれている。転属命令を出すには時間がかかる。だったら体の具合が悪くなったほうが早い」

参謀長の口ぶりを思い出して川津は苦笑した。

「そう、その通りに申されました。貴様は忙しすぎて神経衰弱に罹った。しばらく山奥の温泉にでも浸かってこい、と」

そしてわずか数日後には、将校行李《こうり》を足元に置いて、北京駅の待合室にいるのである。天津に泊まって租界を見物し、明日の晩の船で帰国する。

「雲仙には行ったことがあるかね」

「いえ。九州を知りません」

「実は僕も行ったためしがないんだ」

「ならば、どうして雲仙なのですか」

「長崎から近いんじゃなかったかね。どだい僕の第六感はその程度のものさ」

「きっといいところですよ。大当たりでしょう」

間近に巨《おお》きな影が倒れかかって、川津は軍帽の庇を下ろした。

夕陽を背負って顔は見えない。だが、膕《ひかがみ》をぴったりと合わせた手本のような敬礼には見覚えがあった。

小柳先生がヒャアと頓狂な声を上げた。

「尾行をしているわけではありません。刺客でもありません」

小田島曹長は懐かしい胴間声で言った。

「憲兵隊本部で転属の申告をしまして、軍司令部を訪ねましたところ、お二方はつい今しがた出発なされたと聞き、追及いたしました」

「転属かね――」

口封じのために前線に出されるのではないかと、川津は気を揉んだ。

「古巣の関東憲兵隊に復帰します。十九時発の奉天行に乗ります」

銃の負《お》い紐を摑んで腕時計に目を向け、曹長は白い歯を見せて笑った。初めて笑顔を見たような気がした。妻の待つ家に戻るのである。子供はいるのかどうか、話を聞いた記憶はなかった。

「お二方は、どちらへ」

「十七時五十分の天津行だ。おっと、こうしちゃおられん」

小柳先生はその先の旅程を語ろうとしなかった。

まとわりつく浮浪児たちを「不行《ブーシン》」だの「不好《ブーハオ》」だのと叱って追い払いながら、曹長は軍服の物入れから折り畳んだ新聞紙を取り出した。

「おや、まだご覧になっていないのですか」

小田島曹長の差し出した新聞を、小柳先生は受け取ろうとしなかった。たぶん、読む気にもなれないのだろう。

「ずいぶん早いな。きのうの朝刊に掲載されたはずだが」

「軍司令部と憲兵隊本部には航空便で届きます」

先生の疑問に、川津は答えた。やはり読む気にはなれなかった。

「さて、行くか」

荷物を持とうとする曹長の手を払いのけて、小柳先生が言った。

「見送りは遠慮しておくよ。プラットホームで人と別れるというのが、どうも苦手でね。それに、君には駅の待合室がよく似合う」

曹長の敬礼に帽子の鍔《つば》をつまんで軽く応じ、先生はさっさと歩み出した。川津はあわてて後を追った。

小田島曹長に悪気はあるまいが、読みたくもない新聞記事を目の前に突き出されて、先生は気分を害した様子である。

振り返れば、曹長は赤い紗《しゃ》のかかった人ごみの中に佇んでいた。

「百点満点は難しいね」

改札を通り抜けると、先生は歩きながら唐突に言った。

「いえ、先生の推理は百点満点だと思いますが」

「僕もそう思っていたのだが、今になって気がついた。航空便で届いたばかりの貴重な新聞を、憲兵隊本部はどうして彼に持たせたのだ。そうたくさん送ってくるわけでもあるまい」

京山幹線の広いプラットホームには、冬を兆す蒸気がたちこめていた。油煙の芳しい匂いが鼻をついた。

「せいぜい五十点。いや、三十点で落第だな、これは」

小柳先生は無念そうに呟いた。

力が抜けてしまった。海野伍長と共犯者たちは、実行犯に過ぎなかった。見えざる巨大な掌《て》の存在に気付かなかったのだから、三十点の落第だと先生は言ったのだ。

「これで百点満点です」

「探偵作家としては、情けない限りだがね」

先生が手を振り返すと、小田島曹長は敬礼を直って回れ右をし、人ごみに紛れ入ってしまった。

「もしや、彼も共犯者ですか」

「いや、それはあるまい。見て見ぬふりをしていたのはたしかだろうがね」

「黙認したのなら共犯です」

「おいおい。それを言うなら、この記事を書いた僕も、書かせた君も立派な共犯者だぞ」

戦う大義もなく、理由さえも見当たらぬやくざな戦争に、自分もとうとう巻き込まれてしまったのだと川津は思った。

将校行李の上に腰を落として、川津中尉はプラットホームの豁《ひら》かれた空を見上げた。

いつしか西の朱は退いて、夕星《ゆうづつ》が耀《かがよ》うほど青がまさっていた。

「諸位《チューウェイ》　請上車《チンシャンチャ》、請往這辺《チンチュヤーピエン》！」

真白な蒸気に巻かれながら、支那人の車掌が言った。意味はわからないが、たぶん乗車をせかしているのだろう。

じきに発車のベルが鳴った。

24

召集令状を貰ってからというもの、自分が一歩ずつ戦争に近付いてゆくような気がしていた。

それは海野米吉にとって、怖いようなこそばゆいような、ふしぎな感覚だった。

密雲に駐屯してからは、何度も討伐戦に参加した。共匪を殺し、戦友も殺された。だが、なぜか戦争を捉まえた気がしなかった。戦争ではない何かほかの、のっぴきならぬ仕事をしているように思えた。

子供のころからそうと信じてきた、「天にかわりて不義を討つ」戦争とはあまりにもかけ離れていた。だからこれが戦争で、ここが戦場だとは思えなかったのだ。

唐松の森を抜けて、夕陽に映える張飛嶺の頂が見えたとき、海野伍長はとうとう戦争を捉まえたと思った。そこから先は一歩ずつ戦争に近付いてゆくのではなく、一歩ごとに戦争のほうが近寄ってきた。

これが戦争だ。さしあたって恨みつらみなどない、敵という名の悪者を殺すのではなくて、天にかわって討たねばならぬ正真正銘の悪者を皆殺しにするのだ。

密雲に小隊が取り残されてから、一月が経っていた。第一分隊の三度目の勤務は、明日の午前十時に交替となる。海野はこの日に狙いを定めていた。

老陳《ラオチエン》の話によると、五十度を超す白酒《パイジュウ》に混ぜて飲ませれば、一下子《イーシアヅ》完蛋《ワンダン》――いちころ、だそうだ。

張飛嶺守備隊の労をねぎらって、密雲の商工会長兼臨時行政委員長が、手作りの白酒をみずから届ける。海野伍長が先導し、憲兵隊長が通訳をする。誰も疑わない。誰も拒めない。

戦争が近寄ってきてくれた。まことの戦争が。

海野米吉は馬の背に揺られながら、茜色に染まった長城の夕景を眺めつくした。

「みなさん、五日間の監視廠勤務、まことにご苦労様でした。新物の高粱酒《コーリヤン》の瓶《かめ》を開けると、まずは一家の主が張飛嶺へと向かい、張飛将軍に献ずるのが末裔たる張《チャン》家のならわしであります」

張一徳は少しも臆さずに口上を述べた。山村大尉が流暢すぎる通訳をしても、疑う者はなかった。

明日の朝はようやく下番《かばん》で、気もそぞろだったのだろう。予期せぬ来客を迎えた悪党たちの顔は綻《ほころ》んでいた。

「支那の作法はすでにご存じでありましょうが、盃を上げたならば一息で飲み干します。ただし、本日お持ちした白酒は五十三度もありますので、ごくりと飲めば胃に穴があいてしまいます」

悪党たちはどよめいた。海野は背を向けて、五つの盃にゆるゆると白酒を注いだ。

青木軍曹が額に玉の汗をうかべながら仕込んだ、ダイナマイト入りの酒だ。水筒には綿を詰めて安定させたが、途中で爆発したらそれまでだ、と青木は言っていた。

三つの盃には、山村大尉の水筒から水をついだ。

「まずは飲み下さずに、口の中で転がします。ご唱和下さい」

それがコツだと老陳は言っていた。ダイナマイトの毒はごくりと飲みこむと肝臓が解毒してしまうが、口の中で吸収すれば吐き出しても間に合わぬらしい。

「乾杯《カンペイ》！」

さあ、飲め。そうだ、口の中で転がせ。舌を洗え。ねぶれ。皇軍の皮をかむった鬼ども。

本物の戦争に乾杯。

「再加一把頸《ツァイジアイーパジン》！」

もう一息だ、頑張れ。二人して張一徳の尻を押し上げた。

河北と満洲に架かるまんまるの空は、東から昏れなずんでいた。一刷《ひとは》けの雲もない夕景色を、海野はありがたいと思った。

「十月二十七日に武漢が陥《お》ちたらしい」

「ああ、そうですか。戦争は終わりますね」

「どうだかな。南京陥落でも終わらなかったものが、これで終わるとは思えん」

そんなことは、どうでもいいような気がした。勝とうが負けようが、終わろうが終わるまいが、どうせいかさまの戦争だ。

「こっちの戦争を終わらせましょう」

目に見える戦争に向かって、海野米吉はヨイヤサと力をこめた。

長城は星空に眠る龍のように鎮まっている。

解説

五味《ごみ》渕《ぶち》典《のり》嗣《つぐ》

万里の長城に翻《ひるがえ》る日章旗――。その鮮やかなイメージに、小銃を構え、真剣な面持ちで前を見すえる若い兵士の姿を重ねれば、凜々《りり》しくも勇壮な戦争プロパガンダの画面ができあがる。しかし、作中の小柳逸馬《こやなぎいつま》先生の言葉を借りれば、「見た通りの人間は、ほとんどいるもんじゃない」。つまり、見た目に欺かれてはいけない。小柳が「長く高い壁」に掲げられた日の丸の下で目にしたのは、戦場のロマンとはうらはらの、日本軍兵士たちの鬱々《うつうつ》とした現実の姿だった。

浅田次郎『長く高い壁 The Great Wall』は、作者が初めて手掛けた戦場ミステリー小説である。名探偵役は、当代きっての探偵小説作家・小柳逸馬。切れ味鋭い推理でクールに真相に迫るというよりは、酸いも甘いもかみ分けた人間的な懐の深さの方が印象的な人物だ。助手役の川津《かわづ》中尉は、陸軍の検閲担当官という立場と小柳先生に私淑するミステリーの大ファンという心情の間で揺れ動く生真面目な秀才。物語は、のちに「マレーの虎」の異名を取ることになる山下奉文《やましたともゆき》参謀長の密命で、二人が事件現場に赴くところから動き始める。

　あらためて作品の背景を確認しておこう。小説の舞台は、一九三八年十一月の中国大陸である。前年七月に盧溝橋《ろこうきょう》で火が点《つ》いた戦争は一挙に中国各地に飛び火し、開戦直後に北京《ペキン》と天津《テンシン》を占領した日本軍は、西は河北《かほく》省と山西《さんせい》省の主要都市に侵入、一九三七年十一月から十二月にかけて、大きな犠牲を払って上海《シャンハイ》と南京《ナンキン》を占領する。続く一九三八年春には徐州《じょしゅう》、秋には中部の武漢《ぶかん》と南部の広東《カントン》を目指した大規模な軍事作戦を展開した。日本の軍と政府が文藝春秋社の菊池《きくち》寛《かん》に声をかけ、文学者たちを国費で戦地に派遣する「従軍ペン部隊」を作らせたのは、この武漢作戦のときである。

　緒戦の展開をこのように記せば、中国での日本軍は破竹の進撃を続けたように見える。新聞や雑誌の報道で、中国大陸の地図が日本と同じ色に塗られていくさまを目にしていた当時の人々も、おそらくは同じ思いだったろう。しかし、実際には日本軍は、都市や拠点を占領したあとも、蔣介石《しょうかいせき》率いる中国国民党軍、毛沢東《もうたくとう》を指導者とする共産党軍のゲリラ戦と、それを支えた民衆の抵抗に苦しめられていた。作中で語られているように、小柳先生たちが向かった密雲《みつうん》は、何事もなければ北京からトラックで約三時間、広い中国大陸の中では指呼とも言える距離しかない。そんな場所でも日本軍は、「共匪《きょうひ》」＝共産党軍のゲリラの影に神経を尖《とが》らせていた。こうした設定からうかがえるのは、作者の想像力が、年表や地図だけでは分からない日中戦争のリアルに迫ろうとしていることだ。

浅田次郎は、近作『天子蒙塵』の登場人物に「戦争の記憶を喪《うしな》った」軍隊は、戦争の痛みと平和のありがたみを忘れてしまう、と言わせている。同じことは社会にも言える。一九四五年の敗戦から七十五年が過ぎ、戦争や軍隊をめぐって、かつての人々にとって常識だったことが分からなくなってしまっている。

例えば、兵役《へいえき》をめぐる不平等である。しばしば誤解されるが、戦前・戦時の日本男性は、誰もが同じように兵役を経験したわけではない。軍隊も国家機構の一部である以上、予算という制約がある。軍縮の時代は軍事予算が減額されるから、徴兵検査に「甲種」で合格しても、全員が現役兵として徴集されるわけではなかった（作中で小《お》田島《だじま》曹長が「籤引《くじび》きの口」と言われるのはそのためだ）。学歴の有無も重要な問題だった。『長く高い壁』の人物で言えば、中学卒の山村《やまむら》大尉と帝大出の川津中尉は、職業軍人ではないが士官への道が開かれていた。戦場で兵と下士官と将校とでは死傷率が明らかに違っていたから、ことは命の不平等にもかかわっていた。ひとは、いつ、どこで、どんな環境で生まれるかを選べない。山村大尉がつい「運命」という言葉を口にせざるを得なかったように、戦争と軍隊は、日本の男たちのライフコースを決定的に左右する要因だったのである。

おそらくここに、『長く高い壁』がミステリーの形式を選んだ必然がある。評論家の笠井潔《かさいきよし》は、第一次世界大戦以降の大量死の時代のミステリー小説は、手の込んだやり方で人間を殺すことで、逆説的に生の固有性を取りかえそうとしている、と論じている（『模倣における逸脱　現代探偵小説論』）。トリックの謎を解き、犯人を突き止め、犯罪の動機を明らかにすることは、死者と犯人の人生を物語として取り出し、たどり直すことに他ならないからだ。

　そう考えると、張飛嶺《ちょうひれい》の監視廠《しょう》に横たわった遺体を前にした小田島憲兵曹長が、「こいつらはろくでなしの兵隊だが、みんな赤紙一枚で引っ張られてきとるんですよ。親もあれば、女房子持ちもおるんです」と述懐するのは象徴的である。他の事件関係者も同様だ。小柳先生、川津中尉、小田島曹長によって行われた取り調べの場面が、それぞれの人物の一人称語りのかたちで提示されていたことに注意しよう。いかにも現場叩《たた》き上げの刑事然とした小田島は、張飛嶺守備隊の生存者をいったん現地の小学校に閉じ込めたが、召集前は代用教員だった青木《あおき》軍曹は、学校に通えない中国人の子供たちのことが気になってしまう。馬喰《ばくろう》の息子の加藤《かとう》一等兵は、馬たちは好きで戦争に来たわけではない、戦争が終われば人間は日本に帰れるが、軍馬はそうではないと口にする。自分にはつましい小市民として以外に生きようがないという風でふてぶてしく開き直る山村大尉、言葉づかいこそ粗暴だが、小柳の名を知り、彼の役割を見ぬく知性の持ち主でもある海野《うんの》伍長《ごちょう》。取り調べに先立って紹介される兵籍簿の記述は、まさしく彼らの人生の縮図である（そして、この兵籍簿が最後の謎解きの鍵《かぎ》ともなっている）。そこに人間がいる以上、それぞれの生があり、それぞれにとっての戦場がある。大切なものがあり、信じるものがあり、決して譲れないものがある。もちろん、かけがえのない生を生きているのは日本軍の将兵だけではない。地元の実力者にして日本軍の密偵でもある張一徳《チャンイードー》は、小田島に向かって、「親を殺された。妻を辱められた。商売を潰《つぶ》された。家を焼かれた」中国人たちの憎しみを忘れていないか、という一言を突きつける。

作中で人物たちが度々くり返したように、日本にとっての日中戦争とは、戦う理由が見出《みいだ》せない「わけのわからぬ戦争」だった。それでも、一度廻《まわ》り始めてしまった国策という名の歯車を押しとどめることは難しい。この事件を処理する中で、小柳先生も川津中尉も、結果的に戦争という機械を円滑に動かすことに力を貸してしまった。しかしそれは、彼らが戦争の、時代の論理に屈服したことを意味しない。作中で川津中尉が、中国料理に舌鼓《したつづみ》を打ちながら、この戦争の意義を考えるシーンは印象的だ。

> 支那は貧しい国だと聞いていたのだが、川津にはどうにもそうとは思えない。少くとも食生活に関しては、日本よりずっと豊かであるにちがいなかった。〔略〕
> むろん庶民の暮らしぶりまで知っているわけではないが、街を歩いているだけで

もそうした豊かさを肌で感じた。

だとすると、この戦争の大義は怪しい。軍閥の支配から支那国民を解放する聖戦などではなく、日本が豊かな国を簒奪《さんだつ》しようとしているのではないかという疑念を、川津はどうしても拭い去ることができなかった。（１４５－１４６ページ）

中国の「食」から大地の豊かさを思いやり、モノやカネでは測れない暮らしの豊かさに心付くというのは、いかにも『蒼穹の昴』シリーズの作者らしい思想だと思う。浅田次郎は、わずか三日間の出来事を描く中で、万里の長城が「長く高い壁」に見える場所、中国の大地の側から、地に足をつけて生きた人々の側から、日本軍の戦争を見つめなおした。戦争は数に還元されるべきものではなく、あくまで生身の人間がくり広げる営みとしてある。だからこそ、小説で描かれる意義がある。

本書は、二〇一八年二月に小社より刊行された
単行本を文庫化したものです。

長《なが》く高《たか》い壁《かべ》

The Great Wall

浅《あさ》田《だ》次《じ》郎《ろう》

令和3年 2月25日　初版発行

発行者●堀内大示

発行●株式会社KADOKAWA
〒102-8177　東京都千代田区富士見2-13-3
電話　0570-002-301（ナビダイヤル）

角川文庫 22535

印刷所●株式会社暁印刷
製本所●株式会社ビルディング・ブックセンター

表紙画●和田三造

●お問い合わせ
https://www.kadokawa.co.jp/（「お問い合わせ」へお進みください）
※内容によっては、お答えできない場合があります。
※サポートは日本国内のみとさせていただきます。
※Japanese text only

ISBN 978-4-04-109862-2　C0193

◇◇◇

角川文庫発刊に際して

角川源義

第二次世界大戦の敗北は、軍事力の敗北であった以上に、私たちの若い文化力の敗退であった。私たちの文化が戦争に対して如何に無力であり、単なるあだ花に過ぎなかったかを、私たちは身を以て体験し痛感した。西洋近代文化の摂取にとって、明治以後八十年の歳月は決して短かすぎたとは言えない。にもかかわらず、近代文化の伝統を確立し、自由な批判と柔軟な良識に富む文化層として自らを形成することに私たちは失敗して来た。そしてこれは、各層への文化の普及滲透を任務とする出版人の責任でもあった。

一九四五年以来、私たちは再び振出しに戻り、第一歩から踏み出すことを余儀なくされた。これは大きな不幸ではあるが、反面、これまでの混沌・未熟・歪曲の中にあった我が国の文化に秩序と確たる基礎を齎らすためには絶好の機会でもある。角川書店は、このような祖国の文化的危機にあたり、微力をも顧みず再建の礎石たるべき抱負と決意とをもって出発したが、ここに創立以来の念願を果すべく角川文庫を発刊する。これまで刊行されたあらゆる全集叢書文庫類の長所と短所とを検討し、古今東西の不朽の典籍を、良心的編集のもとに、廉価に、そして書架にふさわしい美本として、多くのひとびとに提供しようとする。しかし私たちは徒らに百科全書的な知識のジレッタントを作ることを目的とせず、あくまで祖国の文化に秩序と再建への道を示し、この文庫を角川書店の栄ある事業として、今後永久に継続発展せしめ、学芸と教養との殿堂として大成せんことを期したい。多くの読書子の愛情ある忠言と支持とによって、この希望と抱負とを完遂せしめられんことを願う。

一九四九年五月三日